大国顶梁柱

——“央企楷模”报告文学作品集

中央企业党建思想政治工作研究会　编　　2023

中国经济出版社
CHINA ECONOMIC PUBLISHING HOUSE

·北京·

图书在版编目（CIP）数据

大国顶梁柱："央企楷模"报告文学作品集.2023 / 中央企业党建思想政治工作研究会编. -- 北京：中国经济出版社，2024.12. -- ISBN 978-7-5136-7975-6

Ⅰ.I25

中国国家版本馆 CIP 数据核字第 20242NE096 号

项目统筹　李煜萍
责任编辑　王　帅
责任印制　马小宾

出版发行　中国经济出版社
印 刷 者　中煤（北京）印务有限公司
经 销 者　各地新华书店
开　　本　710mm×1000mm　1/16
印　　张　15
字　　数　225 千字
版　　次　2024 年 12 月第 1 版
印　　次　2024 年 12 月第 1 次
定　　价　98.00 元
广告经营许可证　京西工商广字第 8179 号

中国经济出版社 **网址** http://epc.sinopec.com/epc/ **社址** 北京市东城区安定门外大街 58 号 **邮编** 100011
本版图书如存在印装质量问题，请与本社销售中心联系调换（联系电话：010-57512564）

目录

央企楷模

央企楷模

强劲“中国心”

◎文/中国航发沈阳黎明航空发动机有限责任公司

2023 年 9 月 1 日，会议室里，一群身着蓝色工装的工人师傅，端坐在会议桌前，聚精会神地听着坐在中间的人念一封信，兴奋又专注。念信的是李志强，有着浓浓的东北口音。已近花甲的他，戴着老花镜，布满茧子的双手捧着信，郑重而严肃。这不是一封普通的信，而是习近平总书记写给他们的回信。

这里是中国航发沈阳黎明航空发动机有限责任公司（以下简称“黎明公司”），是国家“一五”时期建立的新中国第一家喷气式航空发动机制造企业，隶属于中国航空发动机集团有限公司，被誉为“新中国涡轮喷气式航空发动机的摇篮”。70 年发展，作为承担着国家重点型号航空发动机研制生产任务的万人大厂，黎明公司见证了我国国防装备建设的峥嵘历程。

“中国航发黎明发动机装配厂‘李志强班’的同志们：你们好！看到来信，我想起了十年前同大家在车间交流的情景……”

有幸与习近平总书记拥有共同回忆的这个班组叫“李志强班”，他们肩负着中国最先进航空发动机总成装配任务，是一支在航空发动机装配行业内久负盛名的金牌班组。之所以“久负盛名”，是因为他们从事的是航空发动机生产制造的最后一环，也是保节点、保交付的一环。身处“核心环节”的“李志强班”，总是啃最硬的骨头、打最硬的仗。只要任务需要，无论白天黑夜，无论严冬酷暑，“李志强班”的全体成员都竭尽全力地战斗在最前线，不畏难、不后退。一场场战功也为他们赢得了“装配铁军”的美誉。

“希望你们牢记使命责任，坚定航空报国志向，弘扬劳模精神、工匠精神，努力攻克更多关键核心技术，加快航空发动机自主研制步伐，让中国的飞机用上更加强劲的‘中国心’。”

“大伙儿听听，十年了，没想到习近平总书记还记得咱们！不光记得，还让咱们加快自主研制步伐，让中国的飞机用上更加强劲的‘中国心’。”李志强再三回味着“中国心”三个字，他此刻激动的心情，透过那双些微颤抖的手，悄然显露。“2013 年 8 月 30 日，这个日子在我心里念叨了十年，比我自己生日说得都顺溜。日子过得多快，那双手一握，转眼就十年了啊……”

十年之约：
“你们的工作很重要，也很光荣”

李志强和很多人握过手，但那一天的握手，永生难忘。

2013 年 8 月 30 日，是极为普通的一天，但对于“李志强班”的员工而言，却有着非同寻常的意义。每当提及，班组的同志们总是难掩激动的心情。

那天，班组员工正在井然有序地开展班产发动机装配工作，工具拧动的声音、吊装的操纵声音相互交织，团队间无声地默契协作。突然不远处传来一声“习近平总书记来了！”大家纷纷放下手中的工作，不约而同向习近平总书记考察的方向翘首观望。习近平总书记在生产现场详细了解了科研生产情况，对型号的进展问得很详细、很专业。在了解到航空发动机涡轮叶片的复杂程度和重要价值后，习近平总书记用放大镜仔细察看了叶片的构造，说道，“这差不多等于镶钻石了！”

当习近平总书记走到“李志强班”时，李志强的心怦怦直跳，“看到习近平总书记向我们走来，我血液流动得都快了！”

习近平总书记听到李志强和“李志强班”的介绍后，微笑着向李志强伸出了手。李志强快速握紧了习近平总书记的手，用双手细细地感受着，温暖、厚实、有力！他激动地说：“总书记您好，欢迎您到黎明公司。我们是总装班，负责发动机装配的最后一道工序，黎明公司所有生产的发动机都是从我们班组装配出去的。”

习近平总书记和蔼地问李志强：“现在一个月能装几台？”李志强如实作答。习近平总书记又亲切地望着李志强身边的工人师傅们，问道：“这些员工都是你们班的吗？”李志强回答：“是的，这都是我们班的。”习近平总书记欣慰地对大家说：“你们的工作很重要，也很光荣！”

站在一旁的其他班组成员同样激动不已。李志强略一思索，向习近平总书记提出了一个“大胆”的请求：“总书记，您能到来，大伙儿非常高兴，想和您合张影留个纪念，不知道可不可以？”

看着大伙儿期盼的眼神，习近平总书记极其爽快地答应了。很快，大伙儿就纷纷围到了习近平总书记的身旁，一字排开，闪光灯亮，珍贵的瞬间就此定格。

然而，激动过后，习近平总书记的话却始终在班组成员的脑海里萦绕，大家琢磨起习近平总书记说的两句话：“很重要，也很光荣”“差不多等于镶钻石了”。

“重要”，是因为航空发动机是国之重器；“光荣”，是因为航发人生逢伟大时代、从事报国事业，能够用自己的双手，努力为航空发动机事业作出贡献。

“镶钻石”，不仅是指航空发动机的研发成本高、技术含量高、制造价值高，更体现了航发人在“现代工业皇冠明珠”上的精工细作，用满腔热忱和集体智慧打造极致的科技艺术品。

航空发动机是人类有史以来最复杂、最精密的工业产品之一。作为为飞机飞行提供动力的“心脏”，其设计研发的精湛程度、制造工艺的优劣直接关乎飞机的性能表现及运行可靠性。

航空发动机也是经典力学在工程应用上逼近极限的一门技术。所谓“逼近极限”，即温度、压力、转速、载荷、可靠性都要追求极致，才能达到性能指标。

几组数据了解航空发动机的“五高”。

高温：涡轮前温度是衡量发动机热效率的重要指标，一款先进航空发动机的涡轮前温度就达到1700℃，超过钢材熔点200℃。

高压：发动机进气经压气机增压后可达几十个大气压，有的相当于蓄满水后的三峡大坝底部压力的3倍。

高转速：转子转速可达到每分钟1万~6万转。

高载荷：发动机全速运转时，每片风扇叶片要承受近90吨的离心载荷，相当于每片叶片都吊着13辆双层巴士仍高速平稳运行。

高可靠性：在撞鸟、吞冰雹、吞砂等极端条件下仍要保持发动机安全可靠运转，如民航发动机寿命可达3万小时以上，相当于每天飞行8小时并连续使用10年。

航空发动机的“五高”涉及了几乎所有的工业和技术领域，产业链长、辐射面宽，科技和产业带动面大，是一个国家工业基础和科技水平的集中体现。迄今为止，世界上只有五个国家能够独立自主研制航空发动机，其中就有中国。

一直以来，党和国家领导人高度重视航空发动机的发展。

1954年10月25日，毛泽东主席亲笔签署嘉勉信，庆祝新中国第一台航空发动机试制成功。

1958年2月12日，毛泽东主席专门视察黎明公司，也是在黎明公司装配车间，详细了解航空发动机研制进展和生产情况。

之后，随着科学技术不断发展，在历届党和国家领导人积极推动下，航空发动机加快科技探索、型号研制和能力建设。

然而，航空发动机除了“五高”的显著特点，还有“三高一长”的特殊需求，即高投入、高壁垒、高回报、长周期。

要知道，一型先进航空发动机集成气动、燃烧、结构强度、机械、材料等诸多现代科技的最高成就，研制难度极大，不仅需要雄厚的资金投入和持续的技术研发，更要在设计、材料和工艺等方面同步跟进。成功研制一款航空发动机不是一蹴而就的事情，往往需要长达几十年旷日持久的积累，是一项十分漫长、浩大的工程。

发达国家早在20世纪初就走完了大部分工业化的道路，中国作为成立之初才开启工业化之路的发展中国家，底子薄、基础差，无论是科研生产体系，还是科学技术人才，都难以满足航空发动机发展需求。由于缺乏储备的技术、工艺和条件，航空发动机多年来落后于世界最高水平。

2013年，习近平总书记亲临黎明公司，这个中国航空发动机生产制造骨干企业，开展深度考察，了解研制进展。

2016年8月28日，党中央从富国强军的战略高度出发，着眼深化国有企业改革、推进航空工业体制改革，经过充分论证，决策成立中国航空发动机集团，以新型举国体制优势推动新时代航空发动机事业加快发展。

2017年7月，国家将航空装备产业列为高端装备制造产业中的第一个项目，在《“十二五”国家战略性新兴产业发展规划》中，明确提出要突破航空发动机关键核心技术。

乘着新时代的东风，航发人奋战在航空发动机科研生产第一线，以赤诚之心，打造强劲的“中国心”。航空发动机产业苦练内功、夯实基础，实现数字化转型升级。大家干好发动机的信心更强了、底气更足了、干劲更大了。这项奋斗的事业，活力满满、生机勃勃。

2021年，中国国际航空航天博览会上，歼－20因为在飞行表演中展示了多个高难度机动动作而受到广泛关注，当时的中国空军新闻发言人申进科在新闻发布会上满怀喜悦地宣布：“歼－20用上了‘中国心’，这个‘心’，是心脏的‘心’!”

2022年，一则南部战区海军航空兵飞行训练的新闻在网络上引起热议。大家发现，训练中的歼-11B已经换装国产发动机。

空军试飞员马晓云在一次试飞装上“中国心”的战机时，同样激动地说：“我觉得我的心和战机的‘中国心’融为一体了，确实有劲儿!”

“中国心”有劲儿！这是对航发人艰苦卓绝努力的有力褒奖。

2023年8月，适逢习近平总书记考察黎明公司十周年。亲历我国航空发动机事业的蓬勃发展，李志强和几名班组骨干按捺不住激动的心情，思索再三，决定给习近平总书记写一封信。在信中，他们汇报了十年来航空发动机的研制进展，表达了干好航空发动机的决心。翘首企盼中，2023年9月1日，正在生产现场忙碌的“李志强班”职工们收到了习近平总书记的回信，于是才有了本文开头的那一幕。

从亲临考察，到书信往来，十年间，中国航发研制战线的同志们埋头苦干，从曾经仰望国外，到如今自主创新，“中国心”不负众望，一次次激发民族自豪感!

李志强激动地向班组中的年轻人们讲述道：“习近平总书记是第一位把航空发动机比作‘中国心’的党和国家最高领导人。”轻轻摩挲着这封珍贵的回信，此时的李志强，更加深刻理解了航空发动机事业的“重要”和“光荣”，一颗矢志报国的“中国心”更加激昂有力。

成长之行：
“坚定航空报国志向”

年轻的李志强一心想当人民警察，毕竟他在部队里曾拿过射击比赛全师第一名。19岁退伍回到沈阳后，李志强准备去公安局工作。当时，春晚上火遍大江南北的一首《中国心》，澎湃了李志强的心，也坚定了他报效祖国、服务人民的心。可是，在去公安局报到的头一晚，李志强被父亲拦住了。

“我父亲是第一代黎明人，他希望我去黎明公司，干航空发动机。”李志强承认，当时是不理解的。“在部队，我可以扛枪报效祖国；当警察，我可以发挥专长为人民服务。可是，干发动机？我一丁点儿基础都没有，干不了！”

但是，满心满眼全是航空发动机的父亲，一直用他的言行举止潜移默化影响着李志强。李志强明白，父亲深爱着他的工作。那个晚上，父亲动情地向儿子讲述了空军对于国家的重要性以及航空发动机研制的艰难过程，讲述了从黎明公司这片军工热土上走出来的劳模工匠和他们身上的使命担当，也讲述了黎明公司几十年坚持干好航空发动机的不变初心。

他语重心长地对李志强说：“都说干航空发动机难，难道咱能因为怕难就不干了吗？就是因为难，才更要想办法拿下它！就是因为难，能够一辈子干下去，那才是光荣！”那一天，李志强第一次明白了父亲常常挂在嘴边的话：“我们不是拿工资养家糊口的普通工人，我们是有责任在身上的。”红色基因自此在李志强心中埋下了深深的种子，成为他日后不断成长的丰厚养分。

脱下军装、换上工装，一样是到祖国最需要的地儿，一样是干祖国最需要的事儿。最终，李志强毅然选择了黎明公司，与航空发动机事业携手，在毛主席曾经视察过的总装车间，光荣地成了一名装配工人。

组装航空发动机是一个复杂、系统的浩大工程，共需装配数万个零件，零件间的衔接异常精细。航空发动机总装环节是发动机制造的最后一环，主要负责搭建成百上千的管路。如果把航空发动机比作人体的话，管路就是神经和血脉，有了它们，发动机的各个部件才能协调运作成为一个整体，管路搭建安装的好坏直接关乎整机工作的效率和质量。

初到装配车间，李志强便被发动机外密密麻麻排布的管路、电缆“震”住了，没有任何专业基础的他犯了难。

一台先进航空发动机由数万个零件组成，数量众多、材料特殊、形态各异，光是打保险丝这个简单的动作，每个扭辫拧多少扣都有极大的学问。每一根的打法也都有差异，需要在拽、拉之间找不同的角度，使不同的力，否则，力度过大容易造成保险丝疲劳断裂，引发质量隐患，力度不足又会使接口松动，造成紧固件的脱落或剥离。

每台发动机需要打千余个这样的保险丝，其中的手感之妙、技巧之多，可想而知，更遑论其他数万个零件装配的精密程度之高了。

“怎么办？学呗！”从当小学徒开始，李志强每天随身带着笔和小本子，追着老师傅的身后问这问那，想方设法利用一切机会学习，一双手逮着机会就用各种工装工具比画，立志在这个岗位上干出个样子来。

基础差就利用业余时间发愤学习，参加组织上开展的各种培训活动，不仅学完了机械装配的大部分课程，还完成了业余大专、本科文凭的学习。经过“补课”，李志强仅用了相当于别人一半的时间，就熟练掌握了多机种发动机的装配技能，成了技能骨干。后来，李志强因为表现出色，被任命为总装班班长。

自从当上班长，李志强每天早来晚走，将全部的精力都投入了工作中，组织生产、培训徒弟、处理难题、外场排故等，遇到紧急情况连轴转也成了家常便饭，就像一个陀螺，不停旋转，忙得不亦乐乎。在公司的信任、支持、帮助下，李志强和班组成员一起创造了一个又一个任务交付纪录，大家纷纷为他们竖起大拇指。

要强的李志强并没有满足，他不仅要攀登航空发动机装配技术的高峰，还要给自己立下一个更大的目标——带着大伙并肩携手，当“金牌班组”。

航空发动机行业有句行话，叫“后墙不倒”，意思是，科研攻关、生产交付的时间节点必须牢牢守住。节点近在眼前，不可能也不允许按下“暂停键”。每一次任务都是一场必须打赢的战役。“李志强班”就是发动机总装交付的一道“后墙”。面对困难，不讲任何条件，没有任何借口，大家只有一个共同的目标，就是坚决完成任务。

与前端产品加工环节有所不同，装配环节有三个特点：周期短、工作强度大、质量要求高。装配环节是发动机制造的最后一环，需要在非常短的周期里将高质量的产品交付完成。与其他环节相比，装配工序直面客户，承受的压力在某种意义上会更大。

“航空发动机的质量关系着飞行员的生命安全。所以，一次做对、一次成功既是目标追求也是使命任务。我们的责任就是要不断提升产品质量，注重细节、孜孜不倦。”对当过兵的李志强来说，没有完成不了的任务，没有克服不了的困难，没有战胜不了的敌人。“守阵地、攻山头”就是他人生永恒的底色和执着的信念。他坚信，再复杂的系统，再大的工程，再多的环节，只要把每一件事都做对，一定能够一次做成功。

他把这种信念传递给班组，也以一丝不苟的精神激励着班组成员年轻的心。

航空报国的志向，严慎细实的作风，一次成功的理念，攻坚克难的品质，这是“李志强班”作为装配“铁军”实践出的工作信条。前行路上的困难，不过是一块又一块的“磨刀石”，让这支装配“铁军”更加锋利，无往不胜。

李志强没想到，这个总装班因为创造了一个又一个任务交付纪录，被大家誉为“装配铁军”。“总装班”此后改名为“李志强班”，成为全国“示范性劳模创新工作室”“最美职工”“工人先锋号”“中央企业红旗班组”“央企楷模”，这可比“金牌班组”亮多了！

李志强更没想到的是，四十年的职业生涯，这一干，还干成了“全国劳动模范”“大国工匠”。

什么是大国工匠？在李志强看来，“大”是“大师风范”，要坚持，把简单的事情做到极致，才能在平凡的岗位上成长为行家里手。“国”是“国家名片”，干这一行就肩负“国之重器”的职责使命，必须勤于钻研、集智创新，用领先的技术打造强劲心脏。“工”是“工人力量”，要勇挑重担，展示工人队伍的主力军作用。“匠”是“匠心楷模”，要无私奉献，胸怀大爱，以言传身教延续匠心传承，用亲身经历激励更多青年一代走上航空报国之路。

问起李志强成功的秘诀，他总是嘿嘿一笑，说不出更多豪言壮语。“咱们都有一颗中国心，用双手打造的也是‘中国心’。只有心脏强大了、有劲了，战机才有打赢的底气，国家才有强大的底气。”

工匠之心：
“给皇冠‘镶钻石’”

在发动机装配厂的生产现场，悬挂在厂房正中央的五星红旗格外醒目。“我们公司的名字——黎明，是光明来临前的希望之光，也是五星红旗上五角星的星光。”这个浪漫的说法，来自“李志强班”所在工段的支部书记郭滨，“习近平总书记说我们的工作是给皇冠‘镶钻石’，在五角星的星光下，我们镶的钻石必须最结实、最闪耀！”

“李志强班”共有63人，平均年龄37岁，正是干劲足的时候。然而，发动机装配是生产的最后一环，能否按期交付，“李志强班”是关键。进入新时代，航空发动机产品不断创新发展，对装配技术要求越来越高。如何在提高工作效率、缩短装配周期的同时，切实保证航空发动机质量、保障飞行安全，成为横亘在“李志强班”面前的首要问题。

“既然咱们的工作是在‘明珠’上‘镶钻石’，那就得有‘镶钻石’的好手艺！”李志强暗暗下定决心，要在装配组织模式和装配技巧上寻求突破。

苦思冥想，一个异常大胆的想法在他的脑海中出现了，“可不可以搞个倒班接力作业？”接力作业就是将有限的人员分成组别，从而实现长时间的接续生产。

这个类似于“倒班制”的办法现在司空见惯，在当时却是无人尝试的。原因很简单，一个由几万个零件组成的复杂机器，其装配过程的精密程度不亚于一台重要手术，中途换人就相当于手术进行到一半的时候更换主刀医生！没有人敢保证中途易手之后的工作质量。

“就算是雷区，也要进去闯一闯！”李志强艺高人胆大，带领着班组成员，在这个无人敢问津的领域里开始了大胆的尝试。

实现接力作业的关键在于解决交接界面不清晰问题，这就要求除了每一位操作者都能熟练掌握装配技术外，所有的装配操作步骤必须细化并实行标准化作业。为了突破“雷区”，“李志强班”群策群力，开始在装配细节上下足功夫。

他们边试边进行项目探索，查阅的图纸、资料摞在一起，已经数不出个数，边角虽卷了破了，细节却都记到了笔记里。“就是每个人对每一个螺钉、每一个螺帽，都得了解得非常清楚，否则就做不出来接力作业这个标准。”李志强白天忙任务，晚上就戴着眼镜坐在案头前，左手拿着工装，右手拿着零件，耳朵上还别支笔，时不时拿下来一笔一画在他的小本子上做着关键点记录。

他们将每步操作都细化成60~90道工序，把每一道工序的操作时间都控制在5~15分钟，并将生产计划落实到每一步，使装配时间细化到每一分钟，同时对于每个小工序所涉及的所有小零件都依照零件目录一一记录清楚。这样一来，原本完全靠装配者主观控制的过程变成了标准化作业模式。

李志强和班组成员抓紧时间“大练兵”，将原本 4 人一组实行两班倒的装配模式大胆地改成 3 人一组三班倒，同时利用一切时间和机会进行提高装配效率的磨合训练。

张锐是班组里的年轻骨干，回忆起当时的场景，他说：“每天反反复复地拆装一台发动机，反反复复地磨炼手感，反反复复地记住每一个数据和标准动作。尽管当时我们也不清楚这样做的目的是什么，但是后来任务上来的时候，我们突然就明白了！”在一次紧急任务中，熟稔训练立刻展露成效，“李志强班”凭借接力作业，3 人三班倒操作法立竿见影，圆满完成了本不可能完成的任务。

对航空发动机而言，“时间就是战斗力、进度就是装备量、质量就是高效益”。航空发动机对质量要求极为苛刻的特殊性，促使其制造过程绝不允许出现一丝一毫的马虎大意，特别是在最后的装配阶段。如何保证协同进行、手工操作为主的装配过程更完美？如何让团队实现合力最大化？“李志强班”自加压力，开始了“创造性”探索。

为了人人都能磨炼出充满灵性的双手，李志强带领大家训练开桥式吊车装配机匣，就是在吊车钩上用绳子拴上一支笔，要求员工将笔缓缓送入瓶子的瓶口。这样的技能训练难度远远超过了装配的实际难度。长期下来，“李志强班”人人都练就了一身硬本领，人人都能独立完成整台发动机的总装。任意挑选出 4 人，或者 3 人组成一个小组都可以熟练高效地完成装配任务。

除了锻炼一双灵活的手，“李志强班”还积极创造条件培训“最强大脑”，多年来持续开展全员参与的精益改善活动。班组成员开动脑筋，集思广益，发明与总结了许多提升装配质量、促进装配提速的好方法，其中，推广管路校正与安装的李志强操作法，突破了发动机某组件的装配瓶颈；采取零件形迹管理、装配车防撞保护装置、接油盒搭板等方法（改进的工具被命名为“李志强锁片钳”“李志强刻刀”），大大提高了装配效率。

“我们最怕师傅说两个字——‘必完’，不管什么任务，必须执行，必须完成。”温尚志，“李志强班”现任班长，师承李志强，并接过李志强的衣钵，成为班组现在的带头人。

初到“李志强班”的时候，温尚志觉得胜任装配工作没问题，不就是拧一拧、装一装嘛！李志强没有多说什么，只是让他去装了一套管路，结果一试验却发现有好几处漏油，李志强当着温尚志的面将这一套管路拆开重新装了一遍，再次试验无一处漏油，温尚志彻底服了。事实证明，装配工作无小事，哪怕是毫不起眼地拧螺纹，也蕴藏着大学问，少一分则松，多一分则紧，精确把握好每一处力度是装配的基本要求。

在向李志强学艺的过程中，温尚志也接下了李志强传给他的“武功秘籍”，就是李志强从装配小白开始记录下的密密麻麻的实践心得的小本子。“只有人人都是李志强，才是名副其实的‘李志强班’！”这是温尚志在李志强身上感受到的能量，他也没有辜负期望，开始带领班组走上更高更远的征程。

“航空发动机在加速发展，原来的工作方法需要调整改进，才能适应发展需求。我们将技术、技能优势融合，在班组内部发起了一场接力挑战。”温尚志平时话不多，干起工作却很有主意。他充分利用技术和技能优势，引领团队，扎扎实实地推进了队伍整体能力的提升。

操作人员的科学分工，是提高装配质量的关键要素。根据员工的装配技能和熟练程度，以高带低、以强带弱进行优势互补，大大提高了产品装配的质量稳定性。

推广标准作业时间，提高装配效率。凭日常积累的操作经验，班组制订了每一工序的操作时间标准，规范标准作业动作，减少不必要的时间浪费。

师徒结对传帮带，培养更多装配“多能工”。班组对内能力挖潜，安排多名技能骨干与新员工结成师徒对子，实现一岗多能。通过“专家上讲堂”等活动，理论授课、现场实操、技能交流轮番发力，多年来共培养出高级技师17名、技师12名、高级工25名，占班组员工总数90%，为公司提供了坚实的人才保障。

在不断发展中，班组将劳模精神、工匠精神与装配质量特点融会贯通，梳理形成了以“五严”“五慎”“五细”“五实”“五精”为主要内容的作风格言，引导员工养成良好的工作习惯。

“五严”，即要求严格、态度严谨、纪律严明、严防事故、严守承诺。

“五慎”，即谨慎对待细微之处，慎重处理出现问题，慎始慎终注重言行，审慎自身尊崇道德，慎密周详不容隐患。

“五细”，即细密用心发现问题，细听意见找到办法，细究原因找出本质，细数数量防止漏装，细心做事严保质量。

“五实”，即忠实（诚）于党、诚实守信、实事求是、踏实肯干、全面落实。

“五精”，即精诚合作顾全大局，精耕细作致力完美，精益准确追求高效，精通机理善于分析，追求精品尽善尽美。

如今，这些朗朗上口的作风格言，已经成为班组成员镌刻在心里的行动指南。

为了攻克“瓶颈”，班组还成立了劳模工作室，吸纳技术技能专家与团队成员共同攻坚。班组相继攻克了多个装配关键技术，自行研制工装工具 312 件，拉动开展技术创新项目 32 项，申报发明专利 30 余项，先后解决科研装配技术难题 52 项。

进入“李志强班”的第一天，张鹏飞就深切感受到了班组不一样的工作氛围。李志强立志带领大家装配出中国最好的航空发动机；温尚志也将工作中不怕苦累、困难前绝不妥协的劲头带到了对班组成员的教导中。张鹏飞感到，这种攻坚意志力体现在团队的每个人身上，体现在每一项工作的言传身教中。班组里，工匠精神一脉相承、代代相传。

工作现场，已经是副班长的张鹏飞正在小本子上记录着什么，或许又有新的发现和收获。“这是我的‘武功秘籍’，”张鹏飞说，“在我们班组，人人工作服里都装着笔和这种小本子，装配心得、装配问题、实际数据这些信息我们随手记录、定期总结，特别实用。”这种记录的习惯，从最年长的李志强，到 20 来岁的新青年，人人都有。

“以前我的那个小本都是钉的，现在他们都是那种小日记本，还好看，各种造型，比我的好多了，哈哈。”李志强笑着，言语间对这小小的笔记本极为看重。“航空发动机装配在国际上是非常难的，目前来说，世界上还没有一个国家在航空发动机装配上有完全自动化的操作模式，这对装配工要求非常高。我就想，如何把我的这些心得传授给他们？有些可以从字面上传下去，有些只可意会不可言传，但还得传，只有手把手去教、去感悟其中的细节。”

对于这一点，温尚志还有另外一层感受，“除了工序之间的接力，经验技巧的接力，我们班组还有一种接力，就是前辈们身体力行体现出来的爱岗敬业的精神品质，教会我们这些后来者，要心怀热爱和敬畏来做这份工作。”“要自强，咱就得‘志强’；要发力，咱就尽全力！”这是温尚志的心声，也是“李志强班”全体成员独具匠心的表白。

创新之花：
“工欲善其事，必先利其器”

一把称手的工具，是匠人实现巧思的利器。称手的工具和巧思的匠人之间相互依赖、默契互动，碰撞出智慧的火花。对于航空发动机装配而言，创新和改革体现在一个个操作细节，甚至体现在拿在手上的工具。

眼前这套被冠以李志强名字的“李志强锁片钳”“李志强锁刻刀”等几十项专用工具，是班组成员开展装配作业的得力“助手”。每一种工具都有它独特的用武之地。寻常难以触及的“犄角旮旯”，这些专用工具大显神通，自如地伸进夹缝中，夹紧卡箍锁片，实实在在地提升了装配、拆解和排故的效率。

下班前，按例点检工装的温尚志久久地凝视着这套“宝贝”，心里一次又一次感慨师傅李志强的匠心巧思。

小小工具里，大有乾坤。获得国家专利的弹性片螺栓拧紧器就是典型的例证。在以往发动机弹性片的装配过程中，一直采用螺丝刀拧紧固定螺栓的方法，因为操作空间有限，作用力臂短，需要反复旋转，费时费力，且稍有不慎就容易划伤弹性片，造成质量隐患。李志强结合工作经验，积极构思、大胆尝试，自行研制了螺栓固定拧紧器，巧妙解决了拧紧过程缺少施力点、力臂短的问题，经过反复验证，效果良好，不光弹性片的装配效率提高了近50%，还杜绝了弹性片的划伤问题，避免了上万元的废品损失。

这些妙招都是怎么来的呢？李志强告诉温尚志，生产实践是个大讲堂，问题和挑战都是最好的老师，它们虽然不语，但其实早就把答案摆在你的面前。只有在平时注重一点一滴的理论积累，开展日复一日的实践操作，一门心思扎进去，“板凳要坐十年冷”，才有可能摸到门道，听懂“老师”的语言。

喷调原位更换法便是实践力和创造力为装配注入强劲动能的有力证明。

有一次，黎明公司接到外场告急电话，有一台发动机需要紧急排故。当时任务非常紧急，外场提出能否在不拆发动机的情况下排除故障，有同志就提出让李志强来看看。接到任务后，李志强立即赶往外场。临走前，他给工厂领导留下三个字：没问题！

到外场后，李志强看了看故障部位，二话没说，在近零下 30 摄氏度的环境下脱掉棉衣，钻进发动机舱，裸着单臂就开始盲排盲装，在不到 8 厘米的管路间隙中伸手操作。外场同志找来一辆面包车，开着空调，每十几分钟就让李志强进去缓一缓冻僵的手臂。就这样经过近 4 小时的紧张工作，成功更换了发动机的喷调零件，保证了飞行任务的需要。外场同志握着李志强的手激动地说：“谢谢你，你们真了不起！”而李志强只说了一句话：“这台发动机没问题了，可以飞了。”

事后，李志强带领团队将操作技巧固化下来，形成标准操作说明书，喷调原位更换法就此诞生，并在此后的外场服务保障中发光发热、屡建奇功。

温尚志有时候会想，为什么师傅李志强总能以“四两拨千斤”的巧劲儿克服困难，高质高效地完成任务？后来，他总结道，这些巧劲儿，来自师傅对发动机结构原理、装配操作步骤的了如指掌，来自他对预想方案的无数次推演与对工作长时间的经验积累和思考，更来自李志强对岗位、对事业发自肺腑的热爱和追求。

身教胜过言传。在这支“装配铁军”里，勤于思考、善于琢磨早已成为人人必备的品质。大家你一招、我一计，让小革新、小发明走上生产实践的“大舞台”，成为提升班组战斗力的“助推器”。革新无大小，管用是个宝。班组里，创新不求名、成果不嫌小、重在实用管用的氛围已然形成。

操作现场自制的管架车就是一项管用、实用、颇受好评的小革新、小发明。

发动机外部管路均为三维空间结构，数量多、形状乱、不具有规律性，查找、存放、管理都十分困难，怎样才能杜绝错漏装，提高装配效率？

经过一轮又一轮的“头脑风暴”，“李志强班”共同设计制作了管架车，根据管路实际装配情况，按片区保持一定安全距离摆好造型，喷制出管路走向图，实现了管路按形迹摆放管理。实际工作中管路拿取方便、运输安全，是否错漏装，一目了然，完美地解决了管路的管理问题，大幅提升了发动机管路的装配效率。

在“李志强班”，这样的小改小革不胜枚举。小小“金点子”在生产实践的土壤中，破土萌芽、成长壮大，不断结出提质增效的“金果子”，为工厂节省成本的同时，创造出可观的收益。

如何发挥“李志强班”的标杆作用？如何让基于实践的创新和突破实现倍增效应？

“李志强劳模创新工作室”是这群智慧的人给出的答案。黎明公司在全国总工会的领导和支持下，依托3500平方米的发动机总装线，成立了“李志强劳模创新工作室”，并为其配备了专业设备170余台套。

资源配置到位、经费保障到位，“李志强劳模创新工作室”吸引了大量高技术、技能人才的加入。星星之火，可以燎原。现场授课、难题会诊、集智攻关、创新创效……工作室在推进标准化作业、解决质量难题、提高装配效率上狠下功夫，并取得实打实的成效。仅涉及发动机整机及部件装配过程中的装配方法、加工方法、针对装配难点制作的工装工具等方面就获得了国家专利30余项！

近年来，为促进生产一线制造研发能力的快速提升，打破技术、技能不同序列的发展壁垒，黎明公司探索出了“双师型”人才培养路径，从公司优秀“大国工匠”队伍中累计聘任9名高级制造工程师，作为公司22个劳模创新工作室的优秀领创人，催化更多攻坚成果，使劳模创新工作室成为“孵化器”和匠心传承、人才培养的“大舞台”。

不管是班组还是工作室，纯粹的热爱、全然的投入、择一事终一生的坚守，是他们能够不断前行的共同答案。

后来，成为班长的温尚志，自己也带了徒。一次紧急攻关之后，已至深夜，下班途中，温尚志和徒弟张鹏飞一起在厂区寂静的夜里“压马路”。

张鹏飞一边感叹温班长技艺的精妙，一边问出了心底的疑惑：“你们是怎么把装配技术练到炉火纯青，同时还能有这么多奇思妙想、设计这么多称手的工装工具的?”

温尚志淡淡一笑，看着地上灯光拖出的人影，“这世上的职业千千万，但做精做通的理儿只有一个，脚踏实地、一心一意。就像这地上的影子，再怎么被拉长、抻远，影子始终长在脚上，走的步子始终是一个方向，踏踏实实走下去，总有到的时候”。

凉风习习的夜晚，相伴而行的身影。一颗专注于事业、执着于匠心的种子在张鹏飞心里扎下了根。此后的几年里，张鹏飞快速成长，获得了中国航发“质量放心”党员、黎明公司“十大杰出青年”等荣誉，如今早已成为班组的骨干力量。

变革之路：
“大胆创新，锐意改革，脚踏实地，勇攀高峰”

马克思曾说：“在科学上没有平坦的大道，只有不畏劳苦沿着陡峭山路攀登的人，才有希望到达光辉的顶点。”

2016 年航空发动机事业真的迎来了新的明媚春天。党中央决策组建中国航发时，习近平总书记作了 155 字重要指示，第一次发出了“建设航空强国”的伟大号召，突出强调要“大胆创新，锐意改革，脚踏实地，勇攀高峰，加快实现航空发动机及燃气轮机自主研发和制造生产”，指明了航空发动机前行之路、胜利之本。

大盘取厚势，落子开新局。中国航发坚定沿着习近平总书记指引的方向阔步前进，不断坚定自立自强的“心”，扛起自主创新的“旗”，走好自主研制的“路”，锻造锐意进取的“人”，塑造新时代航空发动机的“魂”，统一战略上下一盘棋，吹响了加快航空发动机自主研制的嘹亮号角。

付出就会有回报，奋斗就会有收获。李志强明显感觉到了变化，几年来，航空发动机事业按下了发展的“快进键”。航空发动机的研制步伐加快了，生产交付更加及时了，服务保障更加到位了，产品的可靠性大幅提升了。

在黎明公司这片沃土上，到处都是勃勃生机，到处都有强大活力，大家前进的脚步越发坚定自信，就连厂房前留恋浓浓绿荫的鸟儿也叫得更加欢畅了，李志强暗暗下定决心，要带领班组在航空发动机制造生产上当先锋、打头阵。

“变革”一词，是从什么时候深深嵌入脑海的呢？李志强陷入了沉思。依稀记得是 2019 年，知了叫响了的夏天。班前会上，工段党支部书记向他们传达了中国航发以及黎明公司开展 AEOS（中国航发运营管理系统）建设的相关部署。刚开始，还觉得几个英文字母拗口。后来，在工厂组织的一轮又一轮解读中，管理变革这个词就像一粒种子，在心里扎了根，也慢慢发了芽。

管理变革启动后，对一线有什么影响？会产生什么变化？远的不说，自己工作了几十年的装配厂在公司的统筹部署下作出决策，组建数字化装配线专业化建设团队，结合体系建设，打响了建成数字化装配车间的发令枪。一场与时间的赛跑，拉开了帷幕！

“变化早已成为时代的主旋律”，李志强深深感慨。最大挑战是如何和时代保持同步。一夕之间，一个公司或者一个行业都有可能发生巨大的变化。如何适应节奏跟上时代发展的步伐，这对每个人来说都是一个巨大的挑战，同时又是一个很好的机会。想起妻子一边抱怨买菜都得线上支付，一边缠着儿子学习如何在直播间抢单的情景，李志强不由得会心一笑。看来，即便在生活中，拥抱新变化、学习新技能也才是唯一的答案，唯有向“新”主动进军才有跟上时代步伐并有立在潮头的可能。

就像这次建设数字化装配线，对工厂来说，是抓住时间窗口提升核心能力和竞争力的重要之举。

可变化就意味着要打破舒适区，并不是所有人都能主动拥抱变化，愿意走出那个短期内还算安稳的小圈。就像浪潮袭来，有人早已嗅到了危机，主动充电，储备冲浪的技巧，以便第一时间就能乘风破浪，有人却依然躺在游泳圈里不愿起身，直到惊涛骇浪迫在眼前，才发现毫无招架之力。

李志强敏锐地察觉到个别成员异样的情绪。“现在不是干得挺好的吗，变革就能骡子变大马?”“将来装配线建成，咱们会不会被淘汰……”有质疑、有担忧。

心里的田不犁，就会长出杂草。可怎么才能让大家统一认识，犁掉心里的草，以更加积极开放的心态去拥抱变革、支持变革?

干活之余，李志强找到班组温尚志、张鹏飞等几个骨干，充当起装配线建设的宣传员、“小喇叭”。他们先预设问题，自问自答，答不了的就在李志强的带领下找到工艺人员研究，最后几个骨干成员个个都成了装配线建设的“万事通”。

“装配线建成了，有什么好处?”

“第一，干活更舒服了。咱们现在用的是刚性桁架，大家每天干活都有体会，装配过程免不了来回攀爬站架，存在安全隐患不说，效率还不高，装配线建成后，发动机采用上部吊装，咱们呀，站在地面上就能把活干啦。

第二，专业分工更细致了，大家的操作内容简单了。不用再辛辛苦苦掌握装配全过程，省出时间、精力研究自己工位的操作内容，装配的质量稳定性和效率就都能提高啦。

第三，生产保障更及时更便捷了。所需的零部件、工装工具实现优选优配，想用就在手边，不用大家跑来跑去做准备工作，想想就痛快……”

“装配线建成，我们会不会被淘汰?”

“要对自己有信心，实践是最好的老师，这么多年，我们在实践中探索、积累出的经验，都是无形的财富，可以支撑我们走得更远。而且新事物也不可怕，任何一个领域，从盲到通，都在努力之间，只要肯努力、肯坚持，就一定差不了。”

“装配线建设，我们能做些什么?”

“能做的实在是太多了！装配线建设是一个难能可贵的机遇，公司为我们提供了一个大有可为、大有作为的最好实践平台。装配线建成是给我们自己用，用着舒不舒服，符不符合操作习惯，操作空间是否足够，辅助工位器具有哪些改进点，将来的工作节拍怎么划分更合理、更有效率，等等，这些都需要我们参与其中，用我们实实在在的经验去反哺产线的建设……”

班前会、午休现场、下班路上都成了他们的宣讲现场，每个现场大家都听得聚精会神。思想上的疙瘩解开了、理顺了，大家的心气就更足了、目标更清晰了、行动更有劲头了。

班组成员群策群力，积极投身到装配线建设过程中。他们与工艺技术人员反复研讨，在装配细节上下足功夫。40 多型附件、200 多根管路、点火电缆、整机试验……从里到外、从刚性强的地方到刚性弱的地方，他们认真梳理装配内容与步骤，与工艺人员一起重构工艺路线，划分工位与节拍，将每道工序都细化成几十个工步，使每一个工位的工作量、操作时间更加均衡。经过无数次的迭代试验、无数次的实际演练、无数个基础数据积累，生产节拍趋于稳定，作业实现标准化，人机协作更加合理高效，外观检测可视化，总装装配周期大大缩短。

从参与研究人机协作智能辅助设备开发到一起探索可视化过程管理，从与信息化团队通力协作建设工检合一工艺系统到参与电子卷宗等信息化系统的建设与优化，在向“新”而行的道路上，“李志强班”的集体智慧迸发出了巨大的能量。曾经在生产实践中积累起的宝贵经验犹如丰富的矿藏，此刻在数字化“最后一公里”的“试验田”中熠熠闪光，支撑着装配线建设的愿景变为瑰丽的现实。

然而，装配线建设只是体系建设蓝图的一角。在中国航发的统筹部署下，从产品研发到生产制造、从供应链管理到服务保障，一张聚焦价值链业务、遵循变革管理规律的体系建设蓝图在黎明公司这片沃土上徐徐铺展。

要实现一个宏大的变革设想，离不开顶层设计的精妙，更离不开各类人才的支撑和他们扎扎实实的落实。

近年来，得益于公司高端人才引进和培养激励制度，一大批有志青年怀揣梦想而来，与黎明公司发展同频共振，为公司注入了“青春因子”，高素质、高境界、高水平的人才队伍在公司高质量发展的这一刻成为“关键变量”和“最大增量”。

2023 年，新年的钟声敲响，数字化装配生产线实现试运行。灰、蓝、黄为主色调的厂房，干净又明亮，让人赏心悦目；物料初步实现信息化管理、自动配送；关键工序自动化替代人工，产出稳定、高效；装配过程实现全程

地面站姿操作，攀高伏低已成为历史；一站式装配变脉动式生产，操作者实现专业分工，操作复杂度降低，生产更流畅……

这些变化又何尝不是整个黎明公司、整个航发、整个发动机事业快速发展的真实写照。李志强和他的班组成员，像千千万万航发人一样，是这些变化的亲历者、见证者，更是推动者。他相信，在航空发动机研制战线上，也正是成千上万个“李志强班”向“新”进军、向高攀登的一小步，才叠加出如今航空发动机事业奔腾向前的一大步。

十月下旬的棋盘山，气温捉摸不定，前一日还是怡人的秋风，今朝已似凌厉的刀，让李志强不由得裹紧了衣襟。攀登途中遭遇的陡峭山路，是许多未知的考验，正如航空发动机事业，需要脚踏实地、勇攀高峰，才能达到理想的目标。

与山为伍，就会铸就山一样的脊梁，与水为邻，就会练就如虹的气势。站在山顶，凝望天空尽头那轮燃烧似火的红日，李志强这个从不外露情绪的东北汉子心跳得更加强劲、血流得更加汹涌。

李志强想，他的心还在装配的战线上燃烧着，思维的枝叶依然青翠欲滴，激情的火焰依然喷薄迸溅，他还年轻，要做的事情还有很多。眼下，他最大的心愿是把劳模精神、工匠精神以及航空发动机的装配技能、绝招绝活传给更多年轻人，促进青年员工快速成长成才，协助引领班组聚力攻坚、创新突破。“守住阵地，站好最后一班岗。拼尽全力，打造强劲‘中国心’”。

报国之志：
“让中国的飞机用上更加强劲的‘中国心’”

“让中国的飞机用上更加强劲的‘中国心’，为建设航空强国、实现高水平科技自立自强积极贡献力量。”

习近平总书记在给“李志强班”重要回信中，再次发出“建设航空强国”的动员令。

这号令是重若千钧的殷殷嘱托，这号令是热烈滚烫的切切期望，这号令让每一个结实的胸膛里燃起一团熊熊之火。

当今世界，百年未有之大变局加速演进，世界之变、时代之变、历史之变正以前所未有的方式展开。而在这样复杂的竞争格局下，如果自主创新能力不强，存在路径依赖，就会被人“卡脖子”。

要破解“卡脖子”的问题，挑起服务国家战略的重担，实现“建设航空强国”的伟大夙愿，中国航发早已把科技自立自强、自主创新视作必然选择，坚定沿着习近平总书记指引的方向，朝着建设世界一流航空发动机集团的目标，走自主研发道路不动摇，航空发动机事业全面驶入自主研发的快车道，向党、国家和人民交出了优异的答卷。

聚焦主业，是中国航发给出的第一道解题思路。中国航发牢牢把握党中央赋予的动力强军、科技报国的职责使命，大力推进业务聚焦、资源聚焦、精力聚焦。采取非常举措，加快研制步伐，多型产品实现鉴定、定型、首飞、首航。航空发动机实现均衡生产、准时交付，产品质量持续提高，为国防武器装备建设提供强劲的动力支撑。

自主研发，是中国航发使科技创新引擎更加强劲的有力举措。中国航发坚决贯彻习近平总书记关于科技自立自强的要求，全力打造原创技术策源地，大力建设完善统一的自主研发体系，系统布局基础研究和前沿探索，推动动力先行、技术先行、基础先行。变革科技创新体制，突出研究院所创新“龙头”地位；组建压气机研发中心，依托“互联网＋”实现异地协同研发。加大研发投入，建强创新平台，强化仿真技术研究与应用，努力实现设计一步到位、试制一次做对、试验一次成功。

深化改革，是中国航发深层次提高经营质量效益的重要法宝。大力清理非主业，压缩管理层级，企业户数大幅降低。实施国企改革三年行动，加快解决历史遗留问题，基本完成“三供一业”移交、厂办大集体改革、退休人员社会化管理，实现了轻装上阵；对标世界一流，加快建设中国航发运营管理体系，管理能力和现代化水平显著提升。持续提高经济运行质量，深入实施成本工程，大力降杠杆、减负债，带息负债规模大幅降低，全员劳动生产率显著提高，为高质量发展奠定了坚实基础。

拥有领先的产业规模和现代化的产业体系，越来越成为制造强国获取竞争优势的重要环节。中国航发坚持新型举国体制，坚决当好现代产业链“链长”，加速构建产业体系开放协同的新格局。不包打天下、不保护内部落后，立足国内打造“小核心、大协作、专业化、开放型”的科研生产体系。积极带动民企参与航空发动机研制生产，大力培育战略供应商，推进非核心业务对外转移，有效发挥航空发动机的产业带动作用和辐射效应。积极构建政产学研用协同创新网络，与高校、企业、地方政府开展战略合作，共建联合技术中心，让开放合作的同心圆不断扩大。

成绩并未让跋涉者们停下攀登的脚步。2023 年习近平总书记的重要回信勉励，为七万航发人矢志报国、勇攀高峰注入澎湃动力。一个个敬业奉献的身影，一串串坚毅前行的脚印，汇成一种顶天立地的英雄气概，敢向更高、更难处攀登，敢向一切不可能进发。而黎明公司，也在中国航发的带领下，将回信中的精神刻进骨子里、融入血液中、铭记心坎上，全力以赴将重要回信精神转化为奋进新征程、建功新时代的生动实践。

一年来，黎明公司以人人都是奔跑者、个个都是收信人的思想自觉、政治自觉和行动自觉，加快突破关键核心技术壁垒，加速科技成果转化应用，因地制宜培育新质生产力，努力创造着“心”的更大成绩。

牢记使命责任，围绕科研生产和服务保障中的痛点和难点，黎明公司深入实施党建“铸心”工程。一年来，组建了282支“铸心”新长征党员突击队，打造型号攻关的“尖刀连”；开展43对党建共建，打造产品全价值链的“桥头堡”；构建“一体两翼”青年工作模式，培育创新驱动的“先锋队”，切实把党建优势转化为完成科研生产任务的胜势。

以数据信息融合为依托，黎明公司建成了多条自动化、数字化、智能化的生产线。如今，一台台AGV无人运货车穿梭行进在生产线上，机械手通过“智慧大脑”进行精准工作。零件安装、测量、加工、运输，一系列操作有条不紊、一气呵成，零件加工效率、加工一致性得到大幅提升。

看着这日新月异的变化，感叹着这可喜可贺的成就，李志强感觉胸中的那团火越燃越旺，燃出一片红彤彤如朝阳般的希望。

“李志强班”这支装配铁军，正是默默期待、默默创造、默默奉献青春和热血的七万航发人中的一个缩影，像一把“尖刀”，朝着艰难险阻插去。

军用发动机尤其是战斗机发动机强调发动机的超音速性能，对发动机本身的体积有着严格的要求，以适应军机小型化、隐身化的需求，这就给装配工作带来了极大的挑战。有些部位螺栓拧紧时操作空间狭小，有相关零件遮挡，在这些部位装配就像“在螺蛳壳里做道场”。装配质量和效率难以保证怎么办？

“李志强班”发挥组织优势，成立“铸心”新长征党员突击队，吸纳技术人员协同攻关，结合装配结构，开发可视自动拧紧工具，探索并掌握盲装部位螺栓自动拧紧技术，实现全程拧紧状态及拧紧数据的实时监控。攻关成果验收时，数据监测显示扭矩输出稳定、精准、合格率100%！

“把问题清单变成攻关清单，把攻关清单变成成绩单，我们就这样持之以恒、久久为功，一步一个脚印地走下去，走得扎实，心里也踏实。”李志强坚信，遇到问题不绕弯子、不走捷径，看似笨拙，却也能通过涓滴的积累，实现大的突破。

航发这片热土上的每一个人，都像“李志强班”一样，面对难题，既有澎湃的激情和只争朝夕的紧迫感，又有“积跬步至千里”超乎寻常的耐心和定力。他们一手坚盾、一手利剑，以这样的姿态，所向披靡，勇往直前。

尾　声

2024 年 1 月 31 日，春节即将到来，喜庆的氛围已然浓烈。比这更为浓烈的，是正在隆重举行的国务院国资委 2023 年度“央企楷模”发布活动现场。在一阵热烈的掌声中，“央企楷模”的代表李志强向国资委党委领导作了专题汇报，深情讲述了航空发动机事业在党中央的坚强领导、习近平总书记的掌舵领航下取得的进步。自豪、骄傲、责任，在娓娓道来的讲述中满满溢出。

航空发动机事业向上向前的每一步，都来之不易，经过了时间的酝酿和打磨，是研制战线上千千万万航发人心血与智慧的结晶。伟大事业呼唤人才，伟大时代成就人才。在这个风云际会的新时代，越来越多的高端人才坚定选择加入航空发动机事业，落地生根，壮大为林，将人生论文写在“国之重器”这个广阔的事业平台和实践舞台上。在人才这个“强力引擎”的轰鸣下，这些结晶一定会越来越晶莹，越来越璀璨。“航空发动机的明天一定会更好！”谈起未来，笑意弥漫，李志强脸上的每道皱纹都漾起幸福和信心。

从“央企楷模”发布活动现场归来，刚下车的李志强一眼就看到了等在站台上的小孙女。他快步走过去，迎接一个扑上来的拥抱。

回家路上，小孙女忍不住问道：“爷爷，你又得奖啦？你真是咱们家的英雄！”

李志强怜爱地摸了摸小孙女的头：“爷爷可不是英雄。这个奖啊，是给爷爷的班组、工厂、黎明公司的，也是给许许多多跟爷爷一起努力的航发人的。爷爷啊，只是替那些叔叔阿姨们去领的这个奖。”

8 岁的小姑娘若有所思：“爷爷，那让你去领奖，你激动不？”

“激动啊，怎么不激动呢。爷爷觉得血管里的血啊，流得更有劲儿了。”

孙女的话，让李志强的思绪飘向远方。这么多年来，最激动的还要数那次受邀去天安门广场看阅兵仪式。战斗机组成队列从蓝天呼啸而过，听着那震撼的轰鸣声，李志强感觉自己的心跳正与发动机的澎湃动力一样汹涌。身后那群可亲可敬的航发人，大家的每一滴汗水、每一滴心血，都是这澎湃动力的不竭源泉。大家一棒接一棒，倾尽全力，只为这颗“中国心”能更加强劲地跳动。

“爷爷，咱们回家吃饺子，奶奶早就包好了，是你最喜欢的三鲜馅儿。温叔叔、张叔叔他们都在咱们家等着呢!”

“哈哈，回家，回家!”想到家里那些热切的期待，李志强突然感觉背包里仔细存放的那纸奖状，沉甸甸的。

夜深了，小孙女睡着了。一旁还没来得及收起的日记本上，多了几行稚嫩的笔迹：“爷爷得了好多张奖状了，我觉得爷爷是个大英雄。可爷爷说，他不是英雄，他只是大海里的一滴水。我觉得，一滴水，也可以做英雄。爷爷、爸爸、温叔叔、张叔叔……他们都是英雄。我长大了也要做英雄。”

李志强眼眶湿润起来。是啊，平凡的水滴，也有大大的能量。一滴水，几滴水，成千上万滴水，聚在一起，就汇成了江河，融成了海洋，汹涌壮阔、气势磅礴。

巅峰突破铺锦路　绿色芳烃耀中华

——记中国石化芳烃成套技术开发团队的奋斗之路

◎文/郝春炜

长江南岸，庐山北麓，鄱阳湖畔，坐落着国家级绿色工厂、智能制造标杆企业——中国石化九江石化。2023 年 10 月 10 日，习近平总书记来到这里，驻足于年产 89 万吨芳烃联合装置照片前，这套装置应用的正是中国石化第 3 代高效环保芳烃成套技术。

习近平总书记现场询问中国石化当前的炼油化工技术水平，对中国石化最新一代芳烃成套技术给予高度评价。

让习近平总书记如此关切的装置与相关技术，究竟对我们的日常生活有着什么样的影响与意义呢？

这一切还得从芳烃究竟是什么说起……

芳烃技术重，石化破局功

1971 年，毛泽东在南方视察时发现，一名帮他做社会调查的工作人员需要排两个小时的长队，才能买到一条俗称“的确良”的涤纶裤子。

“的确良”挺括，不会皱，这种当时风靡全国的面料，原材料全部依赖进口，非常紧俏。毛泽东感慨万千，和周恩来沟通之后，当即决定“向国外购买生产技术：咱们也要自己造”！

制造“的确良”和“涤卡”的原材料，正是用量最大的芳烃品种——对二甲苯。

短短的几十年内，我国人民的服饰风格从单一到多元化，靠的正是石油工业中的芳烃产业。

烃，是碳和氢两种元素组成的有机化合物的统称，也叫碳氢化合物，是由“碳”中的“火”和“氢”中的“巠”合写而成。

芳烃，芳香族碳氢化合物，通常指分子中含有苯环结构的烃，是有机化工的重要基础原料，我国 65% 的纺织原料即源于此。

1 亩高产棉田在现代农业的科学管理前提下，最高产量也仅有 300 公斤。土地有限，是种粮食，还是种棉花？如果只靠棉花来满足全国人民的穿衣问题，那很多人就要饿肚子了。

如何走出两难困境？办法只有一个——无中生有！归根结底，粮棉争地矛盾的最终解决，在全世界范围内靠的是化学纤维。

化学纤维在 20 世纪初被发明时，完全是出于对蚕吐丝的模仿。当人们发现，以石油等为原料的聚酯类高分子化合物所具有的黏性可以用来抽丝，土地就在很大程度上得到了解放。

作为化学纤维原料的对二甲苯，只是芳烃中的一个品种，芳烃还包括苯、甲苯、二甲苯等，是生产塑料、橡胶、纤维、涂料、医药等众多产品的基础原料。

据中国石化科技部副总经理袁霞光介绍，石油化工行业的基础原料有两大分支：一个是烯烃，另一个就是芳烃。

因此，如果说烯烃中的乙烯产能是一个国家石油化工发展水平的标志，那么芳烃则是一个国家民生保障的坚实基础。

芳烃成套技术包括原料精制与精馏、芳烃异构与转化、吸附分离等工艺及工程技术，是系统复杂、技术密集型的高端技术，开发难度大。此前，全球仅有两家国外著名公司掌握芳烃成套技术，设置了很高的技术壁垒，技术许可和专用吸附剂、催化剂等费用也极为昂贵。

1975 年，我国引进年产 2. 7 万吨对二甲苯装置时，相关技术费用高达数百万美元。

2007 年，我国引进年产 60 万吨对二甲苯装置时，仅技术应用支出就高达数千万美元。

直到 21 世纪的最初几年，我国依然约有一半的对二甲苯要从国外购买，另外一半在我国生产产品的装置，也都在使用昂贵的国外技术。

生产成本过高，导致国内芳烃产业包括纺织工业乃至轻工业的发展始终受限。

正是在这样的背景下，中国石化芳烃成套技术开发团队挺身而出，肩负起打破垄断、实现芳烃技术国产化的重任。

芳烃攻关路，石化铸辉煌

国外芳烃技术的研发，可以追溯到 19 世纪中期至 20 世纪初，经历了一个漫长的过程。从最初的煤焦油利用到石油化工的兴起，以及后续的技术创新和产业格局变化，不断推动着芳烃技术的进步和应用领域的拓展。

因此，在国外并没有任何一个人物或团队能够独自或者独立成为芳烃技术研发的代表性人物或代表性团队。因为芳烃成套技术研发过程很长，且规模太大、技术太密集，是一个很漫长很复杂的技术集成过程。

中国石化芳烃成套技术开发团队的传奇，是一部充满挑战与突破、坚持与创新的奋斗史。因为他们不仅在我国装备制造业水平上实现了重大突破，同时也创造了单一团队攻克高度复杂技术集成的新纪录。

闵恩泽、袁渭康、何鸣元、袁晴棠、欧阳平凯、谭天伟6位中国科学院院士曾对中国石化芳烃成套技术攻关项目给予高度评价，认为中国石化芳烃成套技术的成功开发是石油化工技术的里程碑。尤其是该项目在工艺、工程装备、控制方法与系统、吸附材料与催化材料等方面取得多项重大创新与突破，整体处于国际领先水平，具有重要的推广应用价值。

据中国石化集团公司首席专家孔德金介绍，芳烃成套技术这样高难度、高投资、高风险的技术之所以能够在我国从实验室成功走向工业装置，与国家层面的支持、产学研紧密结合以及中国石化科研、设计、建设、生产等高度一体化的协作优势有很大关系。

从20世纪70年代开始，中国石化石油化工科学研究院、中国石化上海石油化工研究院等单位就接连研发出芳烃抽提、二甲苯异构化、甲苯歧化和烷基转移等芳烃单元生产技术。所以，广义上的中国石化芳烃成套技术开发团队，包括了从20世纪70年代起的好几代科研人员，是“四十年磨一剑”。

几代科研人员默默基于生产实践，孜孜不倦地进行每一项相关细节技术的国产化攻关，一点一滴地积累，抽丝剥茧般地辛勤探索，一切只为了在芳烃成套技术领域打基础、夯根基。

这一时期，也可以看作是中国石化芳烃成套技术研发水平跟跑甚至并行国际同行的阶段。因为芳烃成套技术的核心部分——对二甲苯吸附分离技术始终无法攻克，成为最后的壁垒。

“芳烃是混合组分，其中与对二甲苯同分异构的4种碳八芳烃的最小的沸点差仅约1摄氏度，用常规方法分离十分困难，就像4胞胎兄弟，我们要精准地把其中一个具有最重要应用价值的对二甲苯从4胞胎兄弟里分离出来，工业上最有效的方法是模拟移动床吸附分离技术。但无论是吸附剂还是吸附分离技术本身，我们之前一直没能实现关键突破。”中国石化科技部副总经理袁霞光说。

正是由于这块短板的存在，导致我国每年依然需要进口数百万吨对二甲苯产品，花费近百亿美元。

中国石化石油化工科学研究院副院长、副总经理王辉国

中国工程院院士、中国石化集团公司首席科学家孙丽丽

中国石化集团公司首席专家孔德金

中国石化工程建设公司党委书记吴德飞

厚积薄发，几代科研人员的实践与探索，终于成就了中国石化芳烃成套技术开发团队的最终成型与攻坚突破。

初期探索勤，曲折历艰辛

中国石化石油化工科学研究院副院长、副总经理王辉国告诉记者，为突破国外对吸附分离技术的垄断，中国石化石油化工科学研究院从1998年就启动了吸附剂的研发工作。

王辉国于1999年入职中国石化，当时该院已研发出初步的吸附剂样品，但性能暂时无法满足工业应用的要求。

王辉国参与到研发工作中时，主要攻关合成生产吸附剂用的分子筛，为了尽快攻克技术难关，他与团队成员放弃节假日及周末休息时间，争分夺秒地埋头实验。

“我几乎没休过假，节假日没有休过，周末也没休过。天天泡在实验室。”王辉国说，“各种无机材料，用硅和铝把它们搅和到一块，形成那种橡胶冻似的东西，然后再把它放到烘箱里进行精化，合成配方，数千次实验，工作量很大，而这仅仅是分子筛合成。失败的例子很多，只能慢慢改进。”

到2003年底，当分子筛终于研发出来，理论上可以连续生产出工业应用级吸附剂时，进一步的样品放大工作又遇到了不小的挫折。10次、20次地重复放大，却始终得不到理想的结果。

王辉国回忆：“左一次通不过，右一次通不过，哎呀，那个时候心急如焚，因为机会就摆在你面前，给了你非常难得的一次机会。如果你不能抓住，那下一次机会，也许是10年以后，也许是20年以后。”

王辉国所说的机会，是一段颇具传奇色彩的机缘。

中国石化在科研领域，一直有着很细致严谨的管理体系，每项技术在投入工业应用之前，都会有很严格的技术评议或者是技术鉴定的流程。通常，工业应用之前的技术把关与评审过程被称为技术评议，而工业应用成功之后的总结验收被称为技术鉴定。

2003年，在进行吸附剂的技术评议时，中国工程院院士曹湘洪作为主要评委，鉴于对新剂的研制过程和评价实验结果的详细了解与审核，决定支持吸附剂的直接工业应用，供应中国石化齐鲁石化烯烃厂年产6.4万吨对二甲苯装置。

这是一套20世纪80年代初就引进的装置，当时已运行了20多年，早就到了该换剂的时候，中国石化齐鲁石化与国外的技术专利商已进行过比较深入的技术谈判。“甚至就差签商务合同了，什么都谈妥了，最后因为我们的剂开发出来了，在曹湘洪院士的支持下，齐鲁石化不买进口剂了，直接用我们自己国产的剂。”王辉国说。

事实上在此之前，还有一段小插曲。2002年6月，国内某企业采用国外技术的对二甲苯装置遭遇了一个棘手问题：吸附剂因乙二醇中毒导致性能失活。这批吸附剂总量为340吨，每吨市场价达30多万元人民币，国外专利商诊断之后，认为必须换剂，这就涉及1亿元人民币以上的成本，而且从国外厂商供剂到装填还得要半年时间。

由于曹湘洪院士此前关注到中国石化石油化工科学研究院已从事吸附剂研发多年，建议邀请研发团队基于对吸附剂制备过程的全面认识，参与现场的故障诊断。

王辉国当时正是团队成员之一，他判断这些吸附剂是临时中毒，但分子筛结构是完好的，没有被破坏。

“我们接了这个任务，用25天时间，每天24小时连轴转，完成了所有实验研究工作，提出了再生方案，然后又用了大概两个月的时间，完成了失活吸附剂的再生，使它的装置重新开车，吸附剂活性恢复到95%以上，装置正常生产。”王辉国说，正是因为有了这段插曲，他们无形中打响了自身研发团队的专业招牌，“所以才有了2003年、2004年的支持我们直接工业应用新剂的机会。”

吸附剂的正常使用寿命通常在10年左右，如果错过这次工业应用的机会，下一次也许真的要等10年、20年。

“我那时候是课题组组长，我带的团队大概有六七个人。家里没人的时候，真的是想大哭一场，因为你不知道问题究竟出在哪儿，只能一点点抽丝剥茧，来寻找这个原因。”王辉国说：“因为所有的环节，在人的认知范围内的，我们都控制到了，但结果依然不合格，你想想，那会是一个什么样的感受？”

终于，2004年初，近千次的微调参数之后，吸附剂的最终监测设备——模拟移动床交出了令人振奋的成绩单。

“那一刻我激动坏了，马上给院领导打电话，报告这个消息。”那是王辉国多年来一直难忘的瞬间，“我就说两句，我说成了，然后接着说，比老外的那个还要好一些。院领导也特别高兴，一刻都没停就给集团公司领导打电话汇报了，然后马上批复建设吸附剂的生产装置。我觉得那次是真的难以用言语来形容，虽不至于涕泪横流，但大家真的都非常高兴，很激动。”

2004年3月，中国石化催化剂长岭分公司与石油化工科学研究院通力合作，开工建设吸附剂生产装置，设计规模是千吨级。装置当年5月底建成中交，实现机械竣工。到当年8月，就生产出首批180吨RAX－2000A国产吸附剂。

从装置的建设到调试运行，最后到工业生产，仅用了不到半年时间，这在当时树立了一个工作效率的新典范。之后，王辉国与吸附剂研发团队成员开始边送货边在中国石化齐鲁石化年产6.4万吨对二甲苯装置上启动装填工作。

吸附剂的装填是一个很复杂的过程，吸附塔中焊接牢固的格栅要一层一层打开，吸附剂要一层一层一次性装填进去，再把格栅重新焊接起来。

时任中国石化齐鲁石化烯烃厂芳烃车间主任李玉涛回忆：“当时就是，成了就成了，如果不成的话，那就整个废掉。国产剂到底行不行呢？如果开工结果不理想，不仅仅是影响生产的事儿，20 多万元 1 吨的吸附剂，一共装了 160 吨，成本好几千万元。所以我们当时也真的很忐忑。”

2004 年 10 月初，中国石化齐鲁石化年产 6.4 万吨对二甲苯装置顺利启动开车流程。“开工的运行结果显示，吸附剂性能竟然远远超出了我们的预期，这可是一次性取得比较大的成功。”王辉国至今难掩兴奋之情，“说真的，当时特别担心不成功，我已经做好了心理准备，我跟团队同事说，如果吸附剂的首次应用不成功，咱们几个回来就可以考虑转行了。因为当时只有一次机会，如果失败了，铁定要转行，就不要再研究这个事儿了。所以我们也非常感谢总部的支持和兄弟单位的支持。”

吸附剂从研发到应用的历程比较艰辛，因为这是一个从无到有的过程，能快速取得突破性进展，确实需要很多机缘。

“我们比较幸运，我后来总结，在这些重要的时刻，没有掉链子，我们抓住了机会。”王辉国说。

不过，虽然 2004 年的工业运行结果表明，首批 RAX－2000A 吸附剂的各项指标均达到或超过进口吸附剂的水平，价格还比当时进口吸附剂低三分之一。但国外专利商提出，如果国内引进的对二甲苯装置应用国产吸附剂的话，他们将不再提供配套技术服务和其他关键产品。有人对此比喻道：“我只想吃一颗桃子，却被迫要买下整个果园。”

国外公司设置的技术壁垒，进一步坚定了中国石化开发自主芳烃成套技术的决心，促使中国石化最终集合科研、设计、建设、生产等要素，力争创造出完全属于自己的成套关键核心技术，彻底在芳烃成套技术领域实现贯通式突破。

入围“十条龙”，啃下“硬骨头”

有了吸附剂，犹如拥有解锁吸附分离工艺的关键利器。

“当时集团公司总部主要领导对我说，他其实惦记这个事好长时间了，要不是弄出来吸附剂的话，就不动这个心思了，现在吸附剂都有了，那我们还差啥？等于基础条件都具备了，就剩组织攻关最后一个单元了。”王辉国说。

中国石化芳烃成套技术开发团队的成形，始于2009年。长期缜密地论证与部署后，2009年8月，中国石化组织所属石油化工科学研究院、工程建设公司、扬子石化等多家单位，正式成立芳烃成套技术研发团队，集智攻关、协同创新，聚焦芳烃成套技术最后壁垒——对二甲苯吸附分离技术，发起总攻，力求啃下这块“硬骨头”，完成芳烃成套技术的闭环。

同年，对二甲苯吸附分离技术攻关被列入中国石化973项目、“十条龙”重大科技攻关项目，自此正式开启了我国自主对二甲苯吸附分离技术攻坚战的序幕。

攻关工作的核心实践，聚焦于中国石化扬子石化年产3万吨对二甲苯工业试验示范装置的建设与投产的全过程。

1989年，中国石化扬子石化引进国外技术，建成投产了当时亚洲最大的芳烃联合装置。如今，联合装置已稳定运行35年，其间未发生任何安全和环保事故。因此，在2009年，中国石化扬子石化芳烃厂员工凭借20年积累的丰富的现场操作经验，开始在生产过程中，在许多流程当中逐步进行了国产化尝试，并取得成功。

而且，他们对国外公司设置的技术壁垒有着深刻印象。国外专家的技术服务工作按天计费，一人一天1000美元。眼睁睁看着国家外汇流失却没有任何办法，因为核心技术掌握在别人手里。

现任中国石化扬子石化芳烃厂厂长汪琦，当时在厂里分管投资，全程参与了这套对二甲苯工业试验示范装置的建设和投产过程。“异构化反应的催化剂，包括系统分流的技术，说实话都已经很成熟了。所以我们就放在吸附分离系统，就是吸附剂格栅，还有程序控制系统，重点验证这几项技术。”

“吸附剂，当时已经在齐鲁石化相关装置用过了，在我们这儿应用时又进行了升级。我们评估下来，哪怕最差，最起码我们是有了，至少应该可以与齐鲁石化相关装置的应用效果持平。所以主要的难关就是吸附塔中的格栅制造。”中国石化扬子石化芳烃厂负责设备的老专家钦海良回忆，中国石化工程建设公司科研人员放弃所有节假日及周末休息时间，争分夺秒地埋头试验，开发出具有迷宫结构的吸附塔格栅和斜面中心管的复杂管系内件技术，以及更加高效且有别于国际同类技术的吸附室床层管线冲洗工艺。钦海良负责到委托生产设备的厂家监督生产。但格栅的质量总是不能达标。

“那个时候真的很灰心。当时那种制造水平，跟国外的没法比。现在中国制造可以了，但那个时候还不太行。当时国内很少有人敢接这个活儿，难度太大。”钦海良回忆，自己每个星期都到厂家去，“介绍一些经验，帮助他们多方寻找优秀的焊接工人、提高整体技术水平。每个星期都去检查，对接总结经验，并提出更进一步的生产参数要求。”

就这样一遍一遍打磨，终于完成了吸附塔内构件的生产工作。

“另外，工程建设公司专项攻关攻克了吸附程序控制系统（MCS）的控制难题。我们又去系统内做了一些调研，我记得当时一共要测试 18 种工况。一步一步，工艺、设备、仪表，各专业协同配合。那时专业论证的会议比较多，整个成套技术研发团队所有专业在一起协调。”汪琦回忆，“示范装置放在扬子石化，对我们来说这既是鞭策也是压力。海南炼化即将建设更大规模的芳烃联合装置，计划整体应用国产成套技术，所以我们这个示范装置的建设必须成功，因为我们不能耽误海南炼化的发展，所以当时压力还是极大的，而且给我们的时间非常短，不到两年。”

“从 2010 年 2 月开始确定做，到 2011 年 10 月，1 年零 8 个月这个事做成了。其实这是非常难的，炼油结构调整，尤其这种大型的工程项目，一直到开起来，一般都要 3 年以上，短的也要两年半，1 年零 8 个月的时间非常紧，在这么短的时间内，做了这么了不起的事，不容易。”现任中国石化扬子石化芳烃厂技术改造办公室主任谷立杰回忆，“当时新建示范装置，人员基本上都是从外面转岗过来的。从水厂抽调了一部分人，还从我们厂其他一些辅助车间抽调了一部分人，这些人都要重新培训，时间紧任务重，人员结构复杂。但必须拿下来。”

2011 年 10 月，中国石化扬子石化年产 3 万吨对二甲苯工业试验示范装置顺利完成所有试验项目，实现一次开车成功。这意味着中国石化成功补上了吸附分离技术短板，彻底结束了我国芳烃成套技术必须依赖进口的历史。

至此，我国也成为继美国、法国之后全球第 3 个拥有此项技术的国家。

由于采用最新研发的 RAX－3000 型国产吸附剂和工艺，示范装置生产的对二甲苯产品，纯度、收率等关键指标均达到国际先进水平，进一步验证了自主技术的可靠性。这也为中国石化海南炼化进一步扩大国产芳烃成套技术的工业应用规模，提供了可靠的技术支撑。

时至今日，当年的这套示范装置，依然在持续创造效益。“这套装置不仅有重大的科研意义，近几年还在持续生产中国石化的小巨人产品——对二乙苯，且市场占有率非常好。”汪琦说。

“当工业验证的历史使命完成以后，示范装置还要继续发挥作用，创造效益，所以装置在设计时，就巧妙令其同时具备生产对二乙苯的能力。对二乙苯是干什么用的呢？就是制作对二甲苯吸附分离解析剂用的，所以就实现了直接给对二甲苯吸附分离装置提供原料的作用，而且是循环利用，理论上不消耗，只有一些物理消耗，所以示范装置的建设，设计也很好。”王辉国说。

中国石化扬子石化年产 3 万吨对二甲苯示范装置的建成投产，更大的意义还在于依托该公司数十年来的人才与经验的积累，为未来中国石化在更大范围应用自主芳烃成套技术，不断升级换代，培养各方面人才，打下了坚实的团队融合创新基础。

其中，尤以李旭灿、钦海良为代表。他们从入职起就在中国石化扬子石化芳烃厂担任技术员，精通现场工艺与设备。由于长期坚守在芳烃生产研究领域，他们积累了丰富的生产操作经验和处置生产技术疑难的能力，是全国芳烃生产领域的知名能手。作为老一辈技术专家，他们的情怀与经验，是一笔非常宝贵的财富。他们始终秉持着严谨负责、精益求精、一丝不苟的精神，赋予整个团队来自生产现场的底气与支撑。

至此，中国石化芳烃成套技术开发团队已全面成形并发展壮大。研究院所的科研人员与生产现场的技术专家已形成充分的默契配合，整个团队即将在更广阔的领域取得新的突破。

芳烃海南绽，石化谱新篇

蓝天碧海，椰影婆娑。在海南省洋浦经济开发区，蓝色的大海“背景板”前，是一片高大的现代化炼油与石油化工装置。这里是中国石化海南炼化，中国石化芳烃成套技术就在这里实现了首次规模化推广应用。

2013 年 12 月 27 日，中国石化海南炼化年产 60 万吨芳烃联合装置最后一套工艺单元异构化单元投运，吸附分离单元稳定产出 99.8% 的高纯度对二甲苯（应用国外技术装置同期的产品纯度为 99.7%），一次投料试车成功。这标志着中国石化芳烃成套技术大型工业化装置应用成功，树立了新的里程碑。

全密闭的管道罐体中，原油经过一道道工序，形成多种石化产品，其中无色、纯净如矿泉水般的对二甲苯产品，不但纯度高于世界优级品，而且过程效率高于国际同类装置先进水平。同时，中国石化也通过物理化学、催化材料、智能控制、工艺工程等原理与方法创新，实现了更高效地将低价值的重芳烃资源转化为高价值的对二甲苯产品的生产。由于应用了首创芳烃高效转化与分离新型分子筛材料，联合装置的重芳烃转化能力与同期同类联合装置相比提高 70% ~80%，资源利用率提高 5%，吸附分离效率提高 10%。

据中国石化海南炼化技术与信息管理部部长王勇介绍，由于实现了高效热集成，中国石化海南炼化年产 60 万吨芳烃联合装置的运行能耗比行业同类技术低 28%，在大幅降低了装置的加工成本的同时，也实现了绿色低碳高能效生产，1 年的节能量相当于减少 27% 二氧化碳排放量。

“在海南炼化，虽置身于石化工厂，但是看不到污染排放、闻不到刺鼻的化工味，相反，这里碧海蓝天。”王勇说。

“项目组前期做了大量工作，就是到全国各地了解相应的工艺设备，看哪些能用，我们把当时国产相关的一切先进技术都往上面堆，而且是绝对可靠的我们才堆。”现任中国石化海南炼化芳烃部党支部副书记杜俊杰，当时在该部任技术员，他说，“我感觉我们首套芳烃联合装置的建设过程中，有种奥林匹克竞技精神，各方面都要争第一的感觉，就是要‘拿金牌’，为国争光。”

自 2013 年投产以来，中国石化海南炼化年产 60 万吨芳烃联合装置实现了连续、安全、稳定、优化运行，经济效益、能耗指标等始终保持同行业领先水平。“仅我们这里年产 60 万吨对二甲苯产品所生产的纤维，就相当于海南全省有效耕地 1 年产出的棉花。”王勇说。

至此，中国石化自主开发的成套技术工艺包、工程设计和管理软件等，使我国不仅成为芳烃成套技术专利商，而且成为工程建设 EPC（工程总承包）承包商，取得了显著的社会效益。

据中国工程院院士、中国石化集团公司首席科学家孙丽丽介绍，中国石化海南炼化年产 60 万吨芳烃联合装置应用的均为自主研发制造的专利设备，集成创新控制方法实现智能控制，实现短时间大流量变化的快速调控，吸附塔压力波动幅度显著降低，确保了装置长周期本质安全与高效精准运行。团队创新设计并建造了世界规模最大的单炉膛芳烃加热炉和多溢流板式芳烃精馏塔，率先开发出新型结构的吸附塔格栅专利设备，流体混合与分配均匀性显著提高，并形成了配套的国家或行业标准，是真正从中国制造走向了中国创造。

孙丽丽是我国炼油工程设计技术专家，全国工程勘察设计大师，在石油化工及天然气净化工程技术研究、设计和建设领域取得了显著成就。

她的主要成果包括：开发了高效环保芳烃集成设计技术，填补了我国芳烃自主技术工程创新的空白；研发了原油清洁高效转化系列工程技术，在炼油技术集成创新上实现突破；攻克了高酸天然气净化关键技术，解决了高酸天然气超大规模安全高效净化处理的难题；主持建成了首套自主技术芳烃联合装置。

孙丽丽先后获全国工程勘察设计金奖 1 项，全国工程总承包金钥匙奖 3 项；获菲迪克杰出项目奖；授权专利 36 项；获国家科技进步特等奖两项（“高效环保芳烃成套技术开发及应用”“特大型超深高含硫气田安全高效开发技术及工业化应用”）。

尽管如此，孙丽丽却谦虚地表示，自己只是一名将科技成果转化为绿色高效生产力的“手艺人”，简言之“你有好料子，我就有好手艺”。

“其实我的工作经历，包括参与芳烃成套技术研发团队的过程告诉我，在科学的道路上，任何一点进步、任何一项创新成果都离不开历史环境，离不开整个国家的政策，离不开来自各企业各个团队的通力协作。”谈及为何选择一条不畏艰辛、自主创新之路，孙丽丽说，“个人的选择要和国家需要紧密结合起来，要与企业的需求紧密结合起来，工程创新一定要与行业的发展方向紧密结合起来，生产出来的产品要努力满足人民对美好生活的需要。在芳烃成套技术的研发过程中，我和团队实现了科研成果工程化的关键步骤，这是我们义不容辞的使命，也是我们实现自身价值、赢得自豪与荣耀的舞台。”

当然，芳烃成套技术也是不断进步的，国外公司做芳烃装置已经几十年，全球范围芳烃装置仅应用美国技术的就有上千套，未来的市场变化是长期的。

此前，国内对二甲苯进口依赖程度大，引进应用国外技术的单套芳烃联合装置，价格都在几十亿元人民币以上，产能规模大的甚至超过 100 亿元人民币。按照 2014 年国内对二甲苯缺口为 1000 万吨的规模，大约新增 12 套芳烃联合装置才可实现国内自给，每套装置按照 70 亿元人民币简单计算，新建市场规模接近千亿元人民币。而这还只是简单计算，吸附剂等消耗品还会产生源源不断的需求，将支撑起更大的市场空间。

但自从中国石化具有了完整的芳烃成套技术自主知识产权，就不用再向国外企业缴纳高额的技术转让费和专利费用，国内同类装置配套的吸附剂也可以使用国产的，这都将大幅降低成本。

中国石化海南炼化年产 60 万吨芳烃联合装置还实现了全面智能控制，实际运行中实现由“需要外部供电”到“向外部输送电”的突破。

孙丽丽说，与同期国内开工的装置相比，应用中国石化工程建设公司的芳烃成套工程化技术后，联合装置单位产品能耗直接降低了 28%，具有显著的竞争优势。

此外，与国内同类装置相比，中国石化海南炼化年产 60 万吨芳烃联合装置每生产 1 吨对二甲苯产品，能耗要低 150 千克标准油。按年产量 60 万吨计算，每年在降低能耗上又可节省数亿元人民币。

“在原料精制单元，项目突破性地以催化反应代替物理吸附，这又大幅延长了催化剂的寿命，再度减少相关固体废物排放达 98%，所以海南炼化环保监测指标全面优于最新颁发的国家排放标准。”中国石化集团公司首席专家孔德金说，中国石化海南炼化这套芳烃联合装置，在当时以最低的能耗成为全球芳烃联合装置的新标杆。

孔德金，1986 年从山东大学毕业进入上海石油化工研究院后，长期从事芳烃领域催化剂及成套技术的研究、开发和工业转化工作，先后申请国内外发明专利121项，获授权62项，涉及12个国家和地区，获16项国家及省部级技术发明奖和科技进步奖。他曾获“全国劳动模范”“上海市劳动模范”等称号，先后被评为国家级有突出贡献的中青年专家、新世纪百千万人才工程国家级人才、浦东新区十大杰出青年、浦东改革开放20年20人。

孔德金和他所在的研究团队一直专注甲苯歧化催化剂及工艺技术研发和工业转化工作，高性能的甲苯歧化催化剂对于提高芳烃产品收率、增加装置经济效益至关重要。

中国石化上海石油化工研究院从20世纪70年代开始甲苯歧化催化剂研究开发，至20世纪80年代中期，形成了ZA型催化剂，并成功运用于石化企业。20世纪90年代以来，孔德金在前人的基础上带领科技人员加大创新力度，逐步开发形成了ZA、HLD、HAT等3大系列15个牌号的甲苯歧化催化剂，实现了我国在该技术领域从无到有、从有到优的转变。

目前，孔德金和他的团队研发的新型甲苯歧化催化剂及成套技术，不仅应用在中国石化海南炼化，还多次出口东欧、中东和东南亚等国家，使我国从甲苯歧化成套技术的进口国跃升为出口国，创造了显著的经济效益和社会效益。

正是由于中国石化团结并凝聚了在芳烃技术领域进行基础研究、工程化研究、工程设计、工业转化和技术服务等方面的精英骨干，形成了一支结构合理、奋发向上、追求卓越的创新团队，才顺利拥有了具有自主知识产权的芳烃成套技术，而且各项技术经济指标达到世界领先水平，为国内芳烃工业创造了新的战略发展机遇，这对于提升我国经济发展的质量效益、加快结构转型具有重要意义。

“整体比较顺利，全流程、完整地应用国产芳烃成套技术，95%的设备为自主设计制造，海南炼化年产60万吨芳烃联合装置是第一套。同时还带动了化工与流程制造业发展，创造了新的就业岗位，社会效益显著。这套联合装置在2014年上半年完成考核标定，结果来看，我们就是不鸣则已，一鸣惊人。实际上真的是因为准备足够充分。我们可以自豪地说，一开始就领跑于全球同行，起点非常高。”孔德金说。

两套芳烃盛，衣被天下安

“99.72%，芳烃产品质量合格了!”2019 年 9 月 27 日 23 时，随着最新化验结果出炉，中国石化海南炼化 2 号芳烃异构化装置一次投料成功，这标志着该公司应用中国石化自主产权的年产 100 万吨芳烃联合装置正式实现商业运行，为新中国成立 70 周年献上了一份厚礼。

至此，中国石化芳烃成套技术顺利升级至 2.0 版。而海南炼化以拥有每年 160 万吨对二甲苯生产能力，成为中国石化最大的芳烃生产基地，全部产品如果转化为纤维，相当于 3 个海南省有效耕地 1 年产出的棉花量。

海南炼化 2 期芳烃项目集成了当时中国石化在芳烃领域的最新科研成果。在海南炼化 1 期芳烃项目各项技术指标领跑全球芳烃行业的基础上，中国石化芳烃成套技术开发团队实现了应用新型分子筛材料和新一代高效芳烃转化催化剂、首创变温模拟移动床吸附分离工艺、创新装置集成控制方法、优化深度集成热联合及高效利用技术、应用火炬系统动态模拟技术等六大核心技术创新，进一步提升自主芳烃成套技术的核心竞争力，再次打造出国产化芳烃成套技术新标杆。

“1 期项目年产能是 60 万吨对二甲苯，2 期项目年产能是 100 万吨对二甲苯，提升了 40%，但装置区并没有大很多。”现任海南炼化芳烃部党支部书记阚宝训介绍，“例如吸附塔的外形变化不大，1 期是八米一，2 期是八米四，就多了一点点，但处理量提升了 28%。”

这套新的联合装置在能耗与环保效益方面力求优化到极致，装置区全面使用无渗漏地沟，隔一段距离铺设一段透明构件，通过玻璃检查井能随时进行可视化检测。

“广泛应用了当时世界最先进的安全环保生产技术和装置，整体设计能耗再降 25%，主要污染物排放指标处于世界领先水平。”中国石化海南炼化芳烃部党支部副书记杜俊杰说。

“还有油气回收系统，装置区再无挥发或外排放的任何气体，全部集中起来，冷凝过后回收利用，也有一定收益，说是 1 年能挣 1 万块钱。虽然效益不大，但主要是环保贡献。”阚宝训说。

当问及先后参与中国石化海南炼化两期芳烃项目的感受时，阚宝训和杜俊杰不约而同提到了团队精神。

阚宝训这样形容：“大家拧成一股绳儿的感觉明显要突出很多，项目组所有人说晚上不睡觉就不睡觉，我们就守在现场。中间每一个关键点，必须要做到位，不然大家前面的工作就白费了。连续两次大型化工业应用，不可确定的因素很多，排查工作量也很大。当时一看指标合格了，就松口气，说明设计到建设都没问题。”

杜俊杰说：“为保障顺利开工，前后半年时间，项目组所有人都住在厂子里。回公寓就洗个澡，换了衣服又回厂了。办公室、操作间里搭着简易床。从开工到后边稳定下来，所有人都这样，不是说某一个人这么干，领导带头就这样。”

时至今日，为持续保持领跑优势，中国石化海南炼化还在按照立标、对标、追标的优化思路，对标历史最优和行业领先，先后制定了43项芳烃联合装置对标指标，并将责任细化到岗到人，有效调动技术人员优化装置指标的积极性。

烟气余热回收是芳烃联合装置实现节能降耗、能效领跑的撒手锏。“两套芳烃联合加热炉共用一套烟气余热回收系统，用高温烟气加热燃烧空气，充分回收烟气余热，加热炉整体热效率高达94%。”阚宝训介绍，“在装置开工及运行过程中，我们发现加热炉过剩空气多、热损失大等问题会降低热效率，进而影响装置整体能耗。”

对此，他们和科研与建设团队再度合作，实施了加热炉低氧燃烧优化项目，在烟道安装一氧化碳分析仪，精准控制炉膛空气量，将加热炉热效率提高至94.5%，燃料气消耗量每年可减少456吨。

在此基础上，中国石化海南炼化还特别成立节能技改攻坚专班，实施芳烃联合装置邻二甲苯塔低温热高效回收改造。他们在1号芳烃联合装置邻二甲苯塔顶馏出线上增设两台蒸汽发生器，提高邻二甲苯塔操作压力、塔顶温度和回流温度，将塔顶低温热回收方式改为发生饱和蒸汽，并将蒸汽外送至0.35兆帕蒸汽管网供其他装置使用。

为进一步降低蒸汽用量，公司还从热能一体化高效利用出发，增加换热器，提高重整油进料温度，有效降低重整油分离塔底消耗的蒸汽量和重沸炉的燃气使用量。

针对当地空气湿度高、蒸汽管线更容易腐蚀的实际，他们换用性能更好的气凝胶材料，并用带防腐涂层的不锈钢对蒸汽管道进行防护。

一系列举措实施后，目前公司每年可节约 3.5 兆帕蒸汽超过 2.8 万吨。

芳烃成套技术的不断完善与进步，还带动了相关产业的技术进步和发展。例如，中国石化海南炼化两期芳烃项目就辐射并促进了周边对二甲苯—精对苯二甲酸—聚对苯二甲酸乙二醇酯产业链的发展。

目前，海南省配套引进的年产 210 万吨精对苯二甲酸、年产 100 万吨聚对苯二甲酸乙二醇酯项目均已建成投产，产业集聚效应逐步显现，海南省打造全国最大芳烃及聚酯产业基地的举措初显成效。

十载终圆梦，科技映辉光

蓝天白云之下，黑色的沥青道路宛如墨色丝带，白亮的塔器管线仿若银色巨龙盘卧，在阳光的映照下熠熠生辉，散发着科技与工业之美，诉说着现代文明的辉煌与壮丽……2022 年 1 月 20 日，国家重点项目、采用中国石化自主知识产权第 3 代芳烃技术建设的首套工业装置——九江石化年产 89 万吨芳烃联合装置高标准建成中交，标志着中国石化芳烃成套技术成功升级至 3.0 版。

从 2012 年启动环评工作到 2022 年联合装置中交，中国石化九江石化芳烃项目历经十载磨砺终圆梦。项目投用后，不仅有助于该公司加快推进炼化一体化转型升级，而且将为带动地方超千亿元产业集群打下基础，助力江西省打造工业强省。

自项目启动伊始，中国石化九江石化就以打造“安全、绿色、创新、效益、阳光、示范”工程为目标，抢速度、拼效率、强质量，全力推动项目落地。如今，夜幕中的芳烃联合装置区灿若星辰，向世人呈现出现代工业的精致壮美。

面对纷繁复杂的外部环境，面对自身单一炼油的后续动能困境，如何谋求长远发展、回答时代之问？早在“十二五”时期，在赣鄱大地上，中国石化九江石化——这个一度被戏谑为“调节阀”的炼油企业，就在酝酿一条转型升级的发展之路。

“九江石化开发芳烃产品路线具有得天独厚的优势。”中国石化九江石化党委书记谢道雄介绍，“中国石化沿江5家企业均没有大型芳烃装置，这就为我们建设大芳烃提供了基础条件。而且，2015年年产800万吨油品质量升级改造工程完成后，我们能充分发挥副产芳烃的资源优势，对工艺装置进行优化组合，有效提高企业规模效益、增强竞争能力。”

九江石化芳烃项目具有投资成本低、能耗低、催化剂应用效率高等优势，项目创新集成应用了中国石化自主开发的单塔吸附分离技术和控制系统、大型多降液管塔盘、现场总线技术控制系统、大型蒸汽升压机组、大型塔系错峰延时排放技术、火炬系统动态模拟技术、数字化交付及集成应用平台，同时应用了中国石化自主研发的新一代吸附剂RAX-4500、RIC-300型二甲苯异构化催化剂。

相比应用中国石化第1代和第2代芳烃成套技术中双塔吸附分离工艺的装置，九江石化芳烃项目最明显的创新突破点，在于首次开发应用单塔吸附分离成套技术，将过去的双塔吸附变为单塔吸附，吸附剂利用率提高10%，投资成本降低近20%，操作运行也更加稳定。

中国石化九江石化芳烃运行部经理王绣程回忆，当时他常常连夜带领装剂小队、监理，以及施工单位、设计单位、专家团队的人员一起奋战在吸附塔旁。在狭小的吸附塔内，大家对各部件施工质量进行逐一检查，确认焊接质量达标、所有焊渣都清理干净后，才在检查确认表上签字。这样的情形，已成为吸附塔建设期间最常见的一幕。

中国石化九江石化应用的新一代吸附剂RAX-4500一度被员工称为娇气的“贵公子”——身价高达3亿元，喜干厌湿。但偏偏冬季的九江地区阴冷多雨，极易造成催化剂失活。为此，中国石化石油化工科学研究院的专家团队现场指导把关，参与施工的各单位通力合作、合理安排，避免雨天装剂，并打通净化风流程，全程采用净化风保护，避免水汽进入。

打好了“前哨”，最难的还是施工。按照要求，必须安装一层格栅，完成焊接后，填装一层吸附剂，再安装一层格栅，完成焊接后，再填装一层吸附剂……这样循环往复17次。而且，为了收到最佳的应用效果，必须连续作业，确保内部环境100%无尘，整个床层作业完毕后，过程不可逆转。因此，这也对每一道工序的质量都提出了非常严格的要求。

“我们提前筹备，选取专业队伍实行流水化作业，将内件安装和吸附剂装填的施工方案责任明确到人、过程细化到每个步骤，并采取早晚两次对接例会制，协调解决施工过程中的问题，同时组织装剂小队每小时进行一次现场巡检，全过程把控施工质量。”王绣程说。

万事俱备，然而安装格栅时第一次连续焊接就出师不利。虽是老师傅作业，但是底格栅的焊接质量总是过不了关。本来20多个小时就能完成的任务，愣是花了36个小时，“直接把焊工给累趴下了”。当天的对接会，成了“吐槽大会”。施工人员都抱怨作业时间太长，不仅身体坚持不住，而且会严重影响工期。在矛盾最尖锐的时候，王绣程站出来，语重心长地开导：“有困难是正常的，但更重要的是如何把采用了中国石化最先进芳烃成套技术的装置建成建好。”大家渐渐冷静下来，开始针对问题进行分析讨论，查找焊接失败的主要原因，最后决定严格按照焊接标准，采取旁站式监护和“五方联检”的模式。之后，再也没有出现焊接返工的现象。

最终，经过35天“连轴转”，2022年1月5日，中国石化九江石化芳烃项目吸附塔顺利完成塔内件安装及吸附剂装填工作，创造了芳烃行业内新装置首次装剂用时最短的纪录。

如今，在明媚的阳光下，中国石化九江石化高耸的1号二甲苯塔闪耀着银白色的金属光泽，格外耀眼。这让许多见多识广的工程领域专家都眼前一亮：“这是这么多年来，见过做得最好的设备保养。”而这正是九江石化在芳烃项目建设中始终强化感官质量管理的结果。

“感官质量是从美学的角度来审视规划设计，是更高境界的工程质量管理。”中国石化九江石化芳烃项目质量管理部副主任叶华伟介绍，“感官质量不仅是外表光鲜，而且是由内而外的高质量。”

该公司制定了严格的质量管理方案，采取首件样板制，以工艺管道、钢结构焊接、设备安装等为重点，在现场建起了13个质量样板示范点，组织各施工单位现场观摩学习，并制作发放样板“口袋书”，推广样板经验，实现了质量标准的可视化。

“我们就是要把样板竖起来。”谈到工程质量，叶华伟态度坚决，“对没有达到样板标准的施工项目，要立即整改、返工，争取实现完美达标，把感官质量做到极致。”以该公司芳烃项目现场的消防泵房为例，不仅外墙平整光泽度好，真石漆色彩均匀美观，而且外水管、接地管等附件都按照外墙上黄下褐的标准一一对应，严格做好管线颜色管理。

“九江石化芳烃项目实施样板引路，做到了实体质量、感官质量并重，为中国石化今后项目建设的感官质量作出了良好示范。”在中交仪式上，该公司芳烃项目用过硬的质量收获了众多好评。

“2021年3月1日去海南炼化学习培训，8月1日回来的。大家学习激情非常高，没日没夜地讨论。我们是承担了公司的使命的，这个项目这个技术是为中国人争光，还不只是为中国石化。”中国石化九江石化芳烃运行部专家付小苏说，“九江石化一直是以卓越文化来要求大家，强化培训不光是我们芳烃联合装置能开起来的法宝，也是我们公司今后能够长久生存下去的法宝。至今，不管是老同志还是新同志，我们始终在学习。每天晚上班组有微课堂，六点半到七点半左右。主操以上会主讲。其他的人谈自己的认识，说错了都没事，你不说出来，我们就不知道你理解是错的，别回头干出事来了。”

目前，中国石化九江石化通过对芳烃联合装置全流程优化、整体化热联合及低温热高效利用等能量集成综合优化利用，使联合装置能耗一直小于220千克标准油/吨对二甲苯，比同类芳烃联合装置减少能耗30%，运行效率达到国际领先水平。以该联合装置每年生产的对二甲苯为原料生产的纤维，相当于我国“十二五”末全国全年建设用地需求——1760万亩耕地所产出的棉花。

“芳烃成套技术的开发，实现了石化行业一项关键且影响广泛的技术的高水平科技自立自强，我们非常自豪。中国石化第3代芳烃成套技术实现了高科技、绿色低碳、数字化方面的新突破，未来将朝着智能化方向发展。”

中国石化工程建设公司党委书记吴德飞说。

吴德飞，长期工作在石化行业工程设计建设和管理第一线，在高效环保芳烃成套技术和汽油质量升级关键技术等项目的开发及应用中作出了突出贡献。在2013年中国石化第1代高效环保芳烃成套技术实现突破后，他带领团队从工程建设角度，在中国石化海南炼化和九江石化先后两次实现中国石化芳烃成套技术走向更大型化的工业应用。

通过深入总结中国石化“芳烃经验”，吴德飞带领中国石化工程建设公司锚定“世界级、高科技、一体化”目标，不断巩固炼油、芳烃、乙烯、天然气处理等技术链的核心竞争力，结合工业应用做好技术升级、迭代优化，通过构建工程技术研发孵化器平台，着力打造出基础研究、工程转化、用户需求相融互促的研发链条，有利于芳烃等相关技术的持续创新和转化。

“芳烃成套技术是代表一个国家石油化工发展水平的标志性技术，为进一步巩固领先优势，中国石化芳烃成套技术开发团队步履不停，在短短的十几年时间内，先后研发出具有国际领先水平的前后3代芳烃成套技术，相当于国外在相关领域经历近半个世纪的发展。这无疑是一项壮举。”吴德飞说。

荣光耀前路，砥砺志愈坚

2016年1月8日，中国石化“高效环保芳烃成套技术开发及应用”项目荣获2015年度国家科学技术进步特等奖，这是中国石化第2次荣获国家科技进步最高奖项。获奖项目代表接受了党和国家领导人颁奖。

“精品工程。能够参与到这样的工程建设当中，我的感受就两个字，自豪。真的自豪！而且没想过这个项目还拿了国家科技进步特等奖，是习近平总书记亲自颁奖的项目，虽然不是我去握手领奖，但真的由衷骄傲。”中国石化海南炼化芳烃部党支部书记阚宝训说。

“一举打破国外技术垄断，技术遥遥领先。我们现在连续拿了6年全效领跑了。我是团队中间的一员，我就是从这个项目当中成长起来的。无论是从人生的丰富阅历，还是个人知识技能的提升上，我都经历了一个大跨越。我们给下边小兄弟也讲了，我说为什么你们一定要去干项目？参与一个项目的收获能顶你在操作岗位干至少5年以上，也有可能是10年。”中国石化海南炼化芳烃部党支部副书记杜俊杰说。

“我们现在几乎是海南省的名片，地方上会经常搞一些教育，会来咱们这参观。公司现在芳烃这块也是一个突出的贡献点。”中国石化海南炼化技术与信息管理部党支部书记周骥飞说。

截至目前，中国石化芳烃成套技术开发团队已拥有发明专利190件，形成了完整自主知识产权，先后获国家科技进步特等奖1项，中国专利金奖1项、银奖1项，多次获国家级及省部级优秀工程设计奖一等奖，获省部级科技进步特等奖1项、一等奖2项，出版专著1部。

尤其是获得习近平总书记高度评价的中国石化完整自主知识产权第3代芳烃成套技术，在实际应用中具有联合装置投资成本低、能耗低、催化剂应用效率高等优势。而中国石化九江石化芳烃项目作为我国中部地区首个大型芳烃项目，它的建成投产，将对推动我国中部地区崛起、撬动炼化一体化产业链发展起到重要作用。

“我曾经是搞炼油的，现在又搞芳烃，我要应用新技术，把石油精神传承下去，把石化传统弘扬起来，这既是天然的使命，也是应有的担当。我们更多是在公司的这种大好形势下得到了自身的成长进步，如果没有公司的大发展，就没有我付小苏，我要用不懈的努力与奉献回报组织这么多年来对我的培养与重视。”中国石化九江石化芳烃运行部专家付小苏说。

为了共同的梦想，几代中国石化人40多年接续攻坚，以深厚的技术底蕴和强大的创新能力，充分发挥一体化优势，集科研、设计、建设、生产等要素集智攻关、协同奉献，创造出属于自己的芳烃关键核心技术，实现了石化行业一项关键且影响广泛的技术的高水平科技自立自强，为国家的经济稳定和产业安全作出了重要贡献。

2024年1月31日，在国务院国资委党委举办的2023年度“央企楷模”发布仪式上，中国石化芳烃成套技术开发团队获“央企楷模”荣誉称号。中国石化工程建设公司党委书记吴德飞作为获奖团队代表接受颁奖。

现在，我国1年的芳烃产能达到4400万吨，如全部用于生产衣服面料，相当于7.3亿亩耕地采收的棉花。40多年来，从实现“0”突破的1代芳烃成套技术，到更加高效环保的2代芳烃成套技术，再到绿色低碳、数智引领的3代芳烃成套技术，中国石化芳烃成套技术开发团队的奋斗，为社会发展注入了强大的动力。芳烃成套技术的进步，推动了化工产业的升级，同时让我们的生活更加便捷、更加美好。

目前，中国石化芳烃成套技术即将应用于福建古雷炼化一体化工程二期项目年产200万吨芳烃联合装置，另有多家企业处于技术引进的深度或前期对接阶段。可以展望，中国石化芳烃成套技术未来将沿着“一带一路”走向全世界，成为又一张耀眼的中国名片。

在这个科技日新月异的时代，只有掌握核心技术，才能在世界舞台上站稳脚跟。中国石化芳烃成套技术开发团队，用他们的智慧和勇气，打破了国外的技术垄断，实现了芳烃成套技术的国产化。他们为国家赢得了荣誉，为民族增添了光彩。

经过多年的发展，目前，中国石化已形成更为完善的石油化工主体技术，芳烃、有机原料、煤化工及合成材料等关键核心技术取得新突破。例如，双氧水法制环氧丙烷（HPPO）工业示范装置成功运行，使我国成为世界上第3个掌握HPPO技术的国家；世界最大规模年产360万吨煤制烯烃装置成功投产，成为第1个掌握全流程MTO（甲醇制烯烃）反应及分离技术的供应商；突破了48K碳纤维大丝束工业化技术，在全球首次实现碳纤维连续抽油杆在油田领域大规模应用。

不放过任何一个细节，不畏惧任何一次失败。每一次的尝试，都是对未知的探索；每一次的突破，都是对自我的超越。这不仅仅是多年来中国石化芳烃成套技术开发团队锲而不舍、攻坚克难，勇于突破关键核心技术的实践与追求，更是中国石化持之以恒、砥砺前行，坚决担当国家战略科技力量的真实写照！

守护光明

◎文/潘玉毅

楔　子

7 月的南京有些炎热，35 摄氏度以上的高温，将室外变成一个硕大的蒸笼。到了晌午，热意尤甚，只消片刻工夫，就能给人蒸出一身汗来。溽暑难消，像一把无形的钥匙，把人锁在了空调房间里。

中午12点30分，天刚下过暴雨，地面的积水还未排尽，路沿与花坛都还全是湿的。在南京市江宁开发区诚信大道边上的国家电网南瑞集团有限公司江宁基地园区，一个身穿条纹T恤的中年人正低着头默默地行走在路上。脚步时疾时徐，时而又忽然停住，怔怔地，望着前面发呆，仿佛是在思考着什么。

间或，有人从他身旁经过，被这个人怪异的举止搞得有些莫名其妙，错身的刹那回头一瞥，见是他，便释然了，因为已经习以为常。偶有相熟的同事冲他打招呼，他听见了，便礼貌回应一声，或简单寒暄几句，继而继续走他的路。

他的头发剃得极短，远远看去就跟光头一样，十分醒目。时有朋友打趣，说他"聪明绝顶"。他也不怒，只是笑笑，不作回应。

他就是"央企楷模"、国家电网公司首席专家、南瑞集团首席专家、国家电网系统保护实验室主任薛峰，一个在电网安全稳定领域扎根三十余年的"老把式"。

工作多年，平日里不是伏案研究，就是忙于各类讨论，鲜少有时间锻炼身体。于是薛峰养成了一个习惯，只要不出差，就利用午饭后的休息时间，沿着园区走上一圈。一边放空自己的心情，顺便给身体减减负；一边通过转换环境，借机找寻灵感，思考一些长远规划。

"大热天的待在办公室不舒服吗？何必自讨苦吃？"

面对类似的发问，薛峰半开玩笑地解释，这些年，自己渐有发福迹象，早上与晚间不得空闲，趁中午有时间，走两步路。

"大中午的减肥？"这样的答案，别人自是不信。但不管信与不信，薛峰中午绕园区走路的习惯就这么保留了下来。除去那些狂风暴雨或者气温40摄氏度以上的日子，你若有事找他，去环绕园区的路上堵他准没错。

等到上午的工作处理完，薛峰经常连午饭都不吃，就抓起一两个苹果径直下楼，开始他的行走和思考。有时他会从办公楼的南门出去，逆时针走，有时出北门，顺时针绕圈。通常一圈走下来要花40分钟到1小时的时间。

在路上走着，他信马由缰，时而抬头看看天空，时而低头看看地面，时而又看看沿途的风景，大脑则以极高的速度飞快运转着。不知不觉，就走完了大半圈。遥遥地，隔着葱茏掩映的草木，已能看到办公楼北面的瑞湖。风起涟漪，碧波荡漾，景色迷人。湖里有两只白鹅，不知哪一年从他处飞来，就再也没有离开。就像薛峰，稳稳地、坚定地扎根在南瑞集团。

人在南瑞，自然就是南瑞人，而栖息在南瑞的鹅，则被南瑞人赐予了一个好听的名字：瑞鹅。瑞是南瑞的瑞，也是祥瑞的瑞。在中国传统文化中，鹅常常与荷花、孔雀等一同出现在古代诗歌、绘画作品中，共同构成了寓意深远的美好图景。鹅是高贵纯洁、长寿幸福、家庭和睦、友谊团结的象征，亦与“相互扶持、合作共赢，创造美好社会”的寓意一脉相承。不知何时起，这两只瑞鹅就成了南瑞集团的吉祥物。

又走了一刻钟，离办公楼还有几十米远的时候，薛峰看到阶沿上那一根根整齐排列的路灯杆，比路灯杆更加醒目的，是杆身处挂着的旗帜和旗上的文字。

每根路灯杆上的旗帜都有两面，左右对称分布，红色的旗面，黄色的字体，简约而不简单。离他最近的那根路灯杆，左边那面旗帜上写的是“牢记总书记嘱托，攻关高精尖技术，为提高国家能源安全和保障能力作出新的更大贡献”，右边那面写的是“赓续自主创新路，牢记嘱托再启航”。往前行，隔数米远，又有一根路灯杆，杆身红旗上的文字分别是“‘一辈子办成一件事’，为大电网安全稳定运行作出更多贡献”和“攀登科技创新新高峰，为中国式现代化贡献更大力量”。再往前行，路灯杆上的文字依次交替往复。

每次看到这些旗帜，薛峰就没来由地一阵心潮澎湃，浑身充满了干劲。

些许汉字，如有千钧之力，推动时空轮盘倒转，将薛峰的记忆拉回到一年前。

二

2023 年 7 月 6 日，在江苏考察调研的习近平总书记来到了南瑞集团，并作出重要指示。薛峰同其他南瑞人一样，将习近平总书记考察调研南瑞集团的重要指示精神牢牢记在心里，把“一辈子干成一件事”作为自己的行动目标和准绳，纵马扬帆，以“干一行、爱一行、钻一行”的劲头开启了新的征程。

薛峰的奋进姿态，是将习近平总书记重要指示精神落实于行动的表现，亦是对南瑞优良传统的赓续。

行兵须讲天时、地利、人和，择业、做研究又何尝例外？《晏子春秋》里有如是语：“橘生淮南则为橘，生于淮北则为枳，叶徒相似，其实味不同。所以然者何？水土异也。”很多时候，一粒种子能不能发芽开花，一棵树苗能不能长大成材，与其生长环境息息相关。

显然，南瑞是一片可以长出大树的沃土。

沿着诚信大道从南门进入南瑞集团，右向而行，行之不远，可在前方不远处看到一块赭黄色大石头，上面写着四个红色大字：务实创新。

这四个字正是南瑞人一直以来奉行的原则。遥想 20 世纪 70 年代，百废待兴，百业待举，“西强我弱”的国际环境，唤醒了许多有识之士。为尽快赶上世界发展变化的时代潮流，加快社会主义现代化进程，南瑞的开创者怀揣着科技报国的梦想，集结于南京，打开了一个前所未有的崭新局面。

那是 1973 年的春天。

水利电力部一纸调令，全国各地原电力科学研究院、华北电力设计院、北京水利科学研究院、良乡电力建设研究所等科研院所的数十位科技工作者纷纷响应号召，如潮水般从四面八方涌来。不久之后，水利电力部南京自动化研究所正式成立。

创业维艰百战多。任何事情，在开始的时候总是最困难的。当时，我们国家在电力科技方面可以说是一穷二白。所有高精尖设备、技术都被国外垄断，想要什么，只能从国外高价买进。安可如此？不当如此！这些工程师咬着牙，筚路蓝缕地开始了最初的探索与研究。

大家满腔热血，没有参考图纸，那就自己画；没有技术指导，那就用心琢磨；没有仪器设备，那就土法上马；没有亮敞的办公场地，废弃的锅炉房、装箱间，何处不是干事创业的舞台？夏日闷热的机房内、冬天冰冷的操作台上，全都留有他们奋斗的印记。

据一位亲历其事的老员工回忆，当年研究所的研究条件非常简陋，唯一的计算机就是一台电脑主机，而且没有与之配套的显示器，迫使他们只能用电视机改造。不仅如此，由于国外的技术封锁，相关的接口、驱动都是在没有任何技术援助的情况下独立开发的。1977 年，最早的国产电网调度自动化系统南瑞 SD－176 系统研制成功，次年便在京津唐电网得到应用，向世界宣告了中国电网调度自动化的起步。

“花开花落、冬去春来，前行的脚步不曾徘徊；百折不回、激流勇进，历史的机遇时不我待；风霜雪雨、云舒云卷，青春的选择无怨无悔；意气风发、斗志昂扬，炽热的胸膛心潮澎湃……”一如中国共产党成立 100 周年的时候，南瑞人在配乐诗里所朗诵的那样，条件艰苦又如何，只要心有所向，凛冬亦可如暖春。

“科学的春天来得稍晚一些，但终究是来了，在寒冷的风霜雪雨后款款地来了。”1984 年，国家重点项目 SD－176 计算机及其配套设备的升级版“SD－176 电网安全监视双计算机系统”获水利电力优秀科技成果一等奖，1985 年再获国家科技进步奖二等奖……之后，一代代南瑞人接续奋斗，浓墨重彩地写下了属于自己的传奇故事。

如今 50 多年过去了，作为国家电网公司直属科研产业单位，南瑞集团通过践行科技自立自强，推进产业转型升级，推动创新链与产业链深度融合，从无到有，从弱到强，参与和见证了中国电力事业的高速发展，实现了技术水平领先、产业动力强劲的目标，已经成为我国能源电力及工业控制领域领军企业。

以前的科研工作者，一心为公，当真纯粹。前人的光辉照耀后来人。这种纯粹，在今天的南瑞人身上依然延续着。虽然今天的南瑞无论是产业规模还是整体技术水平早已今非昔比，在特高压、柔性交直流输电、大电网安全稳定、电网调度、继电保护等领域更是遥遥领先，但先辈们创业之初艰苦奋斗、无私奉献的情怀和底色从未消失或褪去。薛峰就是其中一个典型。他敢打敢拼敢啃硬骨头，敢勇闯科技前沿“无人区”，也能摧城拔寨，填补国际国内空白。这些年，因为成绩突出，薛峰先后入选国家电网公司科技攻关团队带头人、江苏省“333 高层次人才培养工程”第二层次培养对象、百千万人才工程国家级人选、国家“有突出贡献中青年专家”，获评“国网楷模”“最美国网人”、南京市“十大科技之星”、江苏省“最美科技工作者”“电力科学技术杰出贡献奖”等，并享受国务院政府特殊津贴。

2023 年，薛峰获得“央企楷模”称号。国务院国资委党委给他的定位语是“守护电网安全的科技卫士”，颁奖词是：“万家灯火里，有你执着的坚守；能源转型中，有你奋斗的身影。三十年枕戈待旦，破解电网安全稳定世界难题，构建停电防御‘决策大脑’；一辈子办成一件事，推动核心装备自主可控，铸就电力保供‘安全卫士’。你守护能源电力安全，贡献‘中国方案’；你是最美的追光者，助力中国电网安全技术向光而行！”

踏石留印，任岁月的风霜如何涤荡，石头上的字迹始终清晰如昨。某种意义上来说，藏在一撇一捺、一点一划里的笔锋也是南瑞人刻在骨子里的世代传承延续的火种。

何以发展？唯有创新。

何以创新？唯有务实。

二

相比于“一方水土养一方人”，言传身教的影响或许更加直接。至少于薛峰而言是如此。

汉语里很多词汇都具有超链接功能，譬如你同薛峰讲“言传身教”，他的脑海中会立刻浮现出一个鲜活的人物形象，那便是他的父亲，也是他的榜样——中国工程院院士、国网电力科学研究院名誉院长、稳定性理论及电力系统自动化专家薛禹胜。这位在国际上首创扩展等面积准则（EEAC）、能源的信息—物理—社会系统（CPSSE）及整体保熵还原思维（WRT）的理论、技术及应用的业界大咖，为中国电力事业的发展和电网的安全稳定运行作出了不可磨灭的贡献。有人曾写诗盛赞他：“粉墙黛瓦潭浜静，同样江南别样菁。报国一门三院士，经邦并驾两先生。壮龄再奋求知路，老耄犹雄夺隘津。诸葛韬谋寻有迹，薛公算法飞绝尘。人间值此无忧夜，为有光明守护神。”

中国有句老话叫作“知子莫若父”，其实反过来也一样——知父莫若子。不同于别人眼中的观之若神明，在薛峰看来，父亲并不是一个特别聪明的人。他之所以能取得现在的成就，主要是因为热爱。父亲把学习当作最大乐趣，把钻研当作毕生所求，埋首于其中，甘之如饴，是自己所不及，也是自己所憧憬。“我觉得习近平总书记那句‘一辈子办成一件事’的精神用在他身上真正是再贴切不过。”薛峰的话表明了父亲在自己心中的形象。

事实证明，他的判断并没有错。薛禹胜在早年的自传里曾这样评价自己：对于奋斗目标的要求来说，我的智商不过中上水平，但比较丰富的研究经验和非常执着的献身精神可以部分地弥补其不足；数学功底稍逊，但物理概念清楚，逻辑思维敏捷；不善于同时做几件事，但认准了一件事后一般都能做好。

认准了一件事后一定把它做好，这是何等的决绝！而要确保这句话不会变成一句空话，更是需要付出何等努力去支撑它？“入芝兰之室，久而忘其香。”这股精气神，也潜移默化影响着薛峰。

《旧唐书》里，唐太宗李世民说过一个流传千古的金句：“以铜为镜，可以正衣冠；以史为镜，可以知兴替；以人为镜，可以明得失。”正因为“以人为镜”可以明得失，所以更早之前，古人便有“君子不镜于水而镜于人”的说法。对薛峰来说，父亲就是一面亮堂堂的镜子，一方面照见了自己的不足，一方面又时时提醒自己见贤思齐，努力靠近。

父亲做事的认真、为人的正直、对科研工作的执着，无不激励着薛峰，促使他以“十年磨一剑”的恒心，深耕大电网安全稳定控制领域，破难题、除迷障，用日复一日的研究创新为支起国家能源安全的保护罩注入自己的能量。

不得不说，“安全”“稳定”这硬撅撅的两个词汇，放在电网建设者和科研人员身上，仿佛别有温度。没有安全，一切无从谈起，而唯有稳定，方始有千家万户的光明。

如果给薛峰主导和参与攻克的技术难题以及取得的成绩列一个表单，只那明细与简介就可以写满好几页。若有人见过他的履历，当知所言非虚：三十余年来，他带领团队主动挑战电网跨区互联、外部灾害频发下电网安全稳定防御等“硬骨头”，解决了防御偶发事件或极端灾害引发大停电灾难的世界难题。他带领团队连续攻克了多道防线、多时间尺度、多稳定形态、多区域、源网荷柔性协调决策与控制等一系列关键核心技术，研发了“大电网紧急控制多区域协同防御系统”等多个国际首套技术装备，构建了中国独有、国际领先的电网综合协调防御体系。

不仅如此，他还基于国家新能源发展战略，创新提出大型风光基地并网安全稳定控制技术，填补国际千万千瓦级风光基地源网协调控制技术的空白，实现了我国可再生能源规模化控制技术从“跟跑”到“并跑”再到“领跑”的超越。面对特高压交直流电网快速发展过程中各大分区电网安全运行风险，薛峰勇挑国家电网公司建设“特高压交直流电网系统保护”的重担，组织研发了“华东电网频率紧急控制系统”“江苏电网大规模源网荷友好互动系统”，为实现能源资源更大范围优化配置及特高压交直流电网可靠运行提供了坚强的技术和装备保障。

目前，系统保护的安全防御范围已覆盖我国所有省级及以上电网，在关键核心装备上实现了完全自主可控，成为保障我国电网安全运行的“大国重器”。薛峰还牵头建设了“国家电网系统保护实验室”，构建了“三道防线”控制系统全环节硬件在环的实时仿真试验平台。如今，系统保护实验室已深度融入电网生产运行，成为保障电网安全的重要环节。

一个人的经历就像一块折叠板，折起来时很小，但打开来可以大上数倍甚至成千上万倍。这寥寥数百字篇幅，若是深入挖掘一下，一本几十万字体量的书都未必装盛得下。但是当有人问起薛峰曾经经历的个中曲折时，他却只是轻描淡写的几句话带过，不愿讲太多。也许这就是科研工作者的低调与务实吧。就像薛峰的一位同事所调侃的：科研人员，浪漫不起来。

三

没有一朵花，从一开始便是一朵花，没有一棵树，一种下就能结满果实。专家也好，工匠也好，都是从零起步，一点点成长起来的。薛峰亦如是。

1971 年 12 月，屋外寒风拍窗，贵州遵义的一家小医院里，在家人望眼欲穿的目光中，薛峰呱呱坠地。

中国人多有登顶的梦想，醉心于学习和研究的薛禹胜同样如此。望子成龙的他给儿子取名为“峰”，就是希望他长大后能够勇攀高峰。

20 世纪六七十年代，国家从经济建设和国防建设的战略布局考虑，开始战略大后方建设，也就是“三线建设”。“三线建设”时期，中国东部沿海地区的国有企业、科研院所迁至“三线”地区，在一定程度上改变了当时工业布局不平衡的状况，为中西部地区实现工业化作出了极大贡献。

薛峰的母亲潘正珏当时是第一机械工业部第二设计院的员工，按规定也要随设计院西迁。此前不久，她经人介绍，与从北京的电力科学研究院下放到河南平舆的“五七干校”的薛禹胜相识，两个人志趣相投，一见钟情。1970 年，他们在上海举办了简单的婚礼，而后带上简单的行李，一起去了贵州。在那里一待就是 8 年，薛禹胜先后从事过机械装置、工厂配电、生产过程自动化等设计工作。而此前他从原山东工学院分配到电力科学研究院时，主持完成了世界上第一套特高频继电保护装置从研究、制造到调试、投运的全过程；在干校时，除了田间劳作，还曾学过针灸，做过赤脚医生。频繁地调换工作，使他无法在已经熟悉的方向上坚持下去，也很少有个人选择发展方向的机会。但他从未放弃学习。

1978 年，国家恢复了研究生教育制度，并且将首届硕士研究生招生的年龄放宽到 38 岁。薛禹胜在出差途中听到这个消息，顿时热泪盈眶。因为这一年他刚好 37 岁。虽然距离考试只有一个月时间，但强烈的求知欲驱使薛禹胜将放下 18 年的课本又重新拾了起来，还以考分第一的成绩被当时的电力自动化研究所录取为硕士研究生，自此与南瑞结下不解之缘。

花开两朵，各表一枝。由于薛禹胜和妻子日常工作都非常忙，特别是妻子，常要全国各地跑现场，无暇照顾襁褓里的婴儿。他们思量再三，不舍地将薛峰送到上海，请母亲帮忙照看。在薛峰的印象中，自己读高中以前，一直都是跟爷爷奶奶姑姑一起生活的，后来妹妹出生后，则被寄养在了外婆家。

偶尔潘正珏到上海出差，也会去看一下自己的两个儿女。薛峰长到 5 岁时，曾去贵州上过一两个月的小学，但很快又被送回了上海。

看到别人家的孩子都有爸爸妈妈陪，而自己的爸爸妈妈长年不在身边，薛峰偶尔也会感到失落。好在那时候年纪小，思念来得快去得也快。与同龄的男孩一样，对于年少的薛峰来说，只要有的玩就行。放了学，他就跟着小伙伴一起跑到弄堂里去打弹子，收集印在香烟壳子上的画片……大部分时间过得无忧无虑，除了因为在学校调皮捣蛋被老师叫家长。

薛峰入学早，班里学生年纪数他最小，个头不高，气力也不大。每个人的童年时代少不得有几个调皮捣蛋的男生，吵吵闹闹，喜欢欺负别人。小时候的薛峰没少吃他们的苦头。在他的记忆里，自己打架好像就从来没赢过。但也不甘示弱，或把对方的书包扔了，或把书撕了，因此也被老师请过几次家长。爸爸妈妈不在，只能奶奶出马。时至如今，父子俩见面，薛峰偶尔还是会拿这事开玩笑："你看你，让我那么早读书，害得我那时在学校里老被人欺负！"

薛峰的奶奶是一名老师，对孙子的学习抓得很紧。每天都会检查作业，薛峰想偷懒都不成。在奶奶的督促下，他的成绩一直很稳，尤其数学和英语两门课总拿高分。小学和中学上的都是上海的重点学校。不过，奶奶的严格仅限于学习，日常其实对薛峰非常宠爱。

1979 年，也就是在薛禹胜以第一名的成绩成功考上研究生的第二年，潘正珏紧跟丈夫脚步，考上了电力自动化研究所的第二届研究生。毕业后，她被分配到上海电力学院当老师，教学生计算机。薛峰和妹妹这才结束了与母亲"阔别"的日子——计算机在当时才刚流行不久，算是新鲜事物，受母亲影响，薛峰对此产生了浓厚兴趣。

1988 年，薛峰参加高考，考了四百九十几分。填报志愿时，一场父与子的矛盾悄然上演。那时候大学生毕业工作包分配，按照薛峰的本意，是想发展兴趣爱好，报考上海交通大学的计算机专业，这个想法遭到了薛禹胜的反对。薛禹胜说："不管做任何事情，我们努力的目标就是让大多数人将来能生活得更好，当下考电力系统则能让你更接近这个目标。而且电力这东西可以一直'生长'，你也终将收获你的快乐。"就这样，薛峰将第一志愿改成了上海交通大学电力系统及其自动化专业。即便他当时对电力系统还一点概念也没有。

有意思的是，许是心有不甘，薛峰把计算机报作了第二志愿。虽然明知自己的分数过了电力专业的投档线数十分，计算机填了也是白填，但这也算是一个少年最后的倔强了吧。事后回想起来，也有些好笑。但薛峰的执着，却由此可见。然则对于喜欢的事物，可不正该如此么。有时候，倔强也是支撑一个人从起点走到终点的动力。

薛峰成功被第一志愿录取。四年大学生活，丰富了薛峰的阅历，拓宽了他的视野，他对电力、对科研也产生了一定的兴趣。

1992 年，从上海交通大学毕业后，薛峰进入南瑞集团前身——能源部南京自动化研究所，从事电力系统暂态稳定量化分析研究。20 世纪八九十年代，改革开放的大潮席卷整个神州大地，国民经济快速腾飞，与之相比，电源建设、电网发展则显得有些滞后，无论城市还是农村，停电现象时有发生。

薛峰最初的工作，主要就是负责研究分析电网距离安全边界还有多远，从而及时调整电网运行状态。对此，他有一个绝妙的比喻：这就好比盲人在导盲犬的指引下可以提前避开障碍物并调整行走方向，这正是避免发生大停电的关键。这个比喻形象、贴切，且无任何违和感。他说，守住电网安全，防止发生大面积停电，是他的工作内容。

字不多，责任却有泰山之重。正因其重，薛峰刻苦钻研专业技术，一刻也不敢懈怠。后来，为了进一步提升自己的专业知识和科研能力，他还考取了研究生，业余时间也不忘学习。

四

子曰："父母在，不远游，游必有方。"这句出自《论语·里仁》的话非常有名，然而大多数人都只记得前两句，常常忽略后一句。实际上，孔子并非不让子女远游，而是说子女如果有了明确的奋斗目标需要外出时，一定要让父母知道自己的去向，以减少他们的担忧。

2003 年，薛峰发现与自己一同参与课题研究的同事中，拥有博士学位的人越来越多。虽然搞科研的能力未必就与学历画等号，但不读总觉得缺点儿什么。想到一生视学习为最大乐趣的父亲 45 岁时曾前往比利时列日大学蒙特菲尔电气学院学习，并在那里创立了扩展等面积准则（EEAC），薛峰也有意出国深造。正好当时英国巴斯大学招募国际学生，并提供全额奖学金，薛峰打算前往巴斯大学电力系统及其自动化专业进修博士。但做最终决定前，他还是主动征求了父亲的意见。

对于儿子的选择，薛禹胜很是支持，他非常赞成儿子出去开阔眼界、长长见识。但同时，他不忘提醒儿子：出去不是为了镀金，而是为了更好地归来报效祖国。

薛峰出国前几日，薛禹胜又将儿子叫到跟前，父子俩郑重地谈了半晌，交了交心。具体谈了些什么，时隔多年，两个人都已经不记得了，但总有那么一两句话像金子一般，历经岁月淘洗，始终闪耀。“到了国外，不要放松对自己的要求，好好学知识，多思考”“你要记得你是一个中国人，学成后一定要回到中国来”……一如当年对自己的要求一样，薛禹胜对薛峰有着诸多嘱托。显然，薛峰也把这些话一字一句地记在了心里。

负笈四年，学有所进。2008 年，薛峰获得了博士学位，进入英国国家电网公司成了一名外籍高级工程师，主要从事英国电网规划工作，用仿真程序模拟电网的一些工况变化。在那里，他克服用语习惯的差异，立足本职岗位，学以致用，通过实践对所学理论知识加以验证，积累了丰富的电力系统理论知识和实际经验。毫无疑问，如果一直这样按部就班地做下去，做到现在至少也是个部门经理。但面对国外优越的科研条件和良好的工作环境，薛峰没有心动，而是毫不犹豫地选择了回国。

当时正值我国智能电网建设和新能源大发展时期，有很多关键核心技术亟须攻克。薛峰向英国国家电网公司递交了辞呈。

薛峰说，自己的想法很简单，异国再好，终是他人的故乡，不是自己的，午夜梦回时常觉耳畔有一个声音在催促着他：回去吧，回去吧。2009 年 5 月，薛峰怀着投身电网建设的满腔热情重新回到南瑞的怀抱，把个人理想融入中国电网建设和发展的征程。多年以后，已成为电力技术领军人才的薛峰看到中国电网越来越坚强、越来越智能，越发认同自己当初的选择，当有人再度问起他归国的缘由，他的回答掷地有声：“一个学者的尊严，不仅来自自身人格的力量，更来自真正强大的祖国。”

一个国家强大与否，与这个国家的人民息息相关。如果人人只知坐享其成，国家要何时才能强大？遥想 300 多年前，位列“明末清初三大儒”之一的顾炎武在《日知录》里写道：“天下兴亡，匹夫有责。”每个人都应该有一分光发一分光、有一份力尽一份力，为国家的强大积聚能量。至少，薛峰是这样想的，也是在这么做的。

五

营销界有一个专有名词叫“需求导向”，亦称“需要导向”，指的是一种以满足消费者需求为导向的营销观念。展开来说，就是企业在设计生产产品之前，首先确定其目标客户群，并将客户需求贯穿于产品研发、生产制造、产品定价、销售服务等整个作业流程，从而使提供的产品和服务符合市场需求，得到客户的认同。

薛峰非常认同这种观点，不同的是，他心中所追寻的那个“客户”是国家。他有一句座右铭：国家需要的，就是自己要努力的。

2008 年，我国首个千万千瓦级风电基地甘肃酒泉风电基地开始建设，总投资额高达 1000 亿元。酒泉方圆 1100 平方公里的戈壁滩上，相继涌现了 32 个大型风电场，到 2010 年年底，完成装机容量 560 万千瓦。换言之，平均每 20 平方公里就有 1 个 10 万千瓦风电场。

除甘肃酒泉风电基地外，中国还有蒙东、蒙西、东北、河北、新疆、江苏、山东共 7 个千万千瓦级风电基地也在规划和建设之中。而山西和黑龙江两省的千万千瓦级风电基地也已纳入国家相关部门的规划中。

风电场建设如火如荼的同时，部分新能源基地并网控制问题开始显现。薛峰未雨绸缪，当即投入新能源并网基础理论的研究当中，孜孜矻矻，不敢有丝毫倦怠。

2011 年，为推进智能电网领域技术攻关，科技部发布了 863 计划重大项目“智能电网关键技术研发（一期）”指南，薛峰参与课题“风电场、光伏电站集群控制系统研究与开发”，得益于前期的技术积累，很快就完成了《大规模新能源发电并网集群协调控制框架》设计工作，研发多个国际首套技术装备，被推广至甘肃、宁夏、河北和吉林等 15 个省级电网，覆盖了我国全部千万千瓦级风光电基地，有力促进了新能源消纳能力提升，保障了大规模新能源并网后的电网安全运行。

还没来得及喘口气，新的任务又来了。“十二五”期间，随着特高压交直流电网的快速发展，我国电网逐步发展成为世界上电压等级最高、规模最大、控制运行最复杂的交直流混联电网，交直流、送受端耦合，日趋复杂的大电网特性呼唤着电网安全稳定控制系统的升级。面对过渡期电网“强直弱交”的突出矛盾，为了确保电网安全稳定运行，2015 年年底，国家电网公司着眼长远规划、全局视角，战略性提出建设“特高压交直流电网系统保护”的构想，并将这个任务交给了南瑞集团。此前已经在大电网安全领域身经百战、见惯了大风大浪的薛峰和他的团队依然感受到了前所未有的压力。这压力源于责任，也源于实现目标的不容易。

建设系统保护的目标是有效控制大电网安全运行风险，这是覆盖于特高压交直流电网上的一个综合二次控制系统，国内外尚无建设实例。没有先例，也就意味着没有可供借鉴参考的经验，需要自己摸着石头过河。刚开始的时候，他们苦思冥想不得其法，就好像误入了诸葛武侯的八阵图一样，绕来绕去，怎么也绕不出来。路很难，但有些事情，总要有人去做。当团队陷入绝境的时候，薛峰总会挺身而出，鼓舞士气：“能够参与到这个事情中，既是我们的荣幸，也是我们的使命，没有撤退可言。我相信，只要不被自己打败，就没有任何力量能阻挡我们。”

一次又一次地失败，一次又一次地卷土重来。从系统保护总体方案的顶层设计，到各大分区电网系统保护方案的编制，薛峰团队跨越一道又一道难关，最终攻克多直流协同紧急控制技术，提出了直流闭锁故障快速可靠判别及其功率损失量精确计算方法和多时间尺度、海量精准负荷控制系统架构及协调优化技术。

2017 年 5 月，世界首次特高压直流闭锁冲击功能性试验在华东电网完成演练。此次试验用最小的演练代价，实现了电网动态响应特性的精准复现和控制系统各级稳控装置动作特性的实时跟踪。随即，薛峰趁热打铁，马不停蹄地投入国网六大分区系统保护工程和系统保护实验室的建设工作之中。

2018 年 10 月，系统保护实验室投入运行，薛峰担任主任，从总体方案编制、技术路线论证、关键技术研发，到出厂验收、工程验证、故障反演、拷机测试、现场运维等多个环节都亲力亲为，经过不懈的努力，使之成为世界一流的一次电网和二次控制系统大规模联合仿真的实验验证平台，实时仿真设备集群的应用仿真规模位居世界前列，可以验证区域电网系统保护工程的可靠性和有效性。得益于这个实验室，系统保护的安全防御范围目前已覆盖我国电网的90%，在关键核心装备上实现完全自主可控，成为保障我国电网安全运行的“大国重器”。

六

似乎从事与电搭边的工作的人，都会将“万家灯火”视为自己的追求和骄傲。薛峰也是如此，他曾用一句话表明自己的心迹：“万家灯火”是对我工作的最好褒奖。为这万家灯火，他坚守三十余年，在大电网安全稳定控制的攻坚道路上披荆斩棘、矢志不渝。

中国电网多年来保持安全稳定运行，其中一个很重要的原因，是拥有基于“三道防线”的故障防御体系和电网安全稳定控制系统。墙内开花墙外香。该安全稳定控制系统不只在国内使用，也曾走出国门，被复制推广到共建“一带一路”国家。

巴基斯坦默拉直流工程是“一带一路”旗舰项目——中巴经济走廊项目下的唯一输电工程。建设该工程，是国家电网公司以电力基础设施投资建设为纽带，积极服务党和国家工作大局的重要举措。工程首次在国际上采用±660千伏直流技术，并拥有完全自主知识产权。诸多的“中国制造”中，就有安全稳定控制系统的身影。有了它的加入，系统在发生直流故障时，可根据预先设定的策略，采取切除近区机组措施，保障巴基斯坦电网安全稳定运行，避免极端事故导致交流电网失步。

“穿过太平洋西海岸，越过喜马拉雅群山，在南亚次大陆，一条由银线铁塔构成的输电长龙纵贯于巴基斯坦的土地上。这便是巴基斯坦首个高压直流输电工程、中巴经济走廊‘优先实施’项目清单下唯一的输电项目……”2024年5月，由新华通讯社、中国品牌建设促进会指导的第8届“中国品牌日”系列活动——2024世界品牌莫干山大会在浙江德清举行，来自海内外知名企业、政府部门、全球学术机构的4000余名代表齐聚一堂。也是在这次大会中，由南瑞集团参与建设的巴基斯坦默拉直流工程重磅推出，走进了人们的视野。

默拉直流工程全称“默蒂亚里—拉合尔 ±660 千伏直流输电工程”，是巴基斯坦第一条直流输电工程，起点位于信德省默蒂亚里换流站，终点位于旁遮普省拉合尔换流站。工程包括两座 ±660 千伏直流换流站、886 千米直流输电线路及相关配套工程，是巴基斯坦迄今为止电压等级最高、输电线路最长的项目。

正如大会主题“品牌，让世界更美好”所示，默拉直流工程通过“南电北输”，为巴基斯坦缓解能源短缺、促进经济增长、增进人民福祉、改善自然环境作出了积极贡献，称其为“中巴人民友谊的见证”一点都不为过。

工程前后分为两期，薛峰所在的南瑞稳定分公司全程参与其中，承担了默拉直流安全稳定控制系统总包任务。值得一提的是，这也是该公司参与的第一个大型国际项目。“第一个”，意味着开创，先有了一，才有后面的二三四五；但“第一个”，也意味着挑战，因为此前未有相关经历和经验，必须从零起步，去摸索、去尝试，过程中也免不了碰壁和曲折。

凡事预则立，不预则废。为了尽可能减少后续的阻碍，薛峰将准备工作做在前头，积极参与工程总体方案的论证，为“三道防线”理念应用于默拉直流工程，助力巴基斯坦电网安全防御从被动应对向主动防线的提升埋下伏笔。

当时薛峰还是稳定分公司的总经理，为了顺利打响第一枪，他原打算自己带队前往，却因其他事务脱不开身，最终没能成行。于是，率队出征、前往异国他乡展开支援的重任就落到了时任系统外及国际项目部经理兼默拉直流安稳工程项目经理的尹玉君身上。

2020 年 2 月 18 日，由尹玉君和另外两名技术人员组成的小分队在经过长达 11 个小时的奔波后，从南京出发经乌鲁木齐转机抵达巴基斯坦第二大城市拉合尔。在驻地稍事休息，第二天他们就投入了工作中。当时巴基斯坦已出现新冠疫情的苗头，没过多久，疫情就开始在巴基斯坦多地蔓延，这给尹玉君等人的工作和出行带来了诸多不便。

“看似寻常最奇崛，成如容易却艰辛。”事实上，他们遭遇的困难远不止于此。语言不通、交通不便、人生地不熟……一切的一切交织成四个字：困难重重。默拉直流工程启动前，巴基斯坦国家电网的工作人员压根就没有接触过安全稳定技术，对于稳控装置也是一无所知，沟通起来相当吃力。如何让他们理解稳控的作用、稳控的策略设计以及逻辑，成了尹玉君等人每天都在思考的问题，他们转战各个电厂与变电站现场，积极推进项目执行。

薛峰人虽不在前线，但却以另一种形式与他们并肩作战。寻常时候，他立足全局，统筹协调，确保后勤保障工作得到周全而高效的执行。每隔一段时间，他就以视频连线、远程会议等方式，同尹玉君等人“面对面”沟通，询问项目的推进情况，技术人员的身体状况，并适时地提供一些参考意见。而他说的最多的一句话就是“一定要注意安全”。深耕电网安全稳定控制领域那么多年，没有谁比薛峰更懂安全的重要性。

常言道，“好事多磨，善行多厄”。事物前进的道路总是弯弯绕绕的，然道阻且长，行则将至。项目的推进过程虽然充满了曲折，但结局是美好的。2021 年 9 月 1 日，默拉直流工程经过大负荷送电试运行，正式投入商业运营。有感于南瑞人在一期工程里的卓越表现，2022 年初，默拉直流工程巴基斯坦南部塔尔地区新建 4 个电厂并网之前，巴方决定在新建电厂增设安全稳定控制装置并接入默蒂亚里换流站，随即启动默拉直流工程安稳系统二期建设。这项工作仍交由稳定分公司负责，而他们也未辜负这份信任。

为了支撑整个默拉直流工程安稳系统的建设，薛峰前后派出了好几拨精兵强将。每次多则 5 人，少则 3 人，在异国他乡一待就是几个月，甚至小半年。新冠疫情、地区安全形势、高温炎热的天气，像是一道道障壁，拦在那些年轻的技术人员面前，但最后无一例外，都被他们狠狠击碎。其中有位技术人员因为水土不服染了疟疾，又得了新冠，同事劝他休息，而他忍着高烧眩晕的不适症状，依然选择坚守岗位。项目经理尹玉君更是先后 4 次主动请缨，常驻海外现场，推进项目实施。方案设计、策略研究、系统开发、生产设计、集成测试、现场安装、单体调试、系统联调、工程投运……“军书十二卷，卷卷有其名”。

彼时国际上尚未出台专门的电网安全稳定控制技术标准，默拉直流工程按照我国标准完成设计，并结合巴方要求根据当地电网实际情况优化完善，针对装置采样回路、出口回路定制适应性方案，以满足项目中来自法国、西班牙、意大利等国供应商设备接入要求。按理说，工作做到这份上，已经可以完美收官了。但南瑞人没有止步于此，为推动中国的技术、标准、规范“走出去”，他们持续开展电网安全稳定控制技术培训，向“巴铁”工程人员分享经验、传授技术，提升巴基斯坦电网运维技术水平，在合作交流中续写中巴深厚友谊。

2023 年 2 月 23 日，在巴基斯坦国家电网公司代表现场见证下，默拉直流工程安全稳定控制系统二期项目成功投入运行。随着电力系统骨干电网升级完成，巴基斯坦从此迈入了交直流混联电网新时代。

七

如果说巴基斯坦默拉直流输电项目是我国大电网安全稳定控制技术“走出去”的一次成功尝试，那么电力系统稳定控制框架设计导则国际标准在 IEC 获批立项则吹响了它由一个“中国方案”走向一项“国际标准”的前奏。

2021 年 3 月 12 日，南瑞集团代表中国在国际电工委员会（IEC）发起的国际标准提案“电力系统稳定控制框架设计导则”以高票通过立项。

消息一经公布，立即在业内激起了轩然大波。这则提案涵盖了电力系统稳定控制专业领域的术语与定义、电力系统稳定控制分类、框架设计的原则及流程等方面的内容，堪称电力系统稳定控制框架设计的技术规范。它的出炉与立项，预示着我国主导电网稳定控制领域国际标准制定的重大突破，对我国大电网安全稳定控制技术及其解决方案的全球推广具有重要意义。而薛峰正是制定该提案的牵头人之一。

会后，IEC/SC 8C WG3 电力系统稳定控制工作组成立，由南瑞集团技术专家担任工作组召集人，组员由来自中国、意大利、俄罗斯、日本、德国、英国、丹麦的 16 位专家组成。其职责便是根据电力系统稳定控制框架设计涵盖的标准化范围，重点在稳定控制技术、产品以及试验验证等方面分析梳理国际标准缺失及其需求，合理规划并有序开展相关系列国际标准制定任务。

2023 年 3 月，经投票通过，IEC/SC 8C 分委会主导发布了《电力系统稳定控制框架设计导则》（IEC TS 63384 - 1）。这是中国主导研制、世界范围内首次发布的 IEC 稳定控制框架性国际标准。在此之前整整两年，薛峰协同国内、国际工作组克服疫情等带来的诸多不利影响，召开近 10 次线上线下工作会议，征集并处理 49 条国内外专家意见，才算真正把电网安全稳定控制领域的“中国意见”上升为“国际共识”，在国际舞台上发出响亮的“中国声音”。

转身回望，此时距离薛峰发心要做国际标准已经过去了整整十年。十年，可看十次春去，可看十次秋来，他如暗夜里的行者，踽踽而行，默默坚守。

当灯亮起的那一刻，耀眼夺目的光芒，照见了薛峰一路的行迹，也照见了他的初心——用标准向“大停电”说不。

21 世纪初期，世界各国多次发生大规模停电事件，造成了不可估量的经济损失和社会影响。比如 2003 年 8 月的美加大停电，致使美国 8 个州和加拿大东部安大略湖区近 5000 万人的生活陷入混乱，直接经济损失达数百亿美元，还引起了民众的恐慌情绪，有纽约市民甚至表示“感觉这次大停电比‘9·11’事件似乎还要可怕”，事后美国第一能源公司和美国电力公司也因此遭到了美国众议院能源委员会的调查。又如 2012 年印度三大电网相继瘫痪，造成境内超过一半地区出现电力供应中断，影响6亿多人口，断电还一度导致新德里地铁系统完全停运，200多名矿工被困地底……

确保电网安全、稳定、可靠和经济运行一直都是能源电力发展的头等大事。这些电力事故给薛峰敲响了警钟。他意识到，想要降低大停电风险，就必须对电力系统进行有效的规划、设计、运行和控制，并通过建立完备的电网稳定控制国际标准体系来满足电网运行要求。

电网稳定控制正是南瑞集团的优势专业领域。放眼当时，国际首创的电力系统暂态安全稳定量化分析理论（EEAC）已推广至欧美等发达国家，且已实现产业化，与此同时，亚洲、欧洲、美洲的多个国家在稳定控制等电网管理方面已开展了大量工作，制定了部分规范和要求，遗憾的是，始终没能形成国际通用的标准、规范，就连术语和定义也不统一，阻碍了不同国家、地区、组织间的有效沟通。如何消除沟通的障碍，让这一系统在不同国家间互通互用？这个问题一直萦绕在薛峰的脑海里，驱之不散。持续开展科技攻关的同时，他将目光投向了电网安全稳定控制领域国际标准制定。

“以前我们做标准、做技术报告的时候，都习惯于去找别人的、找国外的，为什么就不能反过来呢？我们也可以去建平台、搭舞台啊！”

山重水复疑无路，柳暗花明又一村。而这，也深度契合时代发展。

随着当今世界经济格局的变化，产业和科技的进步对标准的依赖程度越来越高。管理学上流行一句话：“一流企业做标准，二流企业做技术，三流企业做产品。”作为一种世界通用的语言，标准扮演着越来越重要的作用。它是基于现实情况和未来趋势，适用于当下的最优方案，是国民经济和社会发展的重要技术支撑，也是走向国际市场的通行证。

众所周知，国际上有三大公认的标准组织，分别是国际标准化组织（ISO）、国际电工委员会（IEC）和国际电信联盟（ITU）。从事电力安全稳定研究多年，薛峰决定向国际电工委员会申报筹建专门的电网稳定控制技术委员会。行成于思，2013年起，薛峰在持续做好技术攻关的同时，锚定目标，带领团队踏上了漫长而艰难的国际标准研制之路。

“标准引领是国家和企业参与高质量竞争的重要标志，对于产品走向国际市场也是非常重要的认同。掌握了话语权，竞争时才能有制高点。”正是因为深深地明白这一点，薛峰的目标从始至终都非常明确，脚步也从未有过犹疑。

选择既已做出，接下来要做的就是全力以赴了。是否有必要成立新的分技术委员会，任务范围有没有踩过界？秘书处设在哪里，为什么？由中国来承担秘书处对于行业技术发展以及国际范围内分享先进理念和良好实践的优势是什么？……要说服别人可不是一件容易的事情，必须摆事实、讲道理，光靠嗓门大是没有用的。薛峰和稳定分公司的同事自愿牺牲晚上和节假日时间，一起做了大量的工作。

技术委员会一般都有两个常设角色：一是主席，一是秘书处。其中主席是有任期的，而秘书处是永久性的。大家都想把秘书处设在自己的国家，但秘书处只有一个，怎么办？于是，一场场的激烈论战随之展开。看不见硝烟的战争才最惊心动魄，2019 年的国庆节，薛峰毅然放弃了休假的机会，在短短 5 天内穿梭于欧洲四国之间，以扎实的论据和清晰的逻辑，与这些国家委员会的技术官员展开了深入而富有成效的交流。随后，他更是凭借出众的口才与卓越的谈判技巧，在众多提出申请的国家中脱颖而出，成功赢得了这场无声的较量，展现了非凡的外交智慧与业务实力。

2020 年，历经 8 年持续奋斗，薛峰发起促成国际上首个致力于电网稳定控制技术的国际标准化机构——IEC 互联电力系统网络管理分技术委员会（SC 8C）落户中国，在担任分委会秘书的同时，牵头组织国内外相关行业专家开展标准研究与制定。

经此一役，薛峰尽显战略科学家的风采。因为 IEC/SC 8C 这个大平台，团队里一些年轻的技术人员也得到了成长，有的做了助理秘书，有的当了召集人。从初时的懵懵懂懂到后来的游刃有余，速度惊人，但又似在情理之中。而薛峰所做的事情远不止如此。

八

“指穷于为薪，火传也，不知其尽也。”在薛峰看来，这个 2300 多年前庄子悟到的道理，今天依然没有过时。只有薪火相传，才能生生不息。他是这般想的，亦是这般做的。平日里只要机会适宜，薛峰总是将自己的所知所学，对团队里的每个成员倾囊相授，从无保留，他深知团队的重要性。

一支蜡烛可以照亮一个房间，却照不亮整栋大楼。想要让更多的房间被照亮，就必须把光引进来、传出去，使单数的“蜡烛”变成复数的“蜡烛们”。复盘薛峰工作以来的足迹，会发现其实他一直以来都在坚持一件事——“靠近光、成为光、散发光”：先是凭借不断的学习，努力成为人才；再靠着一双慧眼、满腔公心，不断地发掘人才、培养人才、推举人才。以至于每每说起他，大家的脑海里就不由得浮现出一个“播火者”的形象来。

有人曾给薛峰下过一个评语：“做科研，他想的是埋头搞技术、攀高峰；带团队，他想的是如何聚人心、汇合力。”了解薛峰的人，对此无不认同。

“世有伯乐，然后有千里马。千里马常有，而伯乐不常有。”唐人韩愈的《马说》以物拟人，表达了千里马对于遇见伯乐的渴望。现实生活里，这种渴望也是每一个怀揣梦想、富有才干的人心里最大的期许。

宝马良驹，可以日行千里，夜行八百，若是没有伯乐，没有懂马识马的人，终其一生，也只被当作代步、载物的工具，难以发挥与其能力相匹配的作用和价值。最终的结局只会如韩愈所说：“策之不以其道，食之不能尽其材，鸣之而不能通其意，执策而临之，曰：‘天下无马！’”这样的结果于马匹和需要用马者都是一种损失。事实上，并非天下无马，而是人们不识马，用之不得法。

碟子精美，但是用来装菜盛饭，就显得力有未逮；美酒香醇，但是用来果腹充饥，往往难以遂愿。不是它们价值不高，而是使用不得法，原本的优点反而变成了鸡肋。这就需要有一个人将它们导向适合它们的去处。于人而言又何尝不是如此呢？

一个人可能读了很多的书，有很好的学问，但是如果没有人赏识，他就只能困守书斋，做自己的学问，或者庸庸碌碌地度过一生。遗憾的是，这个世界上从来都是人才多、伯乐少。因为想要成为伯乐，除了要有伯乐的眼力，还需要有伯乐的胸襟。

刚好薛峰就是这样一个人。他善于发现人才，也敢于起用人才，并且行事颇有古人风范——“扶上马，送一程”，让他们不仅能成为精兵，也能成为强将。

团队里的成员来自天南海北，有许多还是年轻的新鲜血液，为了他们的成长，薛峰可谓煞费苦心。他坚持管理创新和团队建设，根据企业发展要求和员工的特长特点，搭建了“劳模创新工作群”“青年创新工作室”等创新创效平台，开设了集前瞻性、开放性、专业性、应用性于一体的交流学习平台“智慧大讲堂”，并经常亲自授课，和大家交流研究心得和工作经验。为了激发大家创新创业的干劲和勇气，他更通过一对一互帮、针对性培训、多压担子、多担责任等方式，让他们能够健康、快速地成长起来。

火车跑得快，全靠车头带。一个团队的战斗力如何，有时跟带头人有很大的关系。带头人若是心底无私、实力出众，带的队伍多半也不是弱旅；反之则反。

熟知薛峰做事风格的人都知道，遇到急难险重任务，他从来只会说“兄弟们，跟我上”，而不会说“兄弟们，给我上”。很多时候他甚至还会主动充当先锋，“兄弟们等一等，我先去前面探一探路”，等自己把思路捋顺了，然后大手一挥，“兄弟们，终点就在那里，我们冲吧”。那意思不言自明：舞台已经搭就，剩下的便只等大家尽情表演、各展所长了。

因为薛峰带头示范、甘苦与共，团队成员如游鱼入海，纵情游弋，取得了累累硕果，并在这个过程中涌现出一批作风过硬、素质优良、技艺精湛的优秀专家人才：中国电力优秀科技工作者李威、“江苏省青年五四奖章”提名奖获得者黄杰、第五届“江苏青年双创英才”蔡斌、中国电机工程学会第九届“青年人才托举工程”人选陈学通、南京市高层次举荐人才谢东亮、南瑞集团先进工作者董希建……他们之中，有勇闯“无人区”的探索者，有突破“卡脖子”技术的攻关者，有“十年磨一剑”的坚守者，有国际标准制定的组织者。千帆竞渡，百舸争流，当得上“人才济济”四字。

九

古人有言：学贵得师，亦贵得友。得遇良师益友，算得上是一个人一生中最大的幸事之一。对于薛峰团队里的每一位成员来说，薛峰亦师亦友，亦如兄长。

其中，这个“师”字具有两重含义——

首先，薛峰是一位名副其实的老师。作为南瑞集团的研究员级高级工程师、博士生导师，薛峰日常也带学生，2024 年他还被评为“优秀导师”。他的学生中既有博士研究生，也有硕士研究生。如果给薛峰的学生做一个花名册，今年刚毕业的张智泉就在里头。

时间回到 3 年前，那时张智泉还是国网电科院一名研究生一年级的学子，依照惯例她需要在东南大学进行为期一年的理论学习。明明学得也很用心，然而第一学期考试结果出来，张智泉的成绩却不是很理想。薛峰得知后，第一时间把她叫到了办公室。

从接到电话到走进薛峰办公室，一路上，张智泉惴惴不安，心想这次考试考砸了，肯定要挨批评。谁知见面之后，薛峰既不凶，也不怒，甚至可以用“和蔼可亲”来形容。他问张智泉是学习方法不对还是学习资料有所欠缺，见张智泉不说话，但是眉梢微动，心下了然，当即拿起电话拨通了之前带过的几个学生的号码。

“他一连打了好几个电话，帮我联系了之前好几届的师兄和师姐，让他们把读研时的学习资料分享给我，这令我特别感动。”感动之余，张智泉暗下决心，一定要好好学习，不能让老师失望。在自己的不断努力和师兄师姐们赠予的学习笔记的帮助下，第二学期她的考试成绩有了明显的提升，为研一的理论学习画上了一个相对完美的句号。

其间，薛峰也会发送一些学习资料和参考文献给张智泉，旁敲侧击地提醒她，在学有余力的情况下，要尽早熟悉专业的应用场景、行业背景等相关信息，以便确定后面一年大致的研究方向，让自己将来能够更快地进入角色。在南瑞读硕士跟在高校读硕士有一个很大的不同，那就是它是有项目作为依托的，需要结合实际应用来开展研究工作。

从研二开始，张智泉就跟着薛峰接触项目。当时，薛峰正牵头做一个国家重点研发计划，见小姑娘勤学好进，并且明确表示毕业之后想要留在南瑞，便让她加入了多馈入高压直流输电系统换相失败防御技术的研究团队，尝试一些能力所及的事情。

新手上路，经验不足，初生牛犊不怕虎不假，但冒冒失失也是真的。张智泉一路横冲直撞，没少犯错。薛峰总是耐心地教导她。从开题到中期再到答辩，每个关键节点，薛峰都会统筹好工作，抽出时间来为她“把脉”。

张智泉清楚地记得，答辩前一天晚上10时许，自己将做好的PPT发给薛峰。薛峰没有因为时间晚而敷衍塞责，而是一页一页地帮她过PPT。他看得那么仔细，就连混用的中英文标点比其他内容字号小了一号也给指出来了。在他的严格把关下，张智泉的汇报取得了班级前三的好名次。

一个好的榜样，总能激发人们内心深处的钦佩与向往，希望自己有一天也能成为那样的人。薛峰的严谨和认真，激励着张智泉不断前进。而张智泉的经历，团队里的很多人都曾有过。

“师者，所以传道授业解惑也。”薛峰的师者形象还体现在他总能凭借自己敏锐的意识和渊博的知识为大家答疑解惑，或者提供一些指导性的参考意见。许多与薛峰共事过的年轻人都这样说：“薛博士就像个严格又和蔼的老师，工作中遇到了任何困难和问题，他都会主动和你一起剖析原因，把正确的方法教给你。”而且这位“老师”循循善诱，“情绪稳定”，遇到事情不会歇斯底里，不会板着脸说话，日常工作中极少看到他发火的时候。

薛峰的性格虽好，却不是惯常意义上的“好好先生”。如果团队成员在日常的管理工作中违反了规定，因为没有按照要求去做，导致出现严重的后果；或者因为一时的疏忽，造成了一些不利的结果，甚至带来一些安全风险，他会很严厉地批评，决不姑息。但是这样的次数很少。“我们的团队还是很强的。”这是薛峰给出的理由，只是不知道是“严师出高徒”，还是“徒弟给师傅挣了面子”。

十

一千个读者眼中有一千个哈姆雷特，同样一千个人眼里的薛峰也都不一样。相较于“老师”这个身份的距离感，在许多团队成员的内心里，薛峰更像是他们的朋友。朋友有许多种，而薛峰是诤友，是益友，更是战友。

说薛峰是诤友，是因为面对存在的或者可能发生的问题，他会直截了当地指出大家的不足，打上一剂预防针。薛峰有几句口头禅，与他共事过的人大多耳熟能详。比如“重要的事情一定要往前排”“做事不要只想正常情况，要多想非常情况”等。每一句让人印象深刻的话背后，都藏着一个让人印象深刻的故事。

即便十多年过去了，负责团队日常管理工作的宋晓芳依然记得 2011 年发生的一件事情。当时她被临时派去负责一个项目验收资料的整理工作。由于项目牵涉的部门非常多，而她是中途加入的，对很多人员、事项并不熟悉，以至于她反馈的问题发下去之后久久得不到回应。眼看验收的时间马上就要到了，手头却还有好多材料没有整理好，非常被动。薛峰得知后，马上居中协调，把相关人员召集起来，落实解决方案。事后，薛峰提醒宋晓芳，问题刚出现的时候就提出来，可能解决起来会比较简单，要是不及时反映，拖得久了，付出的代价就会大上许多。他让宋晓芳引以为戒。虽然薛峰说话的时候并没有疾言厉色，但宋晓芳把薛峰说的“注意事项”牢牢地记在了心里，再也没有犯过类似错误。她感慨地说：“我们的工作是电网安全的‘三道防线’，薛博士好像把这种理念应用到了做事的风格里。”

如果薛峰与宋晓芳说的是事后反思，那么同任建锋讲的则是事先预防。任建锋在团队里主要负责大电网实时控制装置的研发和生产，薛峰经常就整体架构对他们进行一些指导。“我们保大电网稳定，做的本来就是处理电网异常情况的工作，写软件或者设计装置的时候也是一样，不要只想着正常情况，而要多想非常情况。异常情况处理得好，才能显现出一个公司、一个团队的水平。”简简单单几句话，就将危机意识植入了队友的心中。

之所以说薛峰是益友，则是因为很多事情他看似不关注，实则“慧眼如炬，观察细微”，总能在一些关键节点上给予提醒，在大家最需要的时候帮助排忧解难。昔日孟母三迁，只为择邻而居。一个人工作、生活的环境对他的成长至关重要。而薛峰就是那个有益的影响因子，无时无刻不在向大家传递着他所认为的正确观点。他会告诉大家，功夫在平时，“临时抱佛脚”是走不长远的；他对 PPT 的细节抠得很细，内容、标点、日期、格式，只为让团队里的每一个人养成习惯，不要因为一些小问题使得别人对你的专业能力产生误解，致使多年辛苦毁于一旦；很多时候，面对团队成员的问题，他不会直接给出答案，而是引导大家自己去思考，去发现问题，进而意识到问题并改正过来。他总说，再好的朋友也是没法代替你走路的，就像一个再好的向导，也只能告诉你要往哪边走，但是能不能抵达、如何更快地抵达，需要走路的人自己去思考、去探索。

"昨日顶起风/今日扛起雨/并肩作战的日子/豪气冲云天/有苦同担当/有福同分享/咱们一起练就出/一身钢铁墙……"就像《战友之歌》里唱的，薛峰常同团队成员一起讨论一起研究，像是科研攻关道路上并肩作战的战友。大家曾在一个沟壕里拼杀过，吃过苦、流过汗，也曾见过彼此焦头烂额的狼狈模样。

七八年过去了，董希建犹然记得2016年做系统保护顶层设计的那场战斗。正是在那场战斗中，他真正认识了薛峰，也让薛峰真正认识了他。他们是全世界第一拨干这个事情的人，刚开始时可谓是处处碰壁。在搭建控制系统时，团队试图通过完善传统的常规控制方法让控制更精准有效，可具体方案讨论了一轮又一轮，哪怕将传统的方法用到极致，还是解决不了多回特高压直流闭锁设防难、可用控制措施不足等问题。

关关难过关关过。无数个长夜，他们眉头紧锁，苦思冥想，有时坐得腿都麻了，还不愿意起来。在相当长的一段时间里，他们没有正儿八经地睡过觉。讨论到深夜，人困到极点，往地板上一躺，沾着就能睡着。回忆起那段"烽火"岁月，董希建说："当时最痛苦的不是熬夜加班，而是没有头绪。"第一个版本他们改了28版，但问题并没有解决。问题没解决，那就得接着战斗。他清楚地记得，有一天凌晨两三点的时候，"有一哥们从椅子上往下滑，救护车直接开到了院子里面"。像这么一起战斗过，不是战友又是什么？

好在经历重重波折之后终于迎来了转机。某日，看到大家满脸的疲态，薛峰提议："走吧，我们去外面透口气。"几个人沿着长安街走了一大圈，回来之后，薛峰忽然打破了沉默："既然传统方法不能全部适用，那就打破常规，继承、发展并重构一套新的控制系统。"系统保护建设的新思路就这样打开了。随后的日子里，薛峰带领团队翻阅了国内外的大量资料，跨领域跨行业获取灵感，密集"迭代"新想法，最后按时完成了系统保护建设总体方案。2016 年 5 月，方案通过了包括 6 位中国科学院院士、中国工程院院士在内的近 20 位资深专家的评审，获得高度认可。

十一

薛峰不只关心团队成员的工作，也关心他们的生活。

南瑞集团主楼七楼的西边有一个会议室，薛峰经常在那里同大家开会、布置工作。尽管工作节奏很快，但每次会议讨论开始前，或者讨论结束后，他总会见缝插针地问一问大家的近况。这个行为发乎自然，从他走上管理岗位起一直保留到了现在。很多人都说，他不仅像一位领导，更像一位兄长。对此，系统保护实验室副主任侯玉强最有感触。

想当初，实验室刚成立，要人没人，要设备没设备，薛峰找到侯玉强，问他愿不愿意做这件事情。侯玉强想也没想，欣然接受，然后拉着一帮人硬着头皮顶上。他们先从稳定分公司挑选出五六个人组成临时班子，同时面向社会招聘专业人才，在一穷二白的情况下艰难地将实验室的业务支撑起来。2018 年，实验室运行转入正轨以后，他又用了整整 5 年时间，写了近 100 万行代码，开发出了多款自动化软件，把试验验证的流程和规则定了下来。2019—2021 年，系统保护实验室业务量连续三年翻番，为了做好实验室工作，侯玉强几乎放弃了个人休息时间，每个周末都在单位加班，2022 年的春节他也只休息了一天。

然而，忽然有一天，侯玉强提出了离职。

原来，侯玉强的妻子也在南瑞集团工作，是另一个部门的骨干人员。她同侯玉强一样，日常工作很忙，加班是家常便饭。他们家里有两个孩子，年龄相差 5 岁，一个上初中，一个上小学，得两头接送，但学校距离夫妻俩上班的地方很远，家里的老人又出于身体不好等原因不便照顾。当家庭和工作不可调和的时候，有家公司向侯玉强抛出了橄榄枝，开出数倍于他当时的工资，而且上班时间比较自由。侯玉强很是纠结，是单位领导一点点把自己培养起来的，而且自己也确实喜欢系统实验室的工作。当时薛峰为了能够集中精力做科研，已经辞去稳定分公司总经理的职务，转为首席专家。得知消息，他一边找侯玉强谈话，一边与稳定分公司新负责人一起挽留，将“事业留人、情感留人”这八个字演绎得淋漓尽致。

家家都有一本难念的经，薛峰没有问“你为什么走”，也没有说“你留下来”，而是同侯玉强推心置腹地聊了一场。

“实验室是你一点一滴把业务培育起来的，团队里的这些人从不会、不知道到现在能够从容应对国网赋予我们的重任，即便在业务量连续三年成倍增长的情况下，依然能够保持高质量地完成每一项任务。你把路蹚出来不容易，如果你现在放弃，从头开始去做别的，有点可惜。”

“客观上说，任何一个人离开对组织肯定是有影响的，但是组织肯定也会想办法适应这种情况，找到一个人来顶替位置。你离开，稳定分公司不会垮掉，就算是我离开，稳定分公司也不会垮掉。你看我现在不当总经理，公司的业务不也运转得很好？你如果离开，实验室肯定还会运转下去，只不过可能前两年运转得困难一点。”

“你是比较有事业心的，以我对你的了解，你在还没有做到至善至美的时候离开，我认为你是不甘心的。”

不同于拙劣的激将法，薛峰的话总能说到人心坎里去。最后这句话直接让侯玉强破防。就这样，侯玉强放弃离开，选择了留下。

由于系统实验室的特殊性，侯玉强需要经常在实验室和出差地之间奔波。薛峰报请领导后，联系了侯玉强妻子部门的负责人，协商将一些可以在家里完成的任务带回家去做，使其能够兼顾接送小孩，一定程度上帮侯玉强解决了后顾之忧。

原以为这件事情到这里就已画上句号，让侯玉强感动的是，后来薛峰又多次询问侯玉强的家庭生活有无困难，小孩的成长和学习情况等。

十二

“横看成岭侧成峰，远近高低各不同。”同一个人做同一件事情，站在不同角度、不同立场去看，就会得到不一样的答案。同样三十几年如一日，兢兢业业、埋头苦干，同样潜心钻研、诲人不倦，薛峰是领导眼里的好干部，是同事公认的好大哥、好领导，是学生视为榜样的好老师，却也是妻子口中的“骗子”，女儿心里那个“不讲信用的人”。

这个世界最公平的就是时间，一年多则三百六十六天，少则三百六十五天，一天二十四个小时，一个小时六十分钟，谁也不比谁多一分，谁也不比谁少一秒。一个人富有也好，贫穷也罢，可以支配的时间都是有限的，在某方面付出的时间和精力多了，留于其他事情的便少了。于薛峰而言，时间占据多的一头是工作，少的一头则是家庭。

因为工作性质的关系，开会开到晚上10点是常有的事。虽然这时候路面上的车子少了，通勤时间得以缩短，但到家也已将近11点。此时妻子和女儿早已经睡下，他蹑手蹑脚地开门，避免吵醒她们。好不容易到了周末，想抽点时间陪伴家人，出差、加班又常常不期而至。可以说，从年头到年尾，真正属于薛峰能自由支配的时间少之又少。特别是担任IEC互联电力系统网络管理分技术委员会秘书以后，为了牵头组织居于不同时区的国内外专家开展标准研究与制定，薛峰更是没有了“下班”“加班”的概念。

女儿也曾因此心生埋怨，认为爸爸爱工作胜过爱她。记得女儿小的时候，薛峰的工作还不是那么忙，经常陪伴她，带她出去玩，但后来，父女俩共处的时间变得越来越少了。自打女儿上了初中以后，薛峰一次功课都没给她辅导过，还美其名曰“培养独立思考、独立学习的能力”。

陪伴的缺失让父女俩产生了隔阂。有一次，女儿学校的老师打电话给薛峰，说女儿的成绩有所起伏，让家长多关心关心。第二天，薛峰刚想同女儿交流，谁知话才说两句，女儿却有些不耐烦：“这么长时间了，忽然想到要关心了？你前面都干什么去了？以前啥都不管，成绩考差了有什么好问的？”女儿的突然生气让薛峰有些错愕，旋即自心头涌上一股深深的歉疚。确实，自己陪伴女儿的时间太少了。他很想告诉女儿，爸爸不是不关心她，而是为了工作，为了攻克技术难题，保障千家万户的光明，但嘴巴动了动，最后还是没有说出口。他默默地向自己提了个醒儿，不管工作多忙，也要多关心关心女儿。

最让薛峰觉得亏欠的还是他的妻子。平时女儿的衣食住行、补课接送，都由妻子操持。好几次，明明说好了全家一起去旅行，甚至约好了时间定好了行程，却因为薛峰的“临时突然有事”屡屡未能成行。薛峰每次都说“等下次有时间了，我们就去”，然而等啊等，从周一等到周五，从春天等到冬天，他却始终不得空，到最后只能母女俩结伴同行。妻子虽然嘴上不说，但要说心里没有怨言，显然也是不可能的。

问薛峰多次爽约，是否会说些甜言蜜语哄哄妻子，他摇摇头表示不会。这不由得让人联想到另外一位先进人物——“时代楷模”钱海军。据说，钱海军早前经常因为帮助陌生老人失信于妻子，虽然意识到自己做得不对，但回到家却“从不肯低头”，因为低了头，下次再发生类似的事情就成了“明知故犯”。而妻子呢，也总是很快就默契地把这些事情给“忘记”了。一个不追究，一个不道歉，冲突也就这样过去了。

薛峰与妻子的相处模式同钱海军夫妇有些相像。妻子虽然对丈夫不顾家的行为颇有微词，却也深知他是为了工作，为了研究、守护电网安全稳定，故而默默地替他担起了稳固“大后方”的重责。网络上有这样一句话：“真正爱你的人，多以‘细节’表达着心意。”知道丈夫工作忙，常要出差，妻子还替他买了许多轻便的T恤放在行李箱里，出差在外若没有洗衣机，可以每天轮换而不重复，等结束后拿回家统一清洗。偶尔她也会数落几句，但说归说，做照做。甚至当丈夫的同事需要帮忙时，能力所及，她也是无有不应。

她的处事态度让人不由得想起舒婷的那首《致橡树》：“我必须是你近旁的一株木棉，作为树的形象和你站在一起。根，紧握在地下；叶，相触在云里……我们分担寒潮、风雷、霹雳；我们共享雾霭、流岚、虹霓……爱——不仅爱你伟岸的身躯，也爱你坚持的位置，足下的土地。”互相扶持，爱屋及乌，世间最理想的夫妻关系，莫过于此。

说起妻子，薛峰波澜不惊的语气里多了些许起伏，“我爱人脾气还是比较好的”“她在单位里是副主任医师，特需门诊坐诊，受人尊敬，白天工作节奏非常紧张，但为家庭，付出了很多”……字字句句，表达的不外乎同一个意思——得妻如此，夫复何求？

当然，脾气再好的人也有发火的时候。薛峰任稳定分公司总经理期间，各种事务特别繁忙，不光要统筹日常工作，一年有一多半的时间还要跑到外地出差，去各个网省公司、地市公司洽谈业务，一天几十个电话是家常便饭，即使回了家，也难得清闲，有时半夜两三点钟也会有电话打进来，经常把熟睡中的妻子吵醒。“起床气”上来的时候，妻子偶尔也会说薛峰几句。每次薛峰唯唯以应，并不回嘴。拳头打在棉花上，感受不到力的反作用，不一会儿，妻子气消了，心一软，也就原谅了丈夫。

相似的场景无数次上演，到后来，妻子都懒得同他吵了。2021 年，薛峰辞去总经理职务，成为南瑞集团首席专家，妻子想着该把全家出游的计划提上议程了，因为丈夫曾信誓旦旦地向她保证，转岗专家以后，就不会再那么忙了，陪伴她和女儿的时间也会多起来的。然而真等到了那一天，发现他出差的次数虽然少了一些，但依旧忙碌，并没有空多少。妻子不免又好气又好笑：“你这个骗子，就知道天天吹牛。当一把手的时候说忙，说当专家了就可以轻松一点了，可以多陪陪我们娘俩了，怎么看你现在还是天天开会！”

薛峰闻言，只能尴尬地笑笑。确实，如今处理行政事务的时间少了，但专注科研的时间多了，一增一减，留与家人的时间并没有变多。

然则爱是双向的奔赴。尽管职责在身，日常陪伴家人的时间非常有限，但只要单位里没什么要紧的事情，下班后薛峰都极少去外面吃饭，而是选择回家与妻女共进晚餐。女儿读高中期间，只要不出差，他也会抢着送女儿上学。女儿 7 点 20 分前必须赶到学校，这也养成了薛峰不管睡觉多晚每天早上 6 点钟就醒来的习惯。哪怕如今女儿高考结束，不再需要接送，他的生物钟依然没有调整过来。

行动是最有力的说辞。慢慢地，妻子和女儿也都理解了他，时不时地还会说上几句鼓励的话。这让薛峰脚步更加笃定从容，脸上的笑容也越发灿烂。

匠心筑梦　守护碧水蓝天

——记中国大唐环境产业集团股份有限公司许昌项目部副经理闫欢欢

◎文/范长丽

向下扎根，蓄积无穷力量；向上生长，践行使命信仰。攀平台，捋图纸，找方案，除故障，平凡岗位履行庄严责任，普通专业成就人生梦想。五十米高塔，你爬出珠穆朗玛峰的高度；五年的历练，你步履不停成为冠军工匠。你用火样青春，守护美丽中国！

——2023 年度“央企楷模”闫欢欢颁奖词

山川泼墨、云霞走笔，这片厚重的土地，自古便滋养着文脉不断的泱泱大国。万年之前遇见它，华夏的来处便有了痕迹；千年之前遇见它，沧海的云暮便入了梦境；百年之前遇见它，沸腾的热血也挥洒大地，而今朝的相逢，山峦层林尽染，平原蓝绿交融，城市鸟语花香。看黄昏落笔霓虹，等落花拂满山峰，尽赏万家灯火夜色明，绿色电能在大江南北涌动，与绿水青山和谐共生……

生态文明建设是关系中华民族永续发展的根本大计。党的十八大以来，以习近平同志为核心的党中央把生态文明建设摆在全局工作的突出位置，坚持山水林田湖草沙一体化保护和系统治理，全方位、全地域、全过程加强生态环境保护。

中国大唐集团有限公司（以下简称“中国大唐”）作为关系国家能源安全和国民经济命脉的能源骨干企业，和国资系统众多央企一道深入贯彻习近平生态文明思想，牢固树立和践行绿水青山就是金山银山的理念，始终以“提供绿色能源、点亮美好生活”为企业使命，不断强化能源央企的使命担当，坚持协同降碳、减污、扩绿、增长，持续深入打好蓝天碧水净土保卫战，积极稳妥推进碳达峰碳中和，为全面推进美丽中国建设贡献力量。

绿色电力是中国大唐的不懈坚守，也是每一位中国大唐人的孜孜追求。

闫欢欢，作为中国大唐旗下唯一节能环保企业——大唐环境产业集团股份有限公司（以下简称“大唐环境公司”）特许分公司许昌项目部副经理，和十万中国大唐人一起致力于绿色能源发展。凭借一股不服输的倔强，用精益求精的工匠精神牵头完成多项环保技术改造工作，为机组达标排放提供技术支撑；她还聚合骨干力量，成立创新工作室进行技术攻坚，攻克大气、固废、污水等生态环保的系列“疑难杂症”，为蓝天碧水贡献了智慧和力量。她曾被授予“中央企业技术能手”“全国技术能手”“全国五一劳动奖章”“全国三八红旗手”等荣誉称号，当选中国妇女十二大代表、中国妇女十三大代表、党的二十大代表，荣获2023年度“央企楷模”。

“十多年来，我与祖国共奋进，与企业共成长，从一名普通女工成长为一名环保技术工程师，成为一名大国工匠。作为一名电力环保人，我的目标就是尽最大努力守护碧水蓝天，用最先进的环保技术实现产业报国，做生态文明的建设者、践行者，为美丽中国建设贡献自己的青春。”央企楷模颁奖现场，闫欢欢的发言也见证了她一路走来的心路历程。

种下一颗向上生长的种子

初见闫欢欢，很难想象这个笑起来眼睛像月牙一样的年轻女孩是一名经验丰富的电力环保工程师。她中等个子，头发利落地扎个马尾，话语不急不缓，条理清晰，接人待事，落落大方。她向我讲述了她的童年、青年，她的个人成长以及企业对她的培养，娓娓道来之间，尽显她对环保事业的热爱和不懈追求。

1987 年 9 月，闫欢欢出生在河南省洛阳市嵩县旧县镇河南村（洛阳市嵩县属于全国贫困县）一户普通的农民家庭。几年后，妹妹也出生了。两个女儿的相继降临，为这个家庭带来欢乐的同时，也让父母有着不小的压力。在农村，如果家里增加个男娃，意味着可以帮家里干很多农活。

闫欢欢小时候，家里经济条件不太好，父母只能靠着种地的微薄收入来供姐妹两人读书。虽然母亲不识字，但却非常明白事理，告诉她们要努力学习，要像花木兰和穆桂英一样做女中豪杰。

记忆中的父母虽然每天都在田里忙碌，但对两姐妹的学习却时刻不放松。闫欢欢和妹妹放学后，背着书包直接到田间地头写作业。作业写完了，父母也就快收工了，在蝉鸣蛙叫声中，家里的烟囱升起袅袅炊烟。

晚餐是一家人最快乐的时光，听着姐妹两个分享学习和学校的一些趣事见闻，父母晒得黝黑的脸上情不自禁浮起笑意。

晚饭后，父亲进进出出收拾着第二天上工需要的工具，给牲口添加饲料，母亲一边忙着手里的活计，一边听姐妹两个背书，虽然姐妹两个背的诗词母亲不一定完全理解，但是母亲很满足这种充满琅琅读书声的生活氛围。

在父母的影响下，闫欢欢和妹妹都爱上了学习，并且父母勤劳朴实、坚毅隐忍、吃苦在前享受在后的品格也深深烙印在闫欢欢和妹妹的骨子里。

那时，村子里孩子们大部分上完初中就辍学了。很多人不理解，闫家让闺女们一个劲儿念书，不考虑家庭经济承受能力，图个啥？

每当这个时候，父母只是笑笑，也不说什么。依旧起早摸黑地干农活，任劳任怨，即便生活再艰辛，也从没想过让姐妹两个辍学。

闫欢欢和妹妹也没有辜负父母的期望。虽然每天步行很远才能到学校，但总是提早出发，提前到校，珍惜来之不易的学习机会，努力汲取知识营养。勤奋学习的闫欢欢每年都是班级里的佼佼者，把各种证书和奖状带回家，左邻右舍也会投来羡慕的目光，“看闫家的闺女，学习学得咋恁好哩！”“你们家的闺女，比男娃还强哩！”每当这个时候，闫欢欢感觉父母的腰杆不由自主挺直了！

高中毕业后，闫欢欢如愿考上郑州电力高等专科学校。学校在河南省省会郑州市，那是她满怀憧憬、心中无限向往却从未涉足的地方。她有几许兴奋，也有几许忐忑。从村里去郑州，需得辗转几次车程。那天一早天还没亮，先是父亲用自行车把闫欢欢送到镇上，再乘长途公共汽车到县上，再转乘火车往郑州……

父亲只是把女儿送到县上，就无言告别了。望着父亲终日劬劳略显佝偻的背影，一向活泼爱笑的闫欢欢眼眶湿润了。广袤而窘困的农村，那是她今后漫长人生的来路，也是她从此勉力前行的滋养。

大学期间，五湖四海的同学、满腹经纶的老师、灯火通明的阅览室、书籍如山的图书馆……都给予她以强烈的吸引。她觉得以前见识太少了，觉得时间不够用啊！同学少年，尽皆聪慧，使得她更增紧迫感，更加勤奋，课余时间多半在教室自习。一年年的成绩下来，她的学业成绩始终名列前茅，尤其专业课学得认真而扎实，因为她知道，这是她工作后的安身立命之本。

几年后，闫欢欢妹妹也考上了大学。由于家庭困难，即便卖掉家里所有值钱的物件，东拼西借也凑不齐妹妹的大学学费，妹妹只能与心仪的大学失之交臂。这件事深深刺痛闫欢欢的心。从此立志，要努力工作，向下扎根、向上生长，接过父母肩上的重担，做家里的顶梁柱。

扎根电力环保的沃土上

2011 年，闫欢欢大学毕业后应聘到大唐环境公司，入职特许经营分公司许昌项目部（以下简称“许昌项目部”）工作。许昌项目部地处中原腹地河南许昌，位于河南省禹州市方岗乡与火龙镇境内，东距禹州市区15公里。这里远离大城市，工作和生活条件受限，年轻人往往耐不住寂寞，闫欢欢却甘之如饴。她把项目部当作练兵场，“远离喧嚣，正好能静下心来专注工作”。

闫欢欢入职时，许昌项目部刚成立，她是第一批员工。领了《电业安全工作规程》《火电厂脱硫脱硝操作规程》《系统图》等工具书，换上工作服，戴上安全帽，年轻的女孩眼中满是认真和责任。

新员工入职首先要经过3个月的安全技术培训。培训期间，闫欢欢心里只有一个信念：“代替妹妹珍惜这份来之不易的工作，投入全部精力，做到出类拔萃，让家人感到骄傲。”3个月上岗培训期内，每周考试1次，共计考试12次，闫欢欢每次成绩均名列前茅，培训结束后便成为项目部运行班组负责人，一颗青春的心便有了安放之后汩汩流淌的激情。

运行岗位的工作是非常辛苦的。每天迈着匆匆的步履，奔向工作岗位，没有白天和黑夜的区别，风雨无阻。但闫欢欢很喜欢这种忙碌背后的新视野、新天地，因为可以学到很多知识而让她的心无比踏实。

火力发电厂的生产系统是庞杂的，涉及锅炉、汽轮机、电气等大大小小上百个系统，几千种设备。仅仅是电厂的脱硫脱硝系统，按照工艺划分，就可以分为钙基、氨基、钠基、镁基四种。按照所生成的产物又可以划分为干法、半干法和湿法三种。当今世界，已经出现的脱硫脱硝技术有氨法、钠碱法、双碱法，另外还有石灰石—石膏法。每种不同的工艺，对应不同设备、系统和化学原料。

但是，这些都没能阻止闫欢欢渴望成长和前进的脚步。她铆足了劲儿，努力学习各项技术技能，汲取来自生产一线的养分，把自己的根深深扎在电力环保的沃土上。

2011年，我国颁布了《火电厂大气污染物排放标准》（GB 13223—2011），被称为中国史上最严排放标准。燃煤电厂不仅要进行脱硫，还要进行烟气脱硝，并对重点地区的电厂制定了更加严格的特别排放限值，控制火电 NO_x 排放迫在眉睫，超低排放改造在全国燃煤电厂开展起来。

平时阳光爱笑的闫欢欢，严肃了起来。作为一名电力环保人，她知道肩负的重任，和众多火电同行一起投身到节能环保改造工作中。因为唯有让天更蓝、水更绿，她的职业之路才有价值。她不断告诫自己："要快速提升自己，为打赢蓝天碧水保卫战贡献自己的一份心力。"

闫欢欢要求自己每上一个班都要有收获，将全部精力投入工作岗位。她从不放过任何学习的机会，时刻思考如何学习和提高自己的技术技能。每一次到现场，她总是喜欢跟在老师傅身后学习，了解设备运行原理、熟悉设备参数，掌握异常情况、原因、后续处理方法，明确设备进行过哪些改造、改造前后有何变化等。

她对工作如此投入，满怀着对工作的热爱，从不懈怠。

当时的师傅杨大州这样评价闫欢欢："这个小姑娘工作太认真了，走到哪儿都带着小本子。工作中，她不是在干活，就是在问师傅问题，从没见她闲过。""凡事记录在本、凡事刨根问底、凡事思考总结"成了闫欢欢当时的座右铭。

对于这场全国范围内燃煤电厂的脱硫脱硝设备改造，闫欢欢深知其所学到的那些知识远远不够。于是，别人休息了，闫欢欢在看书，别人结伴游玩，闫欢欢默默按照图纸熟悉系统。大家白天上班，晚上消夏纳凉，闫欢欢却把自己关在屋子里，对照环保专业书籍，一张张图、一条条线、一个接点一个接点地分析解读专业图纸，仔细琢磨设备为何这么安装、管道为何这么敷设、阀门走向为何这么设置……

心心在一艺，其艺必工；心心在一职，其职必举。

三个月的时间，闫欢欢忍着酷暑熏蒸和蚊虫的叮咬，把6套一寸半厚的各类不同技术书籍看了一遍，记满了5本厚厚的笔记，图纸也齐齐地画了一遍，技艺技能又上了一个新台阶，师傅们都惊讶于她的刻苦钻研，夸她是个勤奋的人！

对待工作，闫欢欢更加认真负责。一次巡检中，闫欢欢发现吸收塔周围有水渍，她立即对周围设备进行检查，发现吸收塔浆液循环泵法兰处漏浆，立马汇报领导。在运行脱硫人员与检修人员默契配合下，漏点被彻底堵住，避免泄漏扩大造成事故，保证了机组安全稳定发电。

闫欢欢勤于钻研的学习热情和对待工作认真负责的态度赢得了周围同事

和领导的一致认可，师傅们也都非常喜欢闫欢欢，手把手传帮带。闫欢欢凭借勤学苦练，在基层一线迅速成长。

火力发电厂脱硫系统有个普遍性的问题，就是吸收塔浆液品质不稳定，容易发生异常，导致石膏脱水效果变差。由于影响因素较多，原因复杂，这个问题长期困扰着脱硫系统生产人员。

每当出现这样的问题，闫欢欢就与班组同事逐一分析原因，并针对性地采取调整措施，再进一步观察。如果改进措施没有效果，就继续查找原因，再尝试调整。这期间，需要闫欢欢爬上爬下、开关阀门、更换备件、计量数据，还要用手不断地触摸50摄氏度左右的浆液以分析变化，不分昼夜、不分节假日。为了观察石膏品质的变化，她在现场一蹲就是一天，有时候，他们要更换十多种方法，直到问题解决。日积月累，闫欢欢逐渐养成执着专注、精益求精、一丝不苟、追求卓越的工作品质。

闫欢欢的骨子里总有那么一股不服输的韧劲儿。50多米高的吸收塔，她每天爬上爬下，认真检查设备运行情况，从不放过一个微小的细节，也从不轻言放弃。

夜色深浓，寒风刺骨，闫欢欢在高高的铁塔上攀爬，冷风像刀子一样刮得脸生疼，即使戴着手套，仍然能感觉到塔梯透骨的寒凉。这样恶劣的作业条件，足以让普通人望而生畏，但闫欢欢总是说："工作的需要就是对我们的命令，我是班长，是班里的顶梁柱，必须带头执行命令。"

班里的男同事都担心闫欢欢一个女同志每次爬上爬下不安全，主动提出替她巡检。闫欢欢谢绝了同事们的好意，笑说"男同志能干的事，我们女同志也不能落后啊！"

就这样，她扎根生产一线，始终默默坚守，50多米高的吸收塔每天爬上爬下巡检，一步一个脚印，坚实而平稳。四年里，足足爬出了5座珠穆朗玛峰的高度！闫欢欢用自己平凡的坚守、奋斗足迹，诠释了新时代产业工人的内涵；用爱岗敬业和使命担当，尽显新时代劳动者的风采。

坚守的背后，凝聚着家人浓浓的爱。

2011年春节，是闫欢欢工作后的第一个春节，她选择留在项目部过年。作为班长，她把回家过年的机会留给了其他人。听着远处的鞭炮声，看着周边村庄升起的炊烟，闫欢欢突然有点想家了。

“欢欢，门岗有人找。”

闫欢欢一路小跑着奔向门岗，远远看见了熟悉的身影，曾经送她上大学的父亲的身影。原来，父亲惦记着没有回家过春节的女儿，辗转车程，只为给女儿送来母亲亲手包的饺子。看见站在面前的父亲，闫欢欢的眼泪不争气地流下来。父亲也红了眼眶，叮嘱道：“好好工作，有时间回家看看。”家人挂念她，却也用行动支持她的工作。

以后的几个春节，闫欢欢都主动留下来值班，家人也都来项目驻地陪她和项目上的同事一起过春节，包饺子。多年以后，闫欢欢依然记得第一次在项目部过春节的情景。父亲鼓励的话语，一直激励着她不断前行，而春节值班也成了她的坚守。

“刚参加工作的一年多时间，我一直在熟悉脱硫脱硝设备，坚持每天记工作日记，将当班遇到的所有操作以及向老师傅们请教的经验、心得整理下来，不放过任何一个学习提升的机会，努力让自己成为一个知识型的产业工人。在学精自己的业务后，就想更精进一步，就在午休或周末带着系统图到厂房内查系统、熟悉设备，掌握了系统流程，积累下更丰富的运行知识。”说起热爱的运行工作，闫欢欢兴致勃勃。

家国情怀是中国产业工人的精神底色。闫欢欢爱这个行业，如同爱国与爱家一样，爱得深沉，爱得不需要加载功利的条件。闺密佳丽这样评价闫欢欢：“她是一个特别热爱工作的人、一个勤奋的人、一个较真的人、一个事业心特别强的人。”

正是这些时光的零散碎片，拼出了过去 4 年环保运行工作的全景，构成了闫欢欢和项目部的共同记忆，用炽热青春和成长奋进跑出属于当代青年的崭新成绩，在时代发展进步的潮流中绽放光芒。

经过 4 年的工作经验积累，闫欢欢逐渐成长为电力环保运行的专家，她被调到运行管理岗位，负责项目部环保运行专业化管理。新的岗位并没有让闫欢欢停止追寻的脚步，她依然秉持“勤勤恳恳敬业、无怨无悔奉献”的态度，向着更精、更专的领域前进。

新的岗位，新的领域，让她意识到干好这一工作必须要把设备的“家底”摸清楚、把机组的“脾气”了解透彻。于是，闫欢欢把机组自投产以来的所有技术档案和资料全面梳理一遍，这一过程不仅锻炼和提高了闫欢欢的能力，同时也为日后她参加全国技能大赛打了“前战”。

干一行、爱一行，专一行、精一行。

之后的时间里，每当看到项目部脱硫设备有检修任务时，闫欢欢就主动请缨，利用节假日休息时间去检修现场学习。上设备平台、捋图纸、判故障、研究程序逻辑……进入管理岗位仅仅 6 个月，她加班 400 余小时、消缺 120 余次、记录分析故障 200 余个，先后学习掌握了电力环保运行、安全、机务、电气、热控等相关专业知识和操作技能，用劳动托举梦想，用奋斗书写华章，让自己逐渐成长为一个技能型人才。

破土而出绽放冠军奖台

2016 年，由中国电力企业联合会、中国就业培训技术指导中心、中国能源化学工会全国委员会联合举办的中国技能大赛——第十届全国电力行业职业技能竞赛组委会广撒英雄帖，邀请行业技能人才以赛会友。

获悉举办技能竞赛的第一时间，中国大唐和大唐环境各级领导便作出指示，把迎战本次竞赛作为年度的重要工作，高度重视，先在集团内部进行比赛，优中选优，以确保参赛选手在全国级大赛取得好成绩；聘请经验丰富的专家担任领队，制定“一人一策”的比赛方案，全方位展示技术水平。

2016 年 3 月，北国冰融、江南岸绿，春到大唐、生机勃发。在大唐环境公司技能大赛海选、初选中，闫欢欢凭借扎实基本功从 120 多名选手中过关斩将，获得第三名。为了提高技能水平，拓宽知识面，闫欢欢拼命补缺，废寝忘食，夜以继日。7 月，闫欢欢夺得第十四届中国大唐脱硫脱硝处理工技能竞赛第一名，入选中国大唐迎接中电联大赛集训队，带着重托和美好希冀进行封闭训练。

训练期间，闫欢欢和队员们每天要进行理论学习、实操训练。闫欢欢经常学习到晚上十二点还不休息，书都翻烂了好几本。哪个知识点在哪本书大概哪一页，她能随口说出来。

她还把知识要点总结成册子，分享给大家，团队理论成绩快速提升。仿真机的实操练习让闫欢欢的手、脑、心、口并用，仿佛时间都凝固了。

岁月因青春慨然以赴而更加静好，世间因少年挺身向前而更加瑰丽。

4 个多月的全封闭、魔鬼式、高强度训练，让闫欢欢病倒在课堂上。队员赵羽抱起闫欢欢赶去医院急诊，教练马利君跑上跑下询医问药，队友张锐、白琴送来课堂笔记，教练曹书涛下厨做可口饭菜，集训队无微不至的关怀，让身在异乡的闫欢欢感到了这个大家庭的温暖。

身体稍微好一点，闫欢欢就悄悄离开了医院，她要加倍把生病时落下的学习补回来。尤其想到自己出来集训，单位的工作都是其他同事帮着分担，就重新激发起斗志。“努力到竭尽全力，拼搏到感动自己。”这是当时闫欢欢对自己的要求。

为了更好地备赛，闫欢欢和父母约定，最后一个月的时间很关键，如果没有重要事情不要打电话。直到参加完竞赛，闫欢欢才得知，为了让她全力以赴比赛，母亲做了腰椎间盘突出手术都没敢告诉她，怕她分心影响比赛。赛后妈妈只说了一句话：“无论比赛结果如何，竭尽全力就好。”

关于那场竞赛，闫欢欢说：“赛前，我心中只有一个信念，那就是‘争第一’！我们肩负着集团领导和员工的厚望，必须集中一切精力，挖掘一切潜能，为技能大赛而战，为成功而战！让梦想在我们矢志不渝的拼搏中变为现实。”

2016 年 11 月 17 日，第十届全国电力行业职业技能竞赛（脱硫脱硝处理工）决赛圆满落幕。来自全国电力行业 29 支代表队 87 名参赛选手在 3 天内进行了一场理论知识与技能操作的巅峰较量。最终，经过 5 年历练的闫欢欢在决赛中脱颖而出，荣获第十届全国电力行业职业技能竞赛（脱硫脱硝处理工）决赛冠军！

那个色彩斑斓的青春梦想，在不舍寸功中开花结果，在日夜坚守中可感可及，在平凡岗位的奋斗中出彩闪光，在逐梦前行的伟大时代写下生动注脚。

竞赛结果出来时，闫欢欢还在睡梦中，她实在太累了！那一夜，闫欢欢睡得很香，甚至连梦都没来得及做一个。

晨曦渐起，闫欢欢终于从睡梦中醒来，发现竞赛团队微信群里有十几条内容，她点进去一一浏览。

群里公布了闫欢欢获得第一名的消息。中国大唐1队获得团体比赛一等奖，3队和4队获得团体比赛二等奖，2队获得团体比赛三等奖。

这个竞赛是行业内最高级别的赛事，也是国家一级二类赛事。

这个第一名，来之不易，意义非凡。

颁奖时，颁奖领导把一条印着第十届全国电力行业职业技能竞赛（脱硫脱硝处理工）第一名的绶带披挂在闫欢欢身上；黄灿灿、沉甸甸的金牌系在一条蓝绿色渐变的带子上戴在闫欢欢胸前；颁奖领导把一本大红颜色的荣誉证书双手递给闫欢欢，并对她说："祝贺冠军，你是好样的!"

为了梦想一往无前的冲劲与拼劲，永不言败的信念与豪情，总能赢得尊重和敬意。

一路走来，其中甘苦，唯有自知。赛场上的每一次突破自我、每一次绝地反击、每一次创造奇迹，都来自全力以赴、勇往直前的拼搏奋斗。

竞赛备战4个多月，闫欢欢曾经斗志昂扬，也曾因为生病怕拖累队友打过退堂鼓。最终，她不但坚持到最后，还站在了冠军领奖台上。那一刻，她既兴奋又激动。

此次夺冠，恰逢大唐环境公司在香港挂牌上市，时任大唐环境公司总经理、党委副书记邓贤东听到闫欢欢夺冠的消息，高兴地说"真是双喜临门啊!"

没有随随便便的成功，只有脚踏实地地努力。参加工作以来，闫欢欢在艰苦的脱硫运行岗位上，虚心学习环保技术，把每一次任务都当成训练课，遇到技术难题，总是认真思考，并虚心地向师傅和身边同事请教，以"择一事终一生"的执着专注，"干一行钻一行"的精益求精，"偏毫厘不敢安"的一丝不苟，"千万锤成一器"的卓越追求，为这次技能大赛夺冠奠定了坚实的基础。

"成绩是所有人倾心付出的劳动果实，代表着大唐企业追求卓越、拼搏奋进的精神。"闫欢欢感慨道。其实，一场比赛无论结果怎样，已经不能用成绩来评定输赢了，站在台上的是英雄，站在台下的同样是勇士。成功的背后，是团队的勤学苦练浴血奋战，是各级领导的关怀爱护大力支持，是幕后工作者的辛勤付出无私奉献。

“一滴水只有放进大海里才永远不会干涸，一个人只有当她把自己和集体融合在一起的时候才最有力量。同心山成玉，协力土变金。成功，需要克难攻坚的精神，更需要团队协作的合力，这份成绩的取得来自我们这个强大的团队，能够成为这个团队的一分子，我感到骄傲。”赛后，闫欢欢向自己的团队表示了感谢。

“作为最早响应国家超低排放要求的能源企业，中国大唐大力培育和选拔环保技能人才，为广大员工钻研技术、岗位成才、展现价值提供了广阔舞台。可以说，我是中国大唐‘人才强企工程’的最大受益者。”说到岗位成才，闫欢欢难掩兴奋之色。

中国大唐深耕环保事业多年，注重培育和选拔技能人才，每年开展劳动竞赛、技能竞赛、创新创优等活动，为员工搭建展示才华、脱颖而出的平台；成立多个职工创新工作室，涌现出以集团公司专家、全国技术能手为代表的一大批技术技能人才；不断完善青年人才成长通道，培养更多高素质技术技能人才、能工巧匠、大国工匠，造就一支有理想守信念、懂技术会创新、敢担当讲奉献的产业工人队伍，为国家经济建设提供坚强的人才支撑。

大赛搭建的交流技艺、提高技能、展示风采的广阔平台，使无数个像闫欢欢一样的央企员工在竞赛中成就了梦想。这是中国大唐10万员工践行强企报国的缩影，更是伟大祖国发展壮大的缩影。

创新绘就绿水青山新画卷

在国家环保政策日趋严格的大背景下，环保达标排放、节能环保改造等问题，成为制约绿色转型发展的问题。

早在2004年，大唐环境公司率先在国内启动燃煤电厂脱硫改造。作为中国大唐旗下发展环保节能业务的唯一平台，公司以环保设施特许经营业务为主，专注于燃煤电厂脱硫、脱硝、除尘、除灰渣、粉尘治理、水务和节能等环保全产业链，为客户提供便捷、优质的一揽子环保节能解决方案。

以闫欢欢为代表的电力环保人深刻意识到加强生态文明建设、治理环境污染的重要性和必要性，推动产业绿色发展、循环发展、低碳发展的紧迫性和艰巨性，他们把绿色发展的时代使命担当起来，以创新实干践行初心使命，实现环保行业绿色可持续发展。

每次归程，都是为了更好出发；每次停歇，都是为了积蓄力量。全国技能大赛归来后，闫欢欢结交到了众多优秀的同行和伙伴，彼此分享了环保改造技能和创新感悟，她心中一直琢磨着如何解决长期困扰火电企业环保改造的“拦路虎”，推动科学治理，为建设美丽中国插上“智慧”羽翼。

其中一道难题一直困扰着闫欢欢：“火电厂大部分废水通过简单处理即可完全消纳，而脱硫废水却是个例外。脱硫废水污染物种类繁多，含盐量高、腐蚀性强、浊度大，是燃煤电厂中最难处理的废水，成为制约电厂真正实现‘零排放’的问题。”

问题是时代的声音，也是创新的动因。“如何寻求一种处理效果好、工艺稳定、投资低、运行费用少的脱硫废水排放工艺，在厂内消纳、满足环保要求，成了电厂的普遍需求。”闫欢欢说，“这也是环保行业实现工业废水‘零排放’技术创新和产业发展亟须解决的重要难题。”

大唐环境公司以闫欢欢名字命名，成立了“闫欢欢创新工作室”，让这位平时就爱钻研、敢啃“硬骨头”的姑娘，带领技术骨干，攻克大气、固废、污水等生态环保的系列“疑难杂症”。

研发之初，项目团队就遇到了诸多技术难题：脱硫废水的多变性、处理难度大、诸家电厂各有不同……

“欲事立，须是心立”，即使没有任何经验可循，但为了后续的破冰和后来人的有据可依、有经验可循，也会有底气去攻坚。

“面对接二连三的硬仗，我们知道没有退路，再难也要迎难而上。大家心里清楚，脱硫废水达标排放技术攻克，对于中国大唐以及整个火电行业脱硫环保改造意义非凡。”创新团队表示。

为尽快攻克环保堡垒，闫欢欢创新工作室成员紧盯技术前沿，大胆自主创新，奔赴各电厂、装备设备公司进行实地考察、充分调研、搭建平台，并结合脱硫废水成因、特性及外部条件等进行了全面深入的分析研究。

一天夜晚，闫欢欢的徒弟陈亚豪在单位值班，夜里三点多起来，看见走廊尽头的房间有灯光，以为是自己忘记关灯，一进屋才发现闫欢欢俯身在图纸上圈圈点点，桌子上、椅子上到处都是资料。

闫欢欢太专注了，都没意识到有人进来。

亚豪忍不住说："欢姐，你咋还不回呢，总这样加班，身体受得了吗?"闫欢欢说："明天不是要和外面的专家沟通脱硫废水的研发情况汇报吗，这个汇报有点复杂，我把几次研究方向和实验数据编详细点，尽量让专家多提供专业意见，弄完就走。别管了，你去睡吧。"

那一刻，亚豪深深体会到，闫欢欢并没把脱硫废水创新技术仅仅当成工作，而是将家国情怀与科技强国实践相结合，将它融入血液，当成自己家的事情去做的。

凭借一股钻研到底的精神，2018 年，闫欢欢带领创新团队大胆尝试用市场上的新废水处理药剂，替代传统药剂，改造废水处理系统，使系统简单便捷，脱硫废水排放优于国家排放标准，年度节约费用 68 万元，并在大唐环境公司全面推广使用，脱硫废水达标排放这个"硬骨头"终于被攻克下来了!

在攻克脱硫废水技术后，闫欢欢创新工作室乘胜追击，连续开展了脱硫废水一体化治理、吸收塔添加增效剂试验、脱硫废水资源化利用等多项技术难题攻关。其中，吸收塔添加增效剂试验，通过对比分析脱硫效率和成本，总结出吸收塔添加增效剂每月可节约电量 30 万千瓦·时的宝贵结论。

"不能转化为成果的，就不是最好的创新。"这是闫欢欢恪守的创新原则。"科技创新成果只有应用并转化为生产力才能体现出它的价值。"她把这种理念牢记在心里，落实在行动上。为此，"坚持科技创新与实践紧密结合，服务国家战略和行业的发展需求"，成为闫欢欢和创新团队的研发原则。

同一年，闫欢欢及团队创新的"城市中水处理泥浆在脱硫系统的应用"，解决了火力发电厂中水污泥处理困难和脱泥机运行故障多等问题，此种方法在大唐河南发电公司推广应用，降低了投资费用，年度节约石灰石以及维护费用约 200 万元。

环保创新是艰难的，但无论这条路多么艰辛，都要一直坚持走到底，既要绿水青山，也要金山银山。在追求环保绿色发展中，他们"一步一个脚印，择一业，精一事"。多年来，闫欢欢带领团队朝这个目标前行，开发了多项环保技术，推动了绿色环保事业的不断发展。

2019 年，闫欢欢负责的“电石渣替代石灰石作为脱硫剂在湿法脱硫系统中应用”项目，从 10% 电石渣与石灰石掺配试验逐步推进至 30% 替代，年度节约石灰石 3 万吨。一方面实现了以废治污、降低固废污染；另一方面减少了矿山开采成本，保护了生态环境。

闫欢欢参与开发的“一种基于超声波法的石灰石浆液细度测量装置”，通过实时自动测量成品石灰石浆液细度，为后续运行人员调整湿磨机运行状态及评估制浆系统能耗水平提供支持，达到节能运行、降低脱硫成本的目的。该成果在技术性能方面优于国内外同类技术，在燃煤电厂的推广起到了示范和推动作用。

2020 年，闫欢欢负责的“氧化风母管联制科技项目”，解决了因当前火电机组长期低负荷率运行，氧化风自动调整投入率较低，氧化空气系统耗电率高等问题，实现在低负荷时用 1 台氧化风机向 2 套吸收塔供气，年节约费用约 30 万元，实现氧化风全负荷自动调整。项目以“低投入、高效益、成效快”在大唐环境公司 6 个项目中推广使用。

其间，闫欢欢以创新工作室为平台，聚合技术骨干力量，针对脱硫运行系统中存在的“疑难杂症”进行技术攻坚，解决现场存在的技术难题。她研究的 CEMS 取样装置，有效解决了烟道流场不均匀“卡脖子”的问题。

她还和团队一起，解决火电厂石膏处置难题，经过石膏设备升级改造和技术提升生产指标，使一般固废石膏达到了市场上石膏板材的销售标准，脱硫石膏进一步得到综合利用，既坚守了打好污染防治攻坚战的要求，又践行了绿色循环发展的初衷。

她还深挖设备潜力，对设备采取精益化管理，利用机组检修有利契机，对浆液循环泵、喷淋层、托盘层进行检查修复，提升了浆液循环泵的效率……推动产业向低能耗、低材耗、低碳化发展，加快企业全面绿色转型。

踏踏实实做科研创新，并努力影响身边人，为绿水青山事业添砖加瓦，对她来说是最有价值的事情，这就是闫欢欢作为一名电力环保人的“初心”。

怀着这份“初心”，闫欢欢走出了一条最不平凡的新路。喜欢挑战，善于琢磨，但又甘于埋首脚下，努力做好每一件事。一路走来，闫欢欢成为一个成功的“突破者”，而她的成功又激励越来越多的后来者，投身祖国的绿水青山建设中。

污染防治攻坚战中，环保企业是主力军。闫欢欢所在的特许经营分公司36个特许运营项目遍布全国15个省份，共有脱硫机组95台，脱硝机组69台。“我们的脱硫脱硝设备有着严格的排放标准，经过改造，设备的烟尘、二氧化硫和氮氧化物均实现了近零排放。”闫欢欢介绍说。

通过实施专业化集约化管理，特许经营分公司近三年特许经营项目脱硝厂用电率、石灰石耗率、脱硝还原剂耗率较中国大唐平均值分别低9.33%、9.28%、22.47%。在与中国大唐81家火力发电企业参与的环保设施生产指标对标中，大唐环境公司所管理的12个项目进入集团公司前20名，在稳定达标排放的同时各项技术指标得到了优化提升。

据统计，“十三五”期间，大唐环境公司特许经营分公司累计实现减排二氧化硫757万吨、减排氮氧化物68万吨，为打赢碧水蓝天保卫战作出了突出贡献。

谈起初心，闫欢欢说：“我在学校学习的是火电环保专业，了解到从事环保工作的重要意义。从那时起，我就下定决心，要通过自己的努力，为国家的环保事业贡献力量。”

而闫欢欢现在所从事的工作也印证了她的初心，“我们通过技术革新，实现火电机组环保设备安全、高效、稳定运行，按照‘绿色低碳、多能互补、高效协同、数字智慧’的愿景目标，源源不断生产出洁净电能，提供清洁电力，点亮人们的美好生活”。

如今的闫欢欢，早已经是业内举足轻重的环保学科带头人，但依然和从前一样带领着团队坚守在脱硫脱硝环保技术改造的一线，不断地创新一项又一项成果，实现一个又一个技术突破，解决一道又一道行业内公认的生产难题。

于高山之巅，方见大河奔涌；于群峰之上，更觉长风浩荡。闫欢欢和她的创新团队，扎根在中国大唐电力环保深厚的沃土上，在绿水青山、美丽中国建设的赛道上，为中国大唐绿色转型发展拓展出一片新天地。

大唐环境公司党委书记、董事长朱利明说：“能源是工业的‘血液’、经济的命脉，也是碳排放的最主要来源。电力环保行业主要分三个领域，即脱硫、脱硝和除尘，这些都是环保领域需解决的方向。保护生态环境功在当代，利在千秋，要坚定扛起责任，不辱使命，打赢蓝天碧水保卫战。”

宏图舒展，使命催征。大唐环境公司加快绿色转型步伐，积极融入国家重点战略和中国大唐高质量发展战略，成立了烟气治理升级、废水治理、固废工作、CCUS、储能及产品、“新能源＋”等专项工作组，持续专注于工业领域污染治理及能源的绿色、清洁、高效利用，通过自主创新填补技术空白，助力燃煤发电企业达成超低排放改造目标，有效推动了脱硫、脱硝产业规范化和规模化发展，绿色转型发展的浓厚氛围进一步形成。

如今，向科技创新要动力，已经成为所有大唐环境人的共识。大唐环境公司汇集精锐力量，全力破解技术难题，推动重大科技研发和新技术应用，创新的成色越来越足，走向未来的动力也越来越强。公司先后荣获绿色发展典型案例企业、生态文明企业、第五届中国工业大奖、年度ESG先锋奖、中央企业先进集体、国家优质工程奖、中国融资大奖——ESG奖等荣誉，荣登中国环境企业50强榜单，持续获得全国文明单位、首都文明单位标兵等称号，绿色发展和科技创新再一次获得全国范围和专业领域的认可、认证。

奉献铸就大国工匠风采

“民生在勤，勤则不匮。”中华民族是勤于劳动、善于创造的民族。正是因为劳动创造，我们拥有了历史的辉煌；也正是因为劳动创造，我们才拥有了今天的成就。

习近平总书记强调要以劳动托起中国梦，而中国梦的实现离不开像闫欢欢这样扎根一线、敢于担当、默默奉献、永葆本色的普通劳动者。

工匠精神，在2016年的全国两会上，第一次出现在政府工作报告中。工匠精神，在闫欢欢这里，有着非常具象化的表现。她认为：“工匠精神就是拥有一份甘于寂寞的心态，坚实扎根在生产一线，在工作中不断追求卓越，超越自我。”

为了将工作做到尽善尽美，闫欢欢褪去了女人的娇气，克服了女子的柔弱，干起活来也从不含糊，几年工作下来，闫欢欢完全从一个小姑娘，蜕变成稳重、干练的女强人。

工作中遇到技术问题，她都会第一时间拿起书本继续学习新技术。总有人跟她开玩笑：你都是“大唐工匠”了，怎么还那么拼？闫欢欢说出心里话：“今天的中国日新月异，环保技术飞速发展，工艺技术和工艺知识都在不断更新，不学习真的会落后啊！”

其间，闫欢欢靠着传承与钻研，凭着专注与创新，追求环保技术的完美和极致，经历了多次脱硫脱硝机组检修、大型技改，成功率保持100%，攻克百余项技术难关，推进火电厂环保设施安全、绿色、清洁、高效运行，让自己离科技报国、产业强国的梦想更近一步。

2016年，闫欢欢荣获“全国技术能手”称号，成为中国大唐最年轻的“全国技术能手”。不了解这个行业的人不知道成为“全国技术能手”有多难。很多人干了一辈子，也未必能成为“全国技术能手”，而那时的闫欢欢不满30岁。

为了让关键技术得以传承，打造环保技术人才高地，闫欢欢还以（劳模）创新工作室为平台，将自己多年的环保技术进行了总结，提炼成一套便于学习和操作的方法，言传身教，打造多个覆盖脱硫、脱硝的精品技能培训课程。

在导师带徒过程中，闫欢欢为徒弟量身制作个性化学习方案，制定考题，每季度进行一次技能提升考试训练，从技术技能、综合能力等方面全面培养新员工。

闫欢欢还提议运行班组与维护班组互相交流学习，运行班长利用休息时间到办公室提升管理岗位技能知识，鼓励身边的青年员工掌握多项专业技能。

对于那些想和她一样成为高级技术工匠的女性和同事，她鼓励道：“在工作中，女同志也有建功立业的平台，可以展现出‘半边天’风采，只需用心耕耘，静待花开。”

“榜样的力量是无穷的，是欢欢姐的身体力行深深打动了我们，同时，也因为每次参加培训都有不同的收获，大家都愿意积极参加。”项目部李龙位说。

“师傅是一座山，一片海，也是一面镜子。我们向她学习和靠拢，努力成为像她一样的电力环保工匠。”项目部张东晓讲起师傅闫欢欢时满眼崇拜。

闫欢欢鼓励像东晓一样的年轻人：“只要肯学肯干肯钻研，练就一身真本领，掌握一手好技术，就能立足岗位成长成才。”

考场练兵、技术交流……理论培训与实际操作相辅相成，有力弥补了生产现场日常消缺、等级检修、技术改造、检修标准及工艺制定等方面的不足。通过设备解体、测量、回装、缺陷再检测等教学活动，将教学和现场生产无缝对接，有效提升生产岗位人员专业技能水平、实际操作能力和综合素质，为企业培养了一批机务、电控、热工、环保技术型能手。

一系列的培训举措，不仅促进了班组内部的和谐氛围，加深了组员间的相互理解与协作，还有效推动了班组整体能力的提升，进而构建了一个充满活力的良性循环系统，使班组焕发出生机勃勃的新面貌。她让班组成员之间养成良好的学习风气，采取人人登台讲课的模式，促进班组成员专业理论知识的逐步提升，创新工作室先后有 3 位员工考取注册安全工程师证书，有 17 位员工取得了高级工证书。

在中国大唐第十七届专业知识和技能竞赛（脱硫脱硝处理工）中，闫欢欢作为总教练辅导的 12 名选手囊括中国大唐第 1、2、4、5、6 名，12 名参赛选手均进入前 20 名。她知道这 12 名选手回到工作岗位后，又能带动一大批青年员工致力于绿色环保改造，书写生态文明新篇章。

闫欢欢说：“看到这么多青年人热爱学习，刻苦钻研，还能获得各种认证，是最令我感到高兴的事情。”“青年之肩，背负国家使命，背负时代大任，背负人民的殷切希望。愿越来越多的青年人掌握多个专业技能，成为复合型人才，筑梦新时代，为美丽中国建设贡献青春和智慧，走好我们这一代人的长征路。”

生态文明建设是广大职工群众共同参与、共同建设、共同享有的事业。在闫欢欢的带动下，她的身边涌现出一批集团公司级、行业级优秀专业技术人才。她还多次受邀为系统内专业技术人员进行培训和鉴定，让更多人关注蓝天保卫战，投身到绿水青山的守护中。

传承的同时，闫欢欢还善于总结运行经验、凝聚成果、乐于奉献。她参与并完成《火电厂石灰石/石灰—石膏湿法烟气脱硫系统运行导则》《火电厂脱硫脱硝装置在线仪表运行维护导则》等行业标准、国家标准制定；参与完成《脱硫技术问答》《脱硫脱硝值班人员培训考核题库》《60万千瓦燃煤发电机组石灰石—石膏湿法烟气脱硫系统仿真机培训》三本环保书籍编写，将自己的工作经验所得和学习到的理论知识全部写进书里，通过书籍的传播，让更多的环保人士受益匪浅，书籍内容获得了行业内的一致好评。

奉献不言苦，追求无止境。在别人的眼中，获得了众多重量级荣誉的闫欢欢，无疑是一个“厉害的人”。但在她看来，自己就是十万大唐员工的普通一员。“其实在生产一线，优秀的员工还有很多，只是我比较幸运一些而已”。

“保持严以治学的科学态度、锐意攻坚的拼搏精神、求真笃行的实干作风，才能在电力环保行业中越走越远。”作为一名技术工匠，光环加身的闫欢欢依然不断在科学技术研究和攻克技术难题中探索新思路、实现新突破，为美丽中国建设、企业绿色发展挥洒汗水、贡献力量。

习近平总书记指出：“工业强国都是技师技工的大国，我们要有很强的技术工人队伍。”因此，任何一个工业时代的故事中，都离不开大国工匠执着专注、精益求精的实干，都刻印着能工巧匠一丝不苟、追求卓越的身影。

2023年2月，闫欢欢接到一家电厂的技术援助工作。厂里2台百万机组出现脱硫石膏品质差的问题，请了多名技术人员都无法解决。闫欢欢赶到现场后，第一时间和现场技术人员沟通交流，在了解石膏品质现况及运行情况，现场查看制浆系统、脱水系统等设备运行情况后，针对氧化风量的调控、浆液循环泵的运行方式优化、吸收塔密度的降低、石灰石细度的调整等，制定了详细的石膏品质调整方案，并对石膏品种配置、吸收塔浆液酸碱度的控制等提出了针对性建议。电厂按照闫欢欢给出的方案及建议调整后，仅仅3天时间，2台百万机组脱硫系统石膏品质就恢复了正常。

2023年8月，闫欢欢临危受命，带领优化运行专家组赶赴河北某电厂处理吸收塔脱硫效率低的问题。通过开展现场问题诊断，闫欢欢结合现场吸收塔粉尘含量多、氧化风机喘振影响氧化风量等问题，和团队推导一行行公式，加入一个个变量，设计一次次程序，数字符号占满一本本簿子，连续15天，她几乎天天工作至深夜。最后，闫欢欢从5种方式中选出一套最优方案交给电厂，结果厂里照此调试，一次成功，机组脱硫效率达到最佳值，且至今仍在使用。

“追求极致、崇尚完美。”这是闫欢欢和众多大国工匠一直笃定的信念，也是新一代电力环保人坚守初心的写照。在他们身上，我们不仅目睹了勇于拼搏的精神风貌，更深刻感受到了那份将责任、奉献与担当镌刻于心、践行于行的坚定不移。

从中原腹地到江海之滨，从彩云之南到白山黑水，大唐环境公司环保改造无远弗届，拥有了脱硝、脱硫、除尘、催化剂等环保产业核心技术，“脱硝喷氨优化技术”、“平板式中低温脱硝催化剂”以及“空湿冷机组冷端节能节水”等技术达到国际领先或国际先进水平；“高效燃煤燃气脱硝催化剂全生命周期关键技术研发与应用”等多项成果先后应用于多家电厂，节能减排指标优于燃机排放标准，为更好地服务京津冀、粤港澳大湾区、长江经济带绿色发展贡献力量，让美丽中国的画卷越来越美。

在依托国内环保改造市场高质量发展的同时，大唐环境公司以共建“一带一路”为契机，业务上以环保项目为核心，通过“借船出海”，开拓国际市场。催化剂远销韩国、日本等国家，与泰国共建的 NPP5A、NPP9、PTG 生物质电厂均已顺利并网发电，不仅为当地提供清洁电力，解决当地垃圾、废物、造纸污染等问题，而且将先进的节能技术和节能产品推广到海外市场，与各国共建共享绿水青山。

同时，大唐环境积极融入全球创新网络。用好国际资源，加强国际合作，积极参与国际标准制定，联合主导编制的国际标准《发酵类制药废水处理及回用技术指南》获得立项批准，完成国际、国内标准立项任务指标。联合主导编制的《火电厂废水处理与回用导则》进入各成员国专家 DIS 投票阶段，由特许经营分公司申报的行业标准《火电厂石灰石/石灰—石膏湿法烟气脱硫系统检修导则》（英文版），提高了石灰石/石灰—石膏湿法脱硫检修的自主性和灵活性，可为印度尼西亚、越南、南非、巴基斯坦、孟加拉国等沿线国家在提高设备运行的可靠性及环保设备的检修管理水平方面提供技术支撑，逐渐在国际舞台上主导话语权。

责任诠释信仰的初心使命

信仰，是一个人的精神内核，是支撑人坚定走下去的动力源泉。

2017 年 6 月，闫欢欢光荣地加入了中国共产党，找到了自己的人生信仰和目标方向，又一片崭新的天地在她面前展开。

“要时刻牢记使命，带头践行初心，用实际行动擦亮党徽；要立足岗位，用心钻研业务，用出彩的奋斗成果书写人生价值。”此后，闫欢欢用心用情投入支部建设中。

为营造积极向上、比学赶帮超的浓厚氛围，新员工入职，闫欢欢都要带领他们参观项目部荣誉墙、荣誉展室。如今已经成为运行主管的刘君君回忆说，“记得刚来项目部时，闫欢欢就与新员工座谈，带领他们参观荣誉墙、荣誉展室，那些凝结项目部干部员工拼搏和汗水的荣誉让人肃然起敬”。

闫欢欢鼓励新员工：“荣誉属于过去，希望将来你们用自己的青春年华，为项目增光，为人生增彩。”从那一刻起，刘君君决心要勤学苦练，尽快成长，为项目部贡献自己的一分光和热。

走进许昌项目部，处处能感受到鲜明的党建特色、浓厚的文化氛围，高昂的团队士气和强烈的集体荣誉感，闫欢欢注重营造这种“精神力量”。

对待党务工作，闫欢欢拿出了环保攻坚的那股钻劲和拼劲，像攻克科研难题一样，学习和钻研党建专业知识丰富自己的党务经验。

不久后，闫欢欢担任由许昌、巩义、首阳山、安阳四个项目部党员组成的联合党支部书记。

为加强支部建设，凝聚党员力量，闫欢欢根据支部工作流动性大的特点，成立了流动党小组开展学习和活动，切实做到执行任务有组织、学习过程有记录、活动结果有声音。在执行急难险重任务时，党员主动“亮身份”。在每一次的学习和活动中，闫欢欢都提议以图片 + PPT + 文字等多种形式记录全过程，不仅记录了党建工作成果，更宣传了党员活动的风采风貌，这种新颖的基层党组织活动模式，使四个项目部流动小组成了活跃灵动的党建阵地，为党员教育管理注入了新活力。

为打造项目品牌，她将党建与中心工作深度融合，要求创新工作室的党员担任各自所在业务板块的攻关组长，她带领大家紧盯环保设备运行的重点难点问题，加班加点消除缺陷。每一次岗位值守、节日值班、故障排除、难题解决的关键时刻，她都要求党员先上。每一次脱硫脱硝机组检修、大型技改，她都将其当作锤炼党员创先争优的平台。正因为有闫欢欢这样扎根生产一线、理想信念坚定的党支部书记，带领团队钻研、专注、创新，才实现了多次脱硫脱硝机组检修、大型技改百分之百成功的佳绩，为电厂的达标排放奠定了坚实的基础。

在大疫大考面前，作为支部书记的闫欢欢义无反顾地选择了迎难而上，以实际行动在抗击疫情中擦亮“大唐红”党建品牌。在封控期间，她组织成立抗疫突击队，承揽了核酸检测、健康码、行程码日日跟踪，员工思想稳定沟通等，确保员工健康安全和业务工作有序开展；成立的设备维护突击队负责生产现场环保设施运行维护，时刻确保机组排放达标；物资保障突击队多次与政府部门沟通，取得河南省及禹州市物资通行证，保障石灰石、药剂等大宗物资顺利到厂，为确保疫情下机组平稳运行以及城市正常运转贡献了力量。

在闫欢欢的精心锤炼下，特许中部区域联合党支部逐渐成长为一支特别能吃苦、特别能钻研、特别能战斗的先锋队伍，先后获得集团公司青年文明号、“能源保供”青年安全生产示范岗、先进基层党组织等各项荣誉。

所有这些，都成为特许中部区域联合党支部引以为傲的红色基因，他们把忠于国家、热爱人民熔铸到了血脉中，落实到了行动上。

2021 年 7 月中旬，河南省遭遇极端强降雨，中西部、西北部地区出现成片大暴雨，部分地区特大暴雨。仅 20 日 4 时至 21 日 4 时，降雨量就达到了 645.6 毫米，24 小时的降雨量达到了全年的降雨量，一些河流出现超警戒水位，电力设施受损线路 1800 多条，用户 370 多万户，防汛救灾形势十分严峻。

汛情就是命令，救灾就是责任。在河南郑州“7・20”特大暴雨灾害抗洪救灾的关键时刻，包括中国大唐在内的央企国家队第一时间驰援灾区，大唐河南发电公司第一时间启动一级应急响应，成立抢险突击队全面进入战时状态，上千名电力工人在岗坚守，保证机组安全稳定运行，保障灾区的电力供应。

家乡有难，当奋力出战。闫欢欢组织中部区域联合党支部广大党员干部充分发挥战斗堡垒作用和先锋模范作用，加入许昌电厂抢险突击队，他们与职工共同奋战在保发保供最前线，用初心和使命凝聚起守护光明的强大合力，让党旗在防汛救灾一线高高飘扬。

持续强降雨使许昌发电公司南干渠水位漫过桥面，造成生产现场积水严重。面对暴雨洪峰，闫欢欢及抢险突击队员在大雨中，对石膏库房、石灰石卸料间、CEMS 小室和 6 千伏配电间等重点部位进行防堵，及时清理雨水冲刷的杂物，防止堵塞排水口，保证排水口畅通，有效筑牢了防汛堤坝，凝聚起同舟共济、守护家园的大唐力量。

“这已经不是工作任务，而是一种使命。”7 月 20 日深夜，面对因暴雨肆虐而被迫中断交接班的严峻情况，那些已连续在运行岗位上坚守超过 24 小时（通常情况下，运行人员工作 8 小时后便需换班休息）的运行人员，没有丝毫犹豫或怨言，他们自发地选择继续留守，接力顶替那些出于天气原因无法到岗的工友。他们全神贯注，眼睛紧盯着每一个参数指标，全方位、无死角地严防死守，确保脱硫、脱硝系统能够持续稳定运行，保障机组在极端天气下依然能够平稳作业。

负责物资进场和调配的杨大州近40小时不眠不休，协调好了潜水泵、配电盘、蛇皮袋、沙袋、挡水板、铁锨等各类专用防汛物资，备足石灰石（粉）等大宗生产物资，保证了大汛期间的物资供应。“共产党员就是要在这种关键时刻顶得上！”

暴雨成灾、洪水肆虐，一名党员就是一面旗帜。灾后，有近千名像闫欢欢一样的电力抢修人员不眠不休，只为让城市早一点亮起来。他们脚下是守护生命的堤坝，身后是赖以生存的家园。守住堤坝，做好防汛救灾工作，就守住了生命；守好家园，恢复生产生活秩序，就守住了未来。

回忆起那次暴雨抢险，闫欢欢说：“作为一名党员，家乡的一分子，家乡人民需要我，我愿尽涓滴之力，护家园无恙！”

把人民放在心中最高位置，当好人民群众的知心人、贴心人、领路人，用心用情用力解决好群众急难愁盼问题，这是千千万万和闫欢欢一样的共产党员最真挚的心声。

生活在中原，很多人家里都种麦子。快到收获的季节了，大家都兴高采烈，唯有司师傅唉声叹气的。闫欢欢察觉到了异常，主动了解情况。刚开始，他还吞吞吐吐，闫欢欢说：“大家工作生活在一起，像家人一样，有什么困难说出来大家一起想办法。”听闻此言，司师傅放下犹豫，道出缘由。原来，收麦前，司师傅约定了熟悉的收割机和收麦时间，但到收麦子的时候，却下起了雨，地里比较湿，收割机无法下地。如今是麦收的黄金时机，到哪里去找人收麦子呢？

民生无小事，枝叶总关情。

“决不能让辛苦劳作的麦子烂在地里！”闫欢欢把司师傅家的情况和项目部的同事们说明后，大家都愿意利用休息时间帮着收麦子。

周末的清晨，闫欢欢和同事们出发了。到了麦地，金黄色的麦穗，随风起伏，成熟的麦子伴随着风力发出优美的沙沙声，欣赏着用汗水与辛劳换来的收获时节，大家兴趣高涨。

手工镰刀割麦，项目部的年轻人大多没有经历过，但对于从小在农村长大的闫欢欢来说，驾轻就熟。只见闫欢欢左手揽过麦子，顺势朝身子的方向一拢，右手拿镰刀在麦子的根部从前往后用力一拉，一把麦子就这样一铺铺躺在地上。

大家也都如法炮制，一字排开，学着欢欢的样子，齐头并进，手起镰落，只听得“刺啦啦、刺啦啦”的一阵阵割麦子声音，一大片一米多高的小麦从根部齐刷刷被切割断，又被一堆堆整齐地堆放在身后的地上；回头望去，刚才还一片高过腰部的麦田，现在只剩下一寸多高的开阔麦茬地。

闫欢欢总是割得很快，一会儿便把别人落下了，逐渐地，麦田里收割的阵势便呈现扇形状态。

太阳慢慢爬高，麦地的温度也逐渐升高，树上的蝉鸣一阵高过一阵，麦田里的热浪一阵热过一阵；此时，几乎没有风，干燥、酷热、暴晒，鞋底被地表的热量烘烤着，闷热的空气夹杂着割麦时扬起的尘土以及地上泛起的浑浊气息和酷暑天气，几乎让人透不过气来，即使戴着草帽，也难以完全遮挡烈日的暴晒。

闷热的麦田里，每个人的脸蛋都通红通红的，每个人都汗流浃背，豆大的汗珠，像断了线似的从脸颊上滴到衣服和鞋子上、滴到麦田里、滴到镰刀上，这时，只能一边抓起毛巾，胡乱擦拭脸上的汗珠，一边不停地收割麦子。

割麦时间久了，腰背酸乏了，时不时地直起身子来，用镰刀的木柄敲打一下自己的腰和背部，略微休息一下，再望望眼前剩下的麦田，咬紧牙关，大家相互鼓励加油着，弯下腰又继续向前割。

到了晌午，通往麦田的山路上出现一拨一拨送饭的妇女和儿童。到了地头，只听见有人大吼一声：“开饭了。”大家放下活计，啊哟一声伸展一下腰身，走到地头树荫下开始吃饭。闫欢欢和同事们大快朵颐，一上午耗尽的能量重又添注到每个人的身上。吃过饭后，司师傅又给大家盛上调制的解渴酸汤，一身的乏累一扫而光。

割过的麦捆由拖拉机拉到麦场，先垛起来，到晚上脱粒时再用铡刀靠近穗根拦腰铡断，完成麦穗与麦秸分离。

晚上的打麦场上格外热闹。割了一天麦子的闫欢欢他们又转战过来，抢脱麦粒。场院地势高，不时有微风吹过来，比白天凉爽许多。柴油机和脱粒机在轰鸣欢叫，大家都在忙着铡麦捆、脱粒、扬场、堆垛麦秸麦秧。

天亮的时候最后一捆麦子脱完，机器“呜”地一声停下来。大家扔下手里的工具就顺势在机器旁、麦场上、麦秧堆里躺卧下去，这是司师傅一年的收获，一家老小的期盼和希望都在这麦堆里。闫欢欢和同事们突然觉得生活不知什么时候变得如此简单，如此幸福。

春风化雨，润泽人心。闫欢欢和项目部同事帮助收麦子的事很快就被传开了，当地百姓都说：“这样的党员，好啊！”

当一个人对这个国家、这个社会充满热爱的时候，最直观的表现，就是乐于奉献。闫欢欢经常说：“作为一名大唐人，要践行责任，回馈社会。”

2020 年 7 月 5 日，河南洛阳嵩县电视台官方微信刊发了《嵩县莘莘学子，学成不忘家乡》的报道，一时引起热议，当地妇联及各大媒体纷纷转载，争相报道了中国大唐工匠闫欢欢资助困难学子——嵩县第一高中高三学生关金飞、高一学生刘怡琳的事迹。

谈到自己资助贫困学生，闫欢欢说：“我是 2008 年在嵩县第一高中毕业的，正是由于学校对我的培养，并帮我树立人生的远大目标，不停鼓励我成为一个对社会有用的人，我才能取得今天的成绩，这些都是我一辈子的财富。”

当她听闻洛阳市嵩县第一高中的高三学生关金飞，兄弟三个，父亲生病卧床，弟弟上初三，哥哥由于家庭困难辍学在家；高一学生刘怡琳，双胞胎妹妹和她一个班，还有个弟弟，父亲身体瘫痪等情况时，从工作单位连夜坐车来到学校，将资助金 5000 元交到两位同学手上，希望他们努力学习，考出好成绩，早日为国家建设作贡献，并表示将继续尽自己的最大努力，争取帮助更多的人完成学业。

之后，闫欢欢与关金飞始终保持联系，正是因为此次捐助行为，让关金飞同学改变思想，他说“要像欢欢姐一样，成为对国家有用的人”。关金飞在大一期间参军、大二考取军校，成为一名光荣的军人。关金飞的弟弟也在哥哥的鼓励下努力学习，2024 年考取了郑州大学。当闫欢欢听到这个好消息时，又从自己微薄的收入里，拿出一部分作为他们的大学生活费，因为闫欢欢知道一个仅靠低保证和残疾证的家庭，供养两个大学生的生活难处。

闫欢欢资助贫困学生的事迹，得到了学校老师和在校学生的赞誉，称赞闫欢欢为最有爱心校友，称赞中国大唐企业“负责任、有实力、可信赖”！

在心里种花，人生才不会荒芜。其实，这已经不是闫欢欢第一次参加志愿扶贫活动了。

2016 年 11 月 26 日，在国际志愿者日来临之际，大唐环境公司的善行者代表在中国扶贫基金会善行者组委会的统一组织下，利用周末的休息时间，经过长途跋涉，来到贵州省威宁县特困家庭和山村小学，开展“大唐青春牵手行”志愿服务活动，为山区的贫困孩子捐献“爱心厨房”。这次活动是大唐环境公司志愿者参加北京昌平善行者 100 公里山地越野筹款 6.6 万元活动后的实地探访。

威宁县属乌蒙山区，隶属于毕节市，是贵州面积最大、平均海拔最高的县。降雨丰沛却存不住雨水，主食为大米，当地却无法种植水稻，主产土豆、玉米，特困家庭只能每日三餐以土豆和玉米为食。

志愿者给孩子们家里带去一些物资，希望能帮孩子们暂且度过这个严冬，过个好年。孩子们争着扛起大米、拎起油、抱上大棉被等徒步上山。

志愿扶贫活动第一站，是去三年级小学生周发有小朋友的家。山高路远、崎岖颠簸，善行者队员见识了山路行车的艰难，得知孩子要每天来回 14 公里上学，碰上雨季，季节性河流暴涨，无法过河就上不了学的情况，当场就有善行者表示愿意资助孩子直到完成学业。

土豆和玉米也是周发有小朋友一家的主食，锅里盛着的玉米糁饭，是他和爷爷两人一天的口粮。以前小发有就是揣着两个烤土豆上学当午餐的，土豆对于他们来说，都是这样既当主食又当菜的。在威宁县现有 500 多所小学，“爱心厨房”已经先期覆盖了最偏远的 100 多所，很多孩子去学校上课，很大的动力来自能吃上一顿营养丰富的午餐。

对于大家的到来，小发有的爷爷有些拘谨。但当谈起孩子时，老人忍不住红了眼眶。原来这个家里只剩下爷孙两人相依为命，小发有的妈妈几年前外出后一直没有回家，爸爸常年在外打工，难以照顾家中老幼，家里根本没有经济来源，还常有债主上门催债。

小发有的生活环境令人心疼，穿着爱心人士捐赠的棉衣，脚上却没穿袜子，就光脚穿着鞋，床上只铺了一张毯子，在梁上挂着的玉米就是家里全部的口粮……

第二站，探访新发乡新发民族小学“爱心厨房”。这是大唐环境公司挂牌“爱心厨房”的所在学校，离威宁县城较远，地处大山深处，进出只有一条路。年轻的校长介绍，人们除了外出打工和念书，孩子们除了上学，很难有其他渠道获取知识。

善行者队员给三年级的同学们上了一堂丰富的趣味课。整个课堂，孩子们虽然拘谨、紧张，但是个个都很有礼貌，眼神中充满对外面世界的无限向往。在做课外活动时，孩子们和探访队员一起打篮球、做游戏，山里孩子的活泼、坚毅、乐观的天性终于显露出来。

此次实地探访得知：大唐环境公司捐赠的“爱心厨房”中专款配备的大型电器炊具全部到位，由于学校新建厨房尚未完工，部分大型厨房设备留待新厨房启用后投入使用。其中，电炒锅、电蒸屉、消毒柜、保温桶、电动土豆脱皮机已投入使用，其他设备待新建厨房同步投入使用。

在志愿服务的暖光和微光里，那些曾经羸弱无助的孩子有了希望，绽放新生，也纷纷开启全新的人生旅程。爱，涓滴入心；爱，扬帆起航；爱，生生不息。

汇聚大唐环境公司全体员工爱心的善行者活动，始于 2016 年 9 月 10 日的北京昌平 100 公里山地越野赛，却未终于此次贵州的“爱心厨房”探访行。

从 2017 年起，由闫欢欢和中国大唐的博士、硕士、劳模、企业管理者和热心职工组成的启明星讲师团，走进贫困地区、大山深处，走进希望工程学校、打工子弟小学，开展“大唐启明星课堂”活动。

启明星的含义是“点亮光明之星、启迪智慧之星、培育未来之星”。

在开展“大唐启明星课堂”活动时，闫欢欢和志愿者采用电力科普公益讲座、心肺复苏现场教学、亲子体验互动、电力知识有奖问答、志愿服务献爱心等多种形式，向十万余名师生普及电力生产知识及安全用电常识，将知识与关爱送进校园。该活动不仅是“中国大唐”品牌的生动传播，更是中央企业履行社会责任的积极体现。

大道不孤，众行致远。在大唐环境人心中，承担社会责任，传递无私大爱，是始终不变的责任和情怀。在工作岗位之外，他们依然传递这种理念，让爱心延伸到更广阔的舞台。

2016 年年底，在一次活动中，大唐环境公司志愿者听闻北京市石景山华奥学校的学生都是农民工的孩子，闫欢欢和大家一起又投入“三色花”文化扶贫活动中。志愿者们捐建了音乐教室、捐赠了社会主义核心价值观展板、开辟了大唐阅览室，开展了“大手拉小手　共唱山歌给党听”“同声悦读”“红色映像”“千人音乐课”等文化扶贫活动，积极帮扶农民工子女成长。

大唐环境“三色花”志愿者服务协会由大唐环境公司组建，自 2016 年成立以来，以“立足本职、服务社会”为宗旨，通过开展各种社会公益活动，积极履行社会责任，展现了责任央企的形象。该协会的活动主要围绕“红色、蓝色、绿色”三个主题展开，分别代表红色文化引领、蓝色科技赋能和绿色环保助力，在社会形成了广泛影响，彰显了责任央企担当。

红色文化引领主要体现在文化助学活动中，如与农民工子弟学校结对子，提供文化助学和扶志扶智服务，通过开展启明星课堂、党的二十大精神宣讲等活动，传承红色基因，增强文化自信。

蓝色科技赋能则侧重于科技创新和环保技术的推广。通过举办低碳减排讲座、开展科技志愿服务活动、发放科普资料，以及在共建“一带一路”国家合作共建生物质电厂，宣传清洁低碳发电，促进国际的友好交流。

绿色环保助力方面，大唐环境“三色花”志愿者服务协会致力于保护生态和推进环保减排技术。通过实施超低排放改造项目、推动环保减排技术落地，以及投资建成超低排放试验基地，实现了经济效益和社会效益的双赢。

在中央宣传部、中央文明办等部门和单位共同组织开展的 2021 年度全国学雷锋志愿服务“四个 100”（100 个最美志愿者、100 个最佳志愿服务组织、100 个最佳志愿者服务项目、100 个最美志愿服务社区）先进典型评选中，大唐环境“三色花”志愿者服务协会荣获全国最佳志愿服务组织称号。

大唐环境“三色花”志愿者服务协会负责人王密说：“我们始终相信，爱心是没有疆界的，只要矢志不渝地坚持传递正能量，我们的社会一定会更加和谐美好，有爱的地方，就有充满阳光的美好明天。”

殷殷之情俱系华夏，寸寸丹心皆为家国。

奋斗筑梦美丽中国新征程

日升月恒，镌刻富有生机与活力的年轮；江奔河涌，扬帆充满光荣和梦想的远征。

2019 年，闫欢欢迎来了人生中非常难忘的学习机会。她在大唐环境公司党委的安排下，参加中国大唐党支部书记及党务干部示范（中国大唐党校）培训班学习。对于一名普通女工来说，这是一次从未有过的理论培训，起点高、内容广、形式新，能够进行全面、系统的理论学习。

“不登高山，不知天之高也；不临深溪，不知地之厚也。”在基层一线工作十余年的闫欢欢深感机会来之不易，因而倍加珍惜，更加感受到理论知识的博大精深。从以往的皮毛化、碎片化的理论理解脱离出来进行全面系统的理论学习，对于她来说，无异于在人生路上添上浓墨重彩的一笔。学习是路、理论是墨，只有通过读书学习，才能领悟人生真谛；只有静心多读书、读好书，才能提升分析事物与分辨对错的能力，才能源源不断地给大脑注入“活水”。

培训安排的学习内容非常广泛，涉及政治、经济、科技、法治、民族宗教等方面，还安排了国学等陶冶情操的选修课程，帮助学员在学习之余也能放松身心，保持一个合适的学习节奏。这些内容极大地开阔了闫欢欢的视野，扩宽了她的知识面，提升了她的认知水平。

培训期间与全国各地的同行同学的交往，使她大开眼界，思想境界大为提升。精彩全面的课程设置，高级别讲师的授课，思想交汇火花碰撞的探讨与交流，结合理论实践调研，她像海绵一样，全力吸收着广博的知识，一点一点消化着精神大餐。

春华秋实，收获不断。2018 年 10 月，闫欢欢当选为中国妇女十二大代表，原本相对简单的生活发生了变化。“当一名合格的妇女代表”与“当一名电力环保工匠”一起，成为她肩上的双重重任。

从生产现场走到各类会场，对闫欢欢来说，不亚于又一次挑战，她不断对自己说，这是又一次全新的成长，也是一次更好为人民服务的机会。

在奋斗的岁月里，对得起每一寸光阴。当工人要学好专业知识，当管理者要学习班组管理，当妇女代表要学习更多的内容，包括法律法规、妇女法、劳动法等。每一个角色赋予她的使命不同，就需要她不断地学习，不断地充实自己，将理论与实践联系起来，结合实际情况深入思考，才能更好地履行各种职责。

第一次以妇女代表的身份走进神圣的大礼堂时，闫欢欢的心里有些紧张，虽然会前做足了准备，但分组讨论时，面对着政府领导，她仍然有点紧张。当时，主持会议的领导对闫欢欢说："欢欢，你可是基层选出来的代表，要为基层群众发声啊!"一句话如醍醐灌顶，让她瞬间明白了方向。

妇女代表是人民群众选的，要代表人民群众行使权利，反映人民群众的心声。从此，闫欢欢利用业余时间更多地看报纸、听新闻、和群众聊天，关注身边的事情，她密切关注各类政策的实际落地情况，致力于确保政策红利真正惠及民众。同时，她也努力拓宽自己的社交圈，与更多的老百姓建立起深厚的友谊，成为他们信赖的朋友和倾听者。她以"提的建议能够反映民众的心声，当好政府与群众之间的桥梁"为己任，自觉主动走到百姓当中去，走到妇女身边，了解她们的冷暖疾苦，帮助她们解决一些由于渠道不畅通而难以解决或者急于解决的问题。

她说："作为新时代的新女性，除了自尊、自信、自立、自强，还要树立终身学习的理念，提升科学素养，踏实干事创业，把命运牢牢掌握在自己手中，让多彩芳华在新时代尽情绽放。"

进入新时代，中国在诸多领域正由"跟跑者"向"领跑者"迈进。"作为新时代的亲历者、践行者，我们基层女性应时刻牢记自己的使命，以精益求精的工匠精神不断钻研技术技能，做改革创新的排头兵，做新时代的奋斗者，立足本职岗位，建功新时代。"向着未来，闫欢欢激情满满。

2018—2023 年，闫欢欢先后当选为中国妇女十二大代表、中国妇女十三大代表。作为生产一线的一名普通女工，她从来没有想到过自己能有这样的荣光。

随着参政议政的次数不断增多，她的视野不断开阔，她的想法和认识逐步变得清晰与成熟，从最初只想成为家庭的顶梁柱，到后来希望成为班组的顶梁柱，再到现在立志成为绿色环保的顶梁柱，她的目标明确，初心无悔。

涓涓不塞，是为江河；源源不断，是为奋斗；生生不息，是为中国。

2022 年，闫欢欢光荣当选党的二十大代表。当选党代表，闫欢欢感到无比荣幸和自豪，这是党组织对她的信任，更是寄予一名普通电力环保人的期望与责任。

2022 年 10 月 16 日，中国共产党第二十次全国代表大会在京召开。参加这次盛会成为闫欢欢终生难忘的记忆。承载着中央企业广大党员的嘱托，肩负着青年一线代表的期望，她走进人民大会堂，神圣之感油然而生。

大会当天，当钟表的指针指向十点整时，闫欢欢看到习近平总书记迈着沉稳有力的步伐，在欢快的迎宾曲中稳步走向大会主席台的中央。热烈的掌声响彻人民大会堂，全场的气氛瞬间达到高潮！

当全体起立，雄壮的国歌音乐响起时，泪水模糊了闫欢欢的双眼，在身边解放军代表团雄浑坚定的歌声带动下，闫欢欢哽咽但却骄傲而自豪地大声合唱！那一刻，闫欢欢深切地感受到：何其有幸作为中华儿女，何其有幸见证了这个伟大的时代！

开幕会现场，习近平总书记在报告中用了一整段话阐述国家生态文明建设所取得的巨大成就。习近平总书记说："坚持绿水青山就是金山银山的理念，坚持山水林田湖草沙一体化保护和系统治理，生态文明制度体系更加健全，生态环境保护发生历史性、转折性、全局性变化，我们的祖国天更蓝、山更绿、水更清。"听到这里，闫欢欢的内心感到非常激动、热血沸腾，"这是大会中首次将'双碳'目标写入报告，作为一名长期从事燃煤电厂科技环保工作的电力人，我感到使命无比光荣、责任无比重大"。

报告指出，"要推进美丽中国建设，坚持山水林田湖草沙一体化保护和系统治理，统筹产业结构调整、污染治理、生态保护、应对气候变化，协同推进降碳、减污、扩绿、增长，推进生态优先、节约集约、绿色低碳发展"。听到这里，闫欢欢在心里暗暗发誓，"要充分发挥环保专业特长，刻苦钻研、精进技能，在火电机组科技环保领域持续发力，践行大唐人的职责使命，一定要全心全意投身‘二次创业’伟大实践，以实际行动当好科技环保主力军、当好能源保供排头兵”。

其间，闫欢欢在接受中央电视台《朝闻天下》记者采访时讲道，“习近平总书记说，一代人有一代人的使命，一代人有一代人的担当，踏上实现第二个百年奋斗目标新的赶考之路，新时代的青年要以实现中华民族伟大复兴为己任，脚踏实地走好新征程。我是中国大唐的一名普通员工，能够作为党的二十大代表参加这次盛会，感到无比的荣耀和幸福。我会把当选党的二十大代表看成是一次鞭策，一个新的起点，担起责任，不辱使命，当好新时代电力环保人，为建设美丽中国、生态文明贡献青春和汗水”。

10 月 17 日下午，在中央企业系统（在京）代表团会议和分组讨论时，闫欢欢围绕中国大唐贯彻落实能源保供、绿色转型、科技创新、改革发展，建设世界一流能源供应商等方面取得的新成就做了汇报。

主持讨论的央企代表团副团长为闫欢欢的发言点赞，说：“欢欢，你代表电力环保行业说得很好，为你们大唐发了声，很不错！”时任全国政协副主席、党组成员杨传堂得知闫欢欢是来自中国大唐的一名基层职工后，亲切地跟她握手，表达了对一线青年人的期望与重托。时任国资委党委书记、主任郝鹏同志亲自来到代表们的驻地进行慰问，闫欢欢向郝鹏书记汇报了中国大唐改革发展、能源保供和燃料保障情况，表示一定会“为大唐发声、为央企宣传、为国家喝彩！”郝鹏书记频频点头，亲切地跟闫欢欢说：“看到了你在中央电视台上的采访，表现得很好，展现出了央企代表和青年代表的风采！”

大会期间，闫欢欢先后 4 次接受中央电视台新闻频道、国际频道现场采访，向全世界讲述国资央企在经济社会发展中的“顶梁柱”作用，讲述中国大唐不断迈上高质量发展新台阶的巨大成就，讲述她和环保科技战线的同事们在火电污染物治理和绿色低碳发展中的贡献，在海内外产生广泛影响。

一份光荣一份责任，在享受鲜花和掌声的同时，闫欢欢深知，作为党的二十大代表，要做好宣传员、讲解员，更好地将党的二十大精神传递给基层及群众。

闫欢欢把宣讲党的二十大精神作为义不容辞的责任，尤其是参加过中国妇女十二大和中国大唐党校学习后，闫欢欢宣讲的积极性和理论水平更高了。她先后在团中央、中国大唐6家分公司和运行维护班组、农民工学校、电力专业大学等宣讲党的二十大精神，与中国大唐干部员工分享了参加党的二十大盛会的感受。

2022年10月27日，闫欢欢受邀参加团中央的宣讲。她表示，作为一名青年党代表，能够参加党的二十大，感到十分激动和振奋。在今后的工作中将认真学习贯彻党的二十大精神，踊跃投身国家能源安全新战略、绿色低碳事业、环保科技领域创新、企业高质量发展火热实践，勇当“端牢能源饭碗”排头兵，推动“绿水青山就是金山银山”理念落地生根，推动高水平科技自立自强，争做新时代好青年。

她鼓励广大青年团员，作为新时代的青年，在追逐梦想的青春路上，要一如既往、始终如一地脚踏实地、坚定前行。在工作中要展现劳动者风采，做到“手中有本领、心中有责任、胸中有企业”。小专业，同样也有大舞台，最基层的技能工人只要付出心血汗水，就一定能梦想成真，在自己人生的舞台上以实际行动谱写出一首追逐梦想的青春之歌。

作为党的二十大代表，闫欢欢分别在中国大唐全系统会议和大唐国际、科研总院、海投公司、大唐环境等系统内单位开展党的二十大精神宣讲，将参加党的二十大盛会最深切的感受分享给广大干部职工。动员广大干部职工要立即行动起来，迅速掀起学习宣传贯彻党的二十大精神热潮，学深悟透、融会贯通、真信笃行，以思想伟力推动改革发展和党的建设等各方面工作，激扬“二次创业”的奋进力量，奋进新征程，建功新时代。

在大唐环境文化助学结对单位华奥学校宣讲，华奥学校的校长在报告会结束时说：“听了闫欢欢同志的报告，我们深受鼓舞，我会带领全校教职工好好学、宣传好贯彻好党的二十大精神，教育引导同学们加倍努力学习，成为国家栋梁之材。”

郑州电力高等专业学校、电力工程学院卢旺达同学说：“聆听了闫欢欢代表的宣讲，我深受鼓舞。作为职业学院的学生，我要向她学习，强化专业知识，努力练就本领。”

闫欢欢的宣讲在不同层面引起了强烈的反响，她的精神和事迹正在感召着、激励着越来越多的青年人，激励他们在人生的道路上，在平凡的岗位上脚踏实地、奋力前行！

山一程、水一程。当时间来到 2024 年 7 月，人们再一次深刻感知改革激荡的磅礴之力。党的二十届三中全会，是在以中国式现代化全面推进强国建设、民族复兴伟业的关键时期，召开的一次具有开创性、里程碑意义的重要会议。

此次全会，紧紧围绕推进中国式现代化、落实党的二十大战略部署来谋划进一步全面深化改革。审议通过的《中共中央关于进一步全面深化改革、推进中国式现代化的决定》覆盖推进中国式现代化方方面面，构筑了全景图，被人们称为“新时代新征程上推动全面深化改革向广度和深度进军的总动员、总部署”“是指导新征程上进一步全面深化改革的纲领性文件”。

历史性的大事件，总要放在历史的长镜头下去把握；民族复兴的大时代，更要从矢志复兴、接续奋斗的漫长岁月中去观察。向时间深处望去，能更清晰洞见这次全会，如何在百年未有之大变局下，去回答中国之问、世界之问、人民之问、时代之问。

从“全面深化改革”到“进一步全面深化改革”，路，越走越坚定。“进一步”，蕴含着历史的再接续、时代的新图景，需较真碰硬的闯劲，也需久久为功的韧劲。

全会闭幕以来，中国大唐广大干部员工持续学习宣传贯彻党的二十届三中全会精神，确保习近平总书记关于国资国企改革发展、关于能源电力行业重要指示批示精神不折不扣落到实处。以学习所得投入生产经营工作中，以深化改革推动创新实践，以扎实有效举措推动高质量发展。

新的起点，新的部署，新的出发。

闫欢欢认为，无论承担哪种角色，都需要踏实做好自己的本职工作，这是实现人生梦想和人生价值的必由之路。一代代大唐人默默无闻，踏踏实实地坚守着。这种坚守，于国家，是代代传承的劳动精神、劳模精神、工匠精神；于个人，是凭借个人踏踏实实的努力，实现岗位成才，创造美好未来。

在担当中历练，在尽责中成长，在新时代的广阔天地中施展抱负、顽强拼搏，努力成长为堪当民族复兴重任的时代新人。2024 年，闫欢欢获评“央企楷模”。“国家和单位给我这么多的荣誉，唯有奋斗和奉献才能表达我的感恩！”闫欢欢动情地说。

“能够获得‘央企楷模’这项殊荣，是我意想不到的。我只是觉得自己做了应该做好的工作，没有想到政府和组织给予如此高的信任，既是荣誉也是责任。‘央企楷模’不是靠个人单打独斗能够实现的，而是因为你身后有央企这个强大的集体，成长在这样的集体中，我倍感骄傲。”

每当回想起自己当年的人生选择，闫欢欢都会由衷感慨，那种自豪溢于言表：“真是赶上了好时代，自己是幸运的，也是幸福的！”

梦在前方，路在脚下；未来可期，奋斗以成。这些年，闫欢欢不断地成长，虽然头顶着许多光环，虽然有时会走上闪亮的领奖台，在镁光灯下接受别人的赞美，但她始终牢记初心使命。回到项目部，换上工作服，戴好安全帽，又会投入忘我的工作中，履行她电力环保一线工人的职责。她的心，始终没有变。

大江流日夜，慷慨歌未央。作为一名电力环保工匠，光环在身的闫欢欢，现在依然奋战在生产一线。“这是一个有机会干事业、能干成事业的时代。生逢盛世，我们这代人无比幸运。”真切感受到自身成长与祖国发展同频共振的闫欢欢真情流露：“我将牢记共产党员的初心使命，干好本职工作，勇当环保尖兵，为中国大唐建设世界一流能源供应商、助力美丽中国建设贡献绿色环保的新力量，以实际行动展现中央企业环保工匠的风采，期待美丽中国的画卷在电力环保人共同努力下越来越美！”

“不理性”的工程师

◎文/万小英

那天，陈钦内心一直有个声音在交战。

她是平潭的一名中学英语老师，家在福州马尾。2023 年 7 月 14 日，正值暑期，陈钦原本该待在家里，两天前来平潭处理事情。这天没啥事，她想回家；但第二天还得来，她决定忍忍，后天回去。没想到，房东提前让她换房间——房子租期第二天到，房东整套要做民宿。套房 4 间，她那间有空调，有一家人从外省要来住两天。陈钦搬东西到隔壁，心想早知道这样，还不如回家。客人来了，看到套房里还有人住，有点不高兴，“不如回家”的念头再次在陈钦心里生起。那天不知怎么回事，门锁坏了，“蔡文如果在，就好了，他会修”。陈钦这样想。房东和修锁的人闲聊，话题又讲到谁出事死了，陈钦坐一旁呆呆地听。

这时，陈钦手机响了。11 岁的大女儿钰琪哭着说爸爸出事了。陈钦奇怪，几分钟前刚与丈夫视频通话，他给 3 岁的小女儿恩琪剪了个新发型蘑菇头（家里人头发平常都是他剪），挂电话前说要出门接钰琪。她还跟小女儿扬手“拜拜”。

这到底发生什么了？陈钦赶紧叫车，奔回马尾。

一

陈钦第一次见到蔡文，是 2008 年春末。26 岁的他给 25 岁的她打电话：“如果今天没下雨，我就上去找你。”陈钦当时住福州市区妈妈家。

天公成人之美，那天没下雨。在武夷绿洲公交站，陈钦眼里的蔡文，戴着眼镜，长得周正，身材偏瘦，黑外套有点紧身，皮鞋尖夸张地翘着，让人想起搞笑的卓别林。后来才知，外套是大学时穿的，鞋子是父亲退下来的。陈钦觉得他特别爱笑，灿烂又纯朴。陈钦后来也问过蔡文对她的第一印象，他说觉得她只会傻笑。

蔡文的父亲与陈钦的姨丈是表兄弟，一次闲聊牵线搭桥，让两个年轻人认识。他们有很多共同点，都出生在平潭流水镇东庠岛上，那里的孩子会抓着塑料泡沫去海里游泳，把自己埋在沙子里，也会抓跳跳虾……蔡文 1982 年 3 月出生，陈钦小他一岁，孩童时父亲陪伴都很少——蔡父在部队当兵，后转业到福建省渔业总公司，经常出海，蔡文跟着母亲长大；陈父做航运，母亲做生意，也都不常在家，陈钦跟着奶奶长大。可能这种相似的成长环境，让他们彼此更容易接近与理解。

陈钦大学毕业后去平潭做了教师，因为自小散养，做事随性，有时出门不打招呼就走了。蔡文 2007 年 7 月毕业于集美大学机械设计制造及其自动化专业，在漳州工作一段时间后，2008 年 7 月进入中铝瑞闽铝板带有限公司（中铝瑞闽股份有限公司前身）从事机械技术工作。他有两个姐姐，是家中唯一的男孩，但是不娇气，从小比较懂事，遇事会为别人着想。陈钦和他相处很舒服。很多次晚上 8 点，她从妈妈家坐公交回马尾，因为还要转车，她坐过头了，打电话给蔡文，蔡文就让她在原地等，他开车来接，从未抱怨。

2010 年 1 月，他们结婚了。家就在马尾区闽渔新村一栋老旧楼房。两人工作异地，可能是年轻吧，觉得一切都不是问题。

蔡文性格内敛，但一次逛街时牵着陈钦的手说："我们这样子走路吧！"然后像个孩子一样，在路边一蹦一跳地走。陈钦笑得前俯后仰——海岛孩子开心了，就是那样走路的，连蹦带跳，无忧无虑。

两人也有一段婚姻磨合期。陈钦家境好些，到新环境有些不习惯，喜欢往娘家跑。有一次她回来，看见他坐在那里不理她，立刻明白自己错了，故意找话题逗他，他笑了，两人和好了。蔡文会写日记排解心情。陈钦在书架上无意翻到日记本，有些惊讶。当看到记下他们的一些小矛盾，觉得挺好玩的，蔡文从没跟她说起过，可能写完了就不生气了；看到他说妻子不在，家里没什么人气，有一种思念的寂寞，又让她有些心疼。陈钦将日记放回原处，没有告诉丈夫。她想等老了，再翻出来他们一起看，会很有意思。

2013 年，女儿钰琪出生。孕产检在市区医院，每次蔡文再忙都要腾出时间陪着去。陈钦体质不好，坐完月子膝盖蹲不下去，上下楼梯走不了，治疗了一个多月才恢复。“育儿”的大部分责任落到了蔡文身上。

蔡文做了婴儿床，紧紧靠在他们床边。每个晚上，陈钦在朦胧中知道丈夫起来了，给孩子泡奶、把尿、哄睡……她有一种迷迷糊糊的幸福感。周末带孩子出去玩，也是蔡文操心带奶粉、尿不湿、换洗的裤子；季节交替，叮嘱陈钦要整理、添置孩子的衣服。蔡文有时跟陈钦玩笑：“这些人家都是妈妈做的，你这当妈的什么都不会。”陈钦就撒娇：“你都会，我不用做！”其实，陈钦个性独立，只是婚后对蔡文产生了深深的依赖，觉得有他在身边，比自己做任何事都要来得安心。后来从带孩子接种疫苗，到报名幼儿园、小学，再到每天的接送上下学，这些重任都自然而然地落在了蔡文的肩上。

2020 年，他们又有了小女儿恩琪。陈钦几乎全程保胎，肚皮上打了 100 多针药水。为了腾出陪妻子做孕产检的时间，他拼命加班，用来调休。陈钦坐月子时，晚上孩子跟他在一间房睡，让妻子在另一间安静休息。

孩子慢慢长大，蔡文每周教她们练毛笔字、骑自行车、轮滑，一起去图书馆看书，到动物园给长颈鹿喂树叶……他不擅烹饪，但也学会给孩子烤鸡翅吃。他还将孩子所有的照片按时间归类，把她们换下的牙齿装在小瓶子里留着，还给孩子制定了体重、身高登记表和学习成绩波动表。有一次，钰琪跟陈钦的侄女说悄悄话。侄女说：“我一定要有妈妈，我不能离开我妈妈！”钰琪则说：“我一定要有爸爸，我不能离开我爸爸！”

感情在实实在在的生活中，慢慢积淀、深厚起来。新冠疫情管控刚放开，陈钦第一拨感染，一个人住在平潭，蔡文连夜开车把她接回家。两个孩子交给婆婆，他陪着妻子隔离，不在意可能会被传染。寒暑假，陈钦在家时间会多些，蔡文很开心，说是他一年当中最美好的时光。

2021 年的一天，陈钦回娘家，躺在床上不知怎么想起这些年的点点滴滴，心中生起柔情。婚姻有时就像开盲盒一样，不到后面不知道真实滋味。陈钦越来越觉得自己开的是“幸运盒”。

她在手机上写了起来，怕他看不懂，又有些害羞怕他看懂，所以用的是英文。蔡文收到 word 文档，以为是妻子要打印的材料，陈钦不得不告诉“木头”丈夫是给他的“情书”：

“Love you and love to stay with you, because you are yourself.”

“Sometimes you are a big boy in my heart. Absolutely sometimes you are my powerful man. I love to see your charming smiling face. I enjoy accepting your unlimited care and love.”

“爱你喜欢跟你待在一起！因为你就是你！”

“在我眼里，你有时就像个大男孩，当然有时你也是我强大的靠山！喜欢看到你迷人的微笑！很享受你所给予的无尽的关爱！”

陈钦问：“开心吗？”

蔡文说：“开心。”

…………

陈钦赶到马江医院，22 时许，没能见到蔡文最后一面。

二

16 小时前。在闽渔新村一栋老旧楼房的顶楼 6 楼，像往常一样，蔡文早晨被 6 点 40 分的闹钟叫醒。母亲也像往常一样，做了稀饭。蔡文平时会送两个孩子去学校和幼儿园，因为暑假，就不用太着急了。

吃完早饭，他到楼下的柴火间换上中铝瑞闽的蓝色工服（下班回来，他在这里换下带着油污、灰尘的工服，再踏进家门）。公司很近，与小区只有一墙之隔，在家的阳台，就能看到中铝瑞闽宽敞的厂房。孩子小的时候，陈钦会抱着她们到阳台看着他进厂区，大声说话也听得见。

中铝瑞闽成立于 1992 年，是中国铝业集团下辖的从事高精铝板带加工的企业，产品以汽车轻量化用铝（含新能源汽车、电池用铝等）、5G 和 3C 电子用铝、金属包装用铝为主。蔡文成长迅速，2012 年 5 月至 2015 年 1 月，东北大学机械工程领域工程专业在职学习，获工程硕士学位；2019 年 12 月成为工程师。

公司8点上班，像往常一样，蔡文七点半就穿过厂区婆娑的树荫，来到工位进行OA流程处理，整理当日工作计划，准备所需的技术资料。8点，他参加每日熔铸区域技术短会，组长林国泉、电气技术人员张翼针对前一日工作完成情况做简短汇报，并对当日要实施的线下炉门维修确认和验收事项，就技术要点进行了讨论。八点半，他到熔铸车间，联系生产班组班长李智明、设备维护人员邓云峰，现场确认钢构维修情况，沟通后续浇筑事项；他检查熔炼炉运行，发现船板投料在炉沿位置就开始倾翻加料，立即牵头和生产班、运转班讨论后进行优化……11时许，他回办公室，进行备件申报。

蔡文去开水间打水，周国彬也来了，他是制造二部生产调度长，两人搭档十年，笑着互相打了招呼。午饭后1点，蔡文到熔铸车间对5号熔炼炉测温……下午两点半，他请假离开公司。

蔡父患有帕金森病，蔡文下午要到省立医院取药。原本可以上周末办，那时候陈钦“二阳”，蔡文带她看中医，打算一并将药取了，没想到看完病，药房下班了。

取药回来，傍晚了。钰琪要上六点半的画画课，暑期画画课一直在白天，这天是第一次调整到晚上。蔡文送完大女儿回来吃晚饭，是稀饭与海带炒肉。

画画课晚上八点半结束，在这之前，蔡文给小女儿剪了发，并给妻子通话汇报。

八点十几分，蔡文放下电话，穿着深蓝的短袖 T 恤和裤衩出门去接女儿下课，这套家居服是陈钦新买的，他很喜欢。但是钰琪左等右等，没看见爸爸，只好走回家。在小区门口看见混乱的人群，得知爸爸出事了，她拨妈妈电话，哭了。

蔡文的父亲、73 岁的蔡传福此前一直在楼下遛弯。小区门口围了人，他走过去看看怎么回事，意外发现儿子在窨井里忙活。

这个污水井进行验收检查，工人李大邦不慎掉下去，工友毕承磊去救，结果双双被困在 4 米深的井内。蔡文骑着电动车正出小区，听到有人喊“救命”，立刻慢下，拐到井边。后来从监控视频可看到，20 秒钟后，蔡文就迅速下了井。他拉住昏迷的李大邦，高一点后，用肩膀和手臂将他一点一点往上托举，井旁的群众采取人拉人的方式，将李大邦救上来。

正值酷夏，打开的污水井散发着强烈的臭味，围观者不自觉站开。蔡传福看见救上来一人，后面爬上来的竟然是儿子蔡文。他的状态看起来不大好，脸色苍白，手上淤青，衣服污浊。

喘了两口气，蔡文准备再下井救毕承磊。蔡传福担心地嘱咐：“你要小心一点！”蔡家祖上从永泰迁到平潭岛，一直都是本分的农民。蔡传福为人纯朴，无论是参军到部队，还是转业到闽渔，无论是当兵，还是做渔员，都是任劳任怨。他是老党员，儿子以他为榜样。

蔡文把手机递给父亲，说：“没关系。”他再次下井。这时有人拿来绳子，递给蔡文，让他绑住已经昏迷的毕承磊。绳子没有打结，套不了，蔡文叫上面的人把绳子打一个结再递下来……这时，消防员赶到，穿上救生衣、佩戴防毒面罩、背上呼吸器下井，将毕承磊救上来。再次往井里看，却不见蔡文。蔡传福急得大喊：“还有一个啊，我孩子还在下面！”在齐胸深的污水里，消防救援人员摸索着，终于在 1 米外找到昏迷不醒的蔡文。蔡传福跪地痛哭，用嘴吸去儿子口鼻上的污物……

陈钦赶到医院的时候，蔡文还在抢救。但是来不及了，他的生命永远定格在了 41 岁。

41岁啊，一个男人的成熟之年，为人子，为人夫，为人父，是家庭的顶梁柱；41岁啊，对一个工程师来说，事业正当其时，大有可为，前景可期；41岁啊，美好的生命仿佛才刚刚展开。可是在一瞬间，这一切都塌了。

60岁的李大邦和也有两个孩子的30岁的毕承磊都来自云南昭通镇雄县，最终安然无恙。据当时井下救援的消防员说，井下环境恶劣，水流湍急且含有毒有害气体，下井需要莫大的勇气，二次救人更是难能可贵。如果没有蔡文的及时施救，两名工人都将有生命危险。

蔡文用他的生命换回了两条命，也救了两家人的命！

时隔一年，陈钦回忆起往事平静了很多。她有时候想，如果那天但凡有一个细节改变，结果就可能重写，他们一家依然能够幸福、宁静地生活下去。

如果孩子的画画课没有改到晚上；如果那天她回家了，也在小区门口，就会拉着他，不让他下井——“万一出什么事情，我和孩子怎么办?”这样一说，他可能会有一些顾虑，是不是?

蔡文的遗像在家里不是摆在桌上，而是在客厅天花板下做了个小龛台，每天蔡文带着平静的笑容仿佛在天上看着这个家。我低下头，不知道怎么回答陈钦的问题。

从第一次下井救人上来，到再次下井，隔了多长时间?看视频，蔡文仅仅是呼吸了两次，几秒钟而已，没有迟疑就下去了。如果说，第一次下井是凭他的助人本能，来不及考虑太多而伸出援手，那么第二次呢?他已经知道了井下环境，身体也发出了警告，作为工程师，平时的理性呢，每日在工作一线绷紧的安全意识呢，危险不知道吗?能不知道吗?

陈钦学车，蔡文带她练车，每次经过窨井盖都会提醒：“不要去压井盖，绕开它，危险!”

那一天，蔡文怎么会没有绕开那个窨井?多么奇怪啊，一个理性的工程师会做出如此不理性的事来。父亲在看着他，女儿在等着他，妻子在想着他……他竟然在那一刻，全忘记了。

三

“在安全隐患风险面前要有‘怕死’的精神”，这醒目的横幅常年挂在中铝瑞闽的车间，提醒员工时刻要注意安全。

蔡文，不怕死吗？

2024 年 6 月，我在中铝瑞闽公司党群工作部副主任蓝启森、制造二部党总支热熔党支部书记陈秋霞的带领下，戴着安全帽，穿着工作服，来到蔡文生前工作的场所。

中铝瑞闽在发展绿色低碳循环经济方面成效显著，厂区环境优美整洁，车间井井有条，但将铝原料和铝废料通过智能化设备和技术，生产出高端化、个性化产品的过程并不简单，一线人员的工作环境还是很辛苦的。蔡文进公司十五年半，一直在生产一线，在冷轧车间干了 14 年，在熔铸车间干了一年半。

冷轧和熔铸，从名字就可以看出，一个冷，一个热。我的感受是，冷轧

车间并不冷，但是机器轰鸣，说话都听不见，叉车来回运输，高架台贯穿空中，人员行走的路线有严格规定；熔铸车间真的热，烧得通红的熔炉里，一车车物料运送投入，散发阵阵热浪……车间也有空调房间，在里面可以监控，但是作为要直接与设备打交道的机械技术员，怎么可能只是通过电脑屏来诊断与维护机器呢。

中铝瑞闽是国家安全生产标准化一级企业，对员工开展了大量安全专业性培训。蔡文原来负责过一级动火作业（关于电焊、气焊等具有火灾危险的作业），设备中有几十吨的易燃轧制油，他常常要进入密闭空间维修检测。所有接受采访的同事都认为，作为一位在非常严格、高标准的生产环境中成长起来的工程师，蔡文绝对具备对于风险的辨识度，对密闭空间救人的风险比任何一个普通人都更加清楚。

蔡文进公司第二年，2009 年 1 月开始参加安装调试六辊冷轧机（3 号冷轧机）的工作，从此与这台机器紧紧联系在一起。蔡文的同事黄基彬，也是他集美大学的校友。他们在大学并不认识，黄基彬入学时，蔡文刚刚毕业。他作为 3 号冷轧机的电气技术员，和作为机械技术员的蔡文搭档了 7 年。当我问他，蔡文有没有意识到下井救人的危险？黄基彬说："他是个很有安全意识的人，当时可能急于救人。"接着，他语气极为肯定："除非他没看到，他看到肯定会这么做的。"因为蔡文平时就是热心肠的人。

黄基彬回忆起蔡文的样子，经常腼腆地笑出一脸褶子，忽然想到某个片段，眼中不由泛起泪光。他和蔡文 2015 年开始搭档，设备检修、故障排查、项目开展都要电气与机械一同配合。有一次，操作手听到开卷电机发出异响，他们起先断定是机械问题，排查发现不是，于是排查电气方面。排查一般采用替代法，怀疑哪里出问题，就找相应配件放上去试，直到确定哪里出问题。从当晚 11 时许，一直排查到第二天上午八九点，才确定是可控硅被击穿。

按理说，已经确定不是机械问题，蔡文就可以回家。但是，他并没有离开，而是配合黄基彬一同处理。蔡文的技术很强，接头的尺寸多少，螺栓多大，黄基彬弄不清楚就问他，他准知道。问题解决时，已经是中午十一二点了，黄基彬看见蔡文的样子累极了，精神很差，内心很感谢蔡文一直待在身旁，陪他、帮他。

蔡文刚离开的那段时间，黄基彬经常梦见他。半夜醒来，已经不记得梦境，黄基彬就睁着眼睛，只是想他。黄基彬与蔡文曾有约定，他们各自带着孩子，哪天一起回母校看看。这个愿望永远也无法实现了。

热熔区域技术组的刘学碧与蔡文打上交道很偶然。2018 年的某一天，他设备上的电磁阀线圈坏了，询问其他电气技术员都没有。这正常是电气技术员备件的，但是别人说蔡文可能会有，他就去找蔡文。果然，蔡文有，而且热心地找来给他。那时他心里就暗叹这样的机械技术员真少见。

蔡文调到熔铸车间后，两人接触多起来。得知蔡文出事，刘学碧很震惊，但是对他会去帮忙这件事，一点都不觉意外。在他印象里，遇到问题，蔡文首先想的是如何尽快解决，而不会纠结其他。

一次，操作手反映料斗出问题，大概是料斗壁裂开了。蔡文现场去查看，发现不单单是所反馈的一个点，而是系统出了问题。他出了整改方案，按这个方案，如果找外协修，费用比较高，要花费 20 万元以上。他苦思冥想，又想了一个省钱的方案，这次是自己去修，最终将问题解决。

刘学碧还发现，蔡文常常做钳工的活。如果设备有异常，正常操作是先找钳工处理。但有时钳工忙，来不及处理，反馈到蔡文，蔡文也不会埋怨，有空就自己上手，把活干了。

蔡文的办公室工位，一年后的今天依旧空着，仿佛在等着主人到来，在这里做设备整修规划、写工作日志……文件夹一排排整齐立着，熔铸设备定检记录表上密密麻麻，18 日值小夜班、19 日给项目定检……最远的工作任务安排到了 11 月 28 日。而桌上的台历停留在 2023 年 7 月。

舍不得摘去蔡文的工牌，墙上的人员去向显示他“在岗”。

四

周国彬脸圆圆的，看起来很年轻，他比蔡文大一岁。两人在工作上做搭档有十年之久。2013 年 1 月，周国彬作为 3 号冷轧班班长，开始负责 3 号冷轧机的生产管理。

2023 年 7 月 14 日上午，两人在公司的开水间碰到，还打了招呼。得知蔡文牺牲的消息，周国彬一时很难接受。对蔡文的义举，他理解："他不一定会想到这个结果，可能觉得自己有能力有办法，有点过度自信。这么多年，我也确实觉得他的实力很强。"

3 号冷轧机是国产第一台连续可变凸度 1850mm 不可逆六辊冷轧机。蔡文需要不断去提升改进设备性能，查询网上资料，对标进口设备能力，持续开展技术创新。

2017 年，3 号冷轧机需要增加轧辊边部加热系统，但轧辊边部电磁感应加热装置技术当时掌握在国外设备厂商手中，价格昂贵。蔡文研究后认为这并不是很复杂的设备，国内厂商也可以开发。他们找了国内一家厂一起研发，蔡文全流程参与编制可研报告、图纸设计、设备制造和安装调试。但厂家给的技术方案不行，加热头电缆太大且较重，同步机构定位达不到要求，加热头电缆需要来回移动并且存在断带起火烧坏的隐患。项目中途搁置。

蔡文不甘心，向厂家提出自己的方案，采取更精密的控制方式，原来那套全部推翻，整个装置进行改造，重新设计了一个加热头固定机构、加热头电缆导向机构。蔡文要在极为狭窄的设备空间完成测绘，从设计到安装，过程艰难。2020 年 5 月，"冷轧机轧辊边部电磁感应加热系统"完成。结构简单、运行平稳，取得很好效果，是中铝瑞闽公司与设备厂商共同开发的国产第一套完全自主产权的项目。

可以说，没有蔡文，就没有这个项目。正因为他永不言弃，才能让项目起死回生；正因为他持之以恒，日复一日埋头钻研，对方案、图纸反复修改、复核，才能够历经三年、遍尝酸辛，如钉子一般铆在那里；正因为他技术过硬，能力超群，才有自信自己来做，并将它做成行业领域内的"奇迹"。这项技术使得 3 号冷轧机提升 30% 的轧制速度，创造了直接经济效益 620 余万元。国内那个厂家后来在很多同类设备都上了这项技术。

更让人高兴的是，3 号冷轧机原本最开始只能为另一台冷轧机做开坯和中间道次轧制的配合工作，轧辊电磁感应加热装置开发成功后，也能生产出高硬铝合金阳极氧化材、金属包装材、手机板等高附加值产品。难怪周国彬说，设备有问题，只能靠技术员凭能力去发挥解决，如果他水平高又很尽责，那就是"无价之宝"了。

3号冷轧机传动齿轮轴承润滑液泄漏问题，很多年没有攻克。轴承容易干烧坏掉，而一副轴承要几十万元，损失很大。2020年，他们下决心进行油气润滑改造，彻底解决问题。技术方面由蔡文主导。早期做小改，比如改管道，状况虽有好转，但还是不够，问题才解决百分之四五十。蔡文想其他方案，还跑到其他设备厂去对比和仿效，花了一年时间，发现还是不行。就在技改停滞，周国彬感觉无望的时候，蔡文并没有放弃。他再次测算，考虑定制跟设备匹配性，试了很多方案，最后由原来的稀油润滑，改用油气润滑系统，才告成功。

作为冷轧设备的“血液”，轧制油油品的好坏直接影响着产品的质量。2021年，3号冷轧机的液压油耗油量越来越高，原来辅助设备出现轧制油泄漏、渗透齿轮油的情况。被污染的齿轮油混到生产工艺油里，对产品质量影响很大。蔡文利用停机检修的间歇，爬到轧机内，一根管一根管地进行高低压查漏，摸排出了几十个漏油点。由此他提出进行整个润滑系统的改造。方案做了几个月，频繁地思考，频繁地审核，他是总设计师，出思路、出图纸，责任很大。他专门设计了轴承润滑密封、润滑介质改进方案，通过更换上支撑辊水封和油封以及将静态O型圈更换为氟橡胶材质等措施，让中铝瑞闽实现首个“无泄漏车间”。至今3年多，3号冷轧机的润滑系统运行得依然稳定。轧制油润滑性能好，轧机开始生产出金属包装材成品，为中铝瑞闽产品专业化、规模化、品牌化的战略奠定基础。

有蔡文这样的技术员在，谁说国产设备不行？2022年5月，3号冷轧机通过量38026吨，是公司7台冷轧机里单月产能最高的。这个纪录，目前还没有被打破。

“蔡文有没有失败的项目？”我问周国彬。他没有立即回答，当我们聊其他事情一会儿后，他才回答道：“你问蔡文有没有失败的项目，好像还真没有做不成功的，只要他做。即便项目搁浅，大家都不看好，他也会在别人看不到的地方，默默地在心里琢磨着，又拿起来，最后做成。”

内心平静、坚韧，蔡文这点令周国彬佩服。技术员在工作中或多或少会遇到压力，机器出故障了，迟迟没有解决，有人会急躁，也会抱怨，但是蔡文总是非常从容，微笑着坦然面对。他会说：“公司生产设备这么关键、这么重要，我们要提高一点站位，把心态放好一点，能够多发挥作用就尽量发挥，有困难大家一起解决。”

周国彬认为蔡文的平静来自笃定，只要自己肯努力，没有完不成的。在救人方面，他可能也是这样想的。

五

想蔡文了，周国彬就去3号冷轧机看看，上面有蔡文的印迹，随处可见。他将它们拍下来，存在电脑的一个文件夹中。虽然一时不大明确自己为什么要这么做，或许是多年友谊、兄弟间的纪念，也或许是为一份传承，让后来者知道有蔡文这位“前辈”。他不能遗忘。

周国彬在电脑里还偷偷保留了一段视频。那是在2023年5月，离他牺牲不到两个月，熔铸车间5号炉年度大修，作为大修负责人的蔡文非常辛苦，有时需要连续24小时工作，最终提前10天完成大修任务。当安全组长调监控时，蔡文已经不在了，在旁的周国彬从视频中看到蔡文忙碌的背影，眼泪差点掉下来。

有件事很奇怪。和公司员工谈起时，他们几乎对蔡文工作以外的情况了解极少。蔡文和同事几乎不谈私事。周国彬也是在他牺牲后，才第一次登门，并了解了他的家庭。那天，蔡母开门看到他就哭，因为他穿着中铝的蓝色工服，仿如蔡文生前。

当看到蔡文在3号冷轧机、2号中频炉、5号熔保炉留下的密密麻麻的印迹时，我恍然大悟：他在公司所有的话，原来都倾诉给了它们！对他而言，它们早已不是24小时冰冷运转的机器，而是他青春的伙伴。从2009年到2023年7月，在15年5000多个日日夜夜里，他们一同并肩作战。

蔡文在3号冷轧机上进行的技改，周国彬一共记录了16项，每一项都配有轧机部位图片。机械主管林国泉也记下了蔡文在熔铸车间4个技改大项目。蔡文与冷轧、热炉之间“无声的对话”，对读者来说，可能有些乏味，但是我觉得没有比这一项项列出来，更能直观地体现出蔡文的工作，他每天都在与设备打交道，与问题打交道，殚精竭虑，将自己化为机器运转最强大的一股力量。

周国彬提供的记录如下：

（1）烟雾回收风机改造。时间：2018 年 6 月。改造前原风机震动大、排烟吸力不足。改造后解决。

（2）入口撑头辊机构。时间：2019 年 11 月。改造前发生撑头辊被残卷带到卷轴下方，液压缸体断裂，回转体轴承及液压缸底座被拉变形开裂。改造后底座、缸座、回转机构、撑头辊全部重新设计，运行稳定。

（3）轧辊轴承润滑系统改造。时间：2020 年 12 月。改造前，轧辊轴承润滑不良，齿轮油泄漏严重。改造后轴承润滑效果提升，避免因润滑不良造成轴承温升以及轴承损坏的设备问题。

（4）入口开卷机对中缸机构改造。时间：2021 年。改造前对中缸座受力多次开裂，地脚螺栓松动。改造后运行稳定。

（5）冷轧松残卷机构。时间：2020 年 3 月，从设计到投产历时 2 个月，功能：将套筒铝残卷松开。

（6）铝卷浸泡油箱。时间：2018 年 8 月。功能：卷材浸泡避免粘伤质量问题。

（7）轧辊稀油回收中转油箱。时间：2019 年 8 月，从设计到投产历时 1 个月。功能：利用废旧油箱改造成轧辊稀油回收油箱，安装液位计、电机、油泵，实现液位自动控制。

（8）轧辊边部电磁感应加热装置。时间：2020 年 5 月。与设备厂商共同开发的国产第一台（套）完全拥有中铝瑞闽自主产权的“冷轧机轧辊边部电磁感应加热系统”。其间面临安装空间小、同步机构定位精度要求高、设备工况严苛等技术壁垒，过程异常艰辛。从 2017 年 4 月立项到 2020 年 5 月项目验收，历经整整 3 年，设备开发成功。

（9）运卷提升机改造。时间：2014 年 5 月。改造前提升机构与托盘存在定位偏差，发生卷材打翻。改造后解决。

（10）入口机械手、出口机械手、皮带助卷器比例阀改造。时间：2019 年 10 月。改造前采用普通换向阀，运行过程震动大导致设备故障率高。改造后具备速度自动调整功能，运行平稳无震动。

（11）出口机械手、入口机械手编码器改造。时间：2016 年 9 月。改造前机械手采用限位定位，定位精度差导致操作手经常手动进行干预。改造成编码器后定位精度高，可实现自动运行。

（12）质检平台加宽改造。时间：2022 年 5 月。改造前 2300 套筒卷材无法进入到检验平台检验，需要行车吊着卷材检验。改造后 2300 套筒卷材可直接在检验平台检验。

（13）入口偏导辊轴承座改造。时间：2022 年 5 月。改造前更换偏导辊困难，更换时间需要 16 小时。改造后更换时间缩短到 8 小时。

（14）出口吹扫改造。

（15）喷杆梁喷嘴拆卸工装。喷杆梁喷嘴拆卸困难，拆卸时如不小心还可能损坏喷嘴，自主设计一个拆卸工装，使用该工装拆卸方便且效率高。

（16）准备站撑头辊加压板机构，便于铲卷带头折弯定型。

林国泉提供的记录如下：

（1）主导新增 2 号中频炉的推料机构。叉车工将碎屑倒入料仓后通过新增的推料机构自动运送至皮带上，减少叉车和叉车工资源占用。原来叉车工叉着料斗将碎屑间歇性地倒入皮带，新增设备后仅需倒入料斗即可。蔡文在技术方案上创新地使用了双液压缸模式。改造速度快，从设计、制造，到安装、调试 1 个月完成。

（2）5 号熔保炉组安全环保提升改造。主要包含低氮改造、炉体扩容、增加铝液添加口等。项目实施后天然气气耗明显降低，整体安全性提升，预计年收益超过 150 万元。而且，相比以往常规大修，实施过程减少了 10 天停炉时间，在低投入的情况下，实现扩容改造，实现环保排放的提升。

（3）氩气增加流量计，精准控制氩气流量。

（4）5 号熔炼炉平顶炉盖改造。原穹形顶炉盖内衬由异形砖砌筑成型，在维修更换时成本较高且周期也较长，将穹形顶炉盖改造成平炉盖形式，内衬采用现场浇筑形式，可有效降低后期的维修成本和维修周期。

工作 15 年多，蔡文获有效授权专利 10 项，其中《冷轧机轧辊边部电磁感应加热装置及其工作方法》为发明专利；屡获“青年岗位能手”“月度明星党员”称号。他是公司重点培养的人才，本来要委以重任。在中铝瑞闽的厂区墙面，我看到贴有一张“关于科技人才技术职务任前公示的通知”，落款时间 2024 年 6 月 6 日；“科技人才技术职务聘任情况表”贴于旁边，主任工程师、主管工程师、区域工程师、支持工程师，共有 54 人。如果蔡文还活着，他该升为区域工程师了吧。

设备碰到故障，现场人员首先想到的就是求助蔡文。耳旁仿佛又响起这声音：“稍等一下，我马上就到……”这是蔡文跟同事说得最多的一句话。

六

蔡文和陈钦的家朴素、干净。两室一厅的房子，七十多平方米，要住包括父母、两个孩子在内的一家六口，显然很难。好在是顶楼，蔡文想办法搭了阁楼，装上空调和窗户，也算敞亮，暂作父母的房间。

在阁楼，蔡传福缄默地坐在桌前，这位当过兵、打过鱼的老人黑瘦的脸庞上透出一丝悲伤，谁能承受自己唯一的儿子在自己眼前遇难呢，他将所有的一切都埋藏在心里。薛珠莲在长椅上坐着，事情已经过去一年，这位慈祥又坚毅的母亲神情平静了很多，一大早还出去买了菜交给陈钦。

她说起他们在平潭的老家，那是一间石头房子，面积很小，挤进了一家五口。日子挺苦的，丈夫常年在外，先是在部队，后退伍转业，经常要出海。三个孩子跟着她，蔡文是最懂事的，从没有让她操心过，不在外面惹事，学习也好，对父母又贴心、孝顺。十几年前她织的两件毛线马甲，蔡文每年冬天都在穿，总是笑着说是母爱的温暖。

老两口这几年疾病缠身，蔡母腿脚关节不好，做过手术，蔡父退休后患帕金森病。父母每次看病取药、住院手术，蔡文都是忙前忙后，每周还记得为父母剪指甲。公司只有一小时午休，他不去食堂，每天回家陪父母吃饭。老人视力不好，有时阁楼厨房卫生做不干净，蔡文不会说什么，而是主动收拾干净……见儿子工作辛苦，母亲也会心疼，他也总安慰说，没关系，挺好的。

儿子的意外离去，对老两口是沉重的打击。一个这么好的孩子怎么会没有了呢，白发人送黑发人，还有比这更伤心的事情吗？

成家以后，蔡文对岳父母也如儿子般尽心。陈钦是家中老大，有个弟弟。父亲和弟弟都跑航运，常年不在家。很多次，他们的船半夜三更临时到马尾，蔡文开车等着送他们回家，几个小时后再送回船。

岳母郑秀平住在市区，一旦有事，也是蔡文赶过去。几年前一个深夜，岳母突发疾病，当时岳父和小舅子都在海上、陈钦在平潭，蔡文知道后迅速从马尾赶到她家，连夜带去医院。岳母住七楼，蔡文个子不高也瘦弱，却坚持背着下楼，看病回来再背上楼。临走前，他还把岳母家中没有清洗好的衣物都洗干净，把药分拣好，方便她按时吃，一直忙到凌晨4 点。一大早，他又赶回马尾的家中，送两个女儿上学。

小舅子的孩子平常由岳母帮带，小时候常发烧，蔡文下班就赶去帮忙。在小舅子眼里，蔡文就像哥哥一样，不仅会在困难时帮助他，还会语重心长地跟他谈心，嘱咐他经济条件好了，就不要继续跑船，要兼顾好家庭、孩子。

蔡文牺牲后，岳母痛哭，说“世界上找不到比他更好的女婿了”。而那一天，岳父还在黄海上，没有通信信号，直到第 3 天船进入长江流域后，才接通电话得知噩耗。他说：“当时感觉一把刀插在身上。我们长期在海上，家里的大小事务很多都是蔡文帮忙张罗，不像我们在海上，他们应该是最安全的家庭，没想到……”

为方便照顾家人，在马尾区委、区政府的关心下，陈钦已调到马尾教师进修学校附属小学，成为小学英语老师。昨天，她还可以将一切家事尽交丈夫；今天，这一切都落在她的肩上。她甚至连停下来悲伤的时间都没有，但她觉得整日忙碌挺好，没空去胡思乱想。

卧室里床头的婚纱照，陈钦的脸是圆圆的，和蔡文偎依在一起笑得甜蜜。看着身材单薄的陈钦，陈秋霞说这一年眼见她消瘦了二三十斤。

陈钦的坚强、理智出乎我的意料，说话平静、坦诚，对蔡文的回忆常常让她神情轻松。她说：“毕竟生活还得继续，我必须调整好。我是两个孩子最大的靠山，把自己照顾好，才能更好地照顾她们。”但是在某些时刻，她会忽然哽咽，眼泪不由自主流下来。

昨晚梦见他了，穿着她买的黑格子衬衫。蔡文平时穿工作服，外出喜欢穿衬衫。陈钦给他买过很多衬衫，粉的、蓝的、黑的、紫的……但其实他穿的频率很少，大多数衣服还很新。梦中的她是知道他已经不在了的，所以很惊奇地看着他，用手去抓他，居然能够抓得住。她能感受到他的身体，觉得他的手还是热的。他很安静地躺在那儿看着她，她就抱着小女儿看着他，两人没有说话。

此前，他还在陈钦的梦中出现过。场景是古代，她病了（那段时间，陈钦胃不舒服），他带她去看郎中，抓草药，还配了一条人参。他穿的是她以前买的蓝色羽绒服。梦中，她问到哪里去找他，他说柴火间。柴火间是蔡文生前换衣服上下班的地方，有时也在那里做手工。

在他们家，我的眼光每落到一处，陈钦就会说，“那是蔡文做的”。他做的鞋柜，他做的书柜，他做的桌子，他做的风扇支架，他修的马桶，他用别人不要的海上浮筒打磨成的脸盆……孩子的一切几乎都是他做的：孩子生下，他做婴儿床；孩子会站了，他做站椅；孩子会坐了，他又做小凳子；孩子会自己吃饭了，他做小餐椅；孩子上小学了，他做书桌椅。他还会做玩具，做竹蜻蜓、风车、秋千……有把椅子四只脚各加小块木头垫高，这是他给孩子做的扶步椅，原本四脚有轮子，孩子可以滑着走；孩子大了，他就将轮子取掉，椅子矮了，所以垫上了木块。

对蔡文而言，生活好像没有什么难事，水、电、木工都会，即便一时不会，也立刻研究学会。家里到处都是蔡文的气息，让人感到，一个男人对家庭浓烈的爱如此动人。

他喜欢做木工，是因为小时候有个邻居是木匠，耳濡目染，产生兴趣。后来邻居还送了一套工具给他。楼顶上有个水塔，弃置不用后，蔡文将那里改造成小工作室，凿个小门，牵一盏灯，坐在小凳上做木工活，一待就很长时间，那是属于他的小天地。我去看了，地方很小，要弯下腰才能进去。木材都不是买的，是他平时在路上捡的废木头。

他喜欢帮人。闽渔新村是老旧小区，左邻右舍的老人只要招呼一声，他就会去帮忙修水管、修电路、做木工……一次快过年了，有一家的床铺塌了，找不到人修，他二话不说去给床做了加固；楼下有个阿姨住柴火间，他帮搭遮阳棚……对邻居们来说，他就是“雷锋”。

在公司，他眼里也都是活，也节俭持“家”。主电室的椅子摇摇晃晃，班长要扔掉，他则利用工作空余修固椅子，让椅子的寿命延长；资料柜的挡板支撑力不足，他找来废旧铝片加固……

小时候过过苦日子，所以懂得珍惜每一分获得。一次见陈钦要将有点损坏的盆子扔了，蔡文突发感想，说："东西坏了，现在的人马上扔掉，以前的人会想着先修一下，可以再用。现在很多婚姻也是这样子，一遇到问题吵架就离婚。"

天台上摆放着蔡文亲手种的植物，有些是他学生时代种的，有些是他工作之后种的……但他从不养宠物。他对陈钦说，最多只能接受花草枯萎，但无法承受小动物的生命在他眼前逝去。

他其实是"怕死"的，怕任何有价值的东西消失。

七

所以，回到车间这条蔡文生前每天都能看到的标语，"在安全隐患风险面前要有'怕死'的精神"，再回到 2023 年 7 月 14 日，看到有两人深陷污水井，蔡文毫不犹豫地下井搭救，他"怕死"吗?

答案是，他"怕死"的，只是那时，他首先怕的是别人死。

正因为他是专业的工程师，受过训练，懂得井下每一秒的状况，所以完全知道死亡正在临近。那时蔡文内心定然是急迫的，虽然表面如一贯的沉静。第一次下井足以感受到环境恶劣危险，仍然第二次下井救人，因为知道留给下面的那个人时间不多了。陈钦说："因为他很清楚下面有多危险，下面的人有多危险，他没有时间，顾不上考虑自己的安危。"

蔡文是工科男，整天与机器打交道，但其实心思细腻，有柔软的一面，这从他喜欢写日记可以看出。

工作日志记得很详细，每年都有几本。我略翻了 2016 年的，看日期，每隔一两天就记。字迹工整、漂亮，甚至可说是秀气，但我完全看不懂：电机限进 4000、机碳刷损（更换弹簧）、中间辊轴承到资（德辉）、主电机碳刷损（更换弹簧）……都是技术术语。大致能知道的是他在记录工作设备的数据，工作计划进度，要处理的问题要点等。

而翻开他给孩子记的成长日志，令人忍俊不禁，又无法不动容。在孩子出生前一两天就开始记录，那时陈钦见红，送去医院……孩子出生后，记得更细了，每天的喝奶情况，每隔多长时间喝多少奶；孩子的排便情况，每隔多久一次，每次的颜色、形态；孩子长牙、学会翻身……

大女儿是2013年2月20日出生的。他在当日写，“因为20日比较激动，所以缺少记录”。

2月21日

上午8：00左右　大便一次

褐色，较稀

中午11：55　大便一次伴有小便

深黄色，较干

2月22日

凌晨2：00左右　大便一次伴有小便

淡黄色，较稀

凌晨3：00左右　大便一次

少量，黄色

上午9：00—9：30　7楼进行游泳

护士建议少穿一条裤子，怕宝宝太热，身上长红斑

返回9楼护士站，打卡介苗疫苗针

…………

2月25日

7：50　医生查房，宝宝的黄疸素超过12，医生建议照蓝光

8：20　宝宝送7楼游泳

8：40　宝宝进行足底抽血检查

11：10　喂中药（黄疸）

11：20　宝宝送入蓝光保温箱内

保温箱内的温度要保证在28℃～32℃

11：35　更换尿布（三次）

11：55　有黄色大便，二次多一次少，量较多

14：43　更换尿布，有少量大便

16：45　喂中药，喂好呕出不少，有可能降低药效

…………

孩子满月后，面临更多的突发状况，生病、不小心摔倒、胃口变差，孩子因不懂得危险，到处走、到处翻东西。蔡文这个新手爸爸既紧张，又为孩子的一点点进步欣喜，同时也越发体会到母亲的辛劳。他在日记里记录：

2013. 9. 10　星期二　晴

今天下午 4 点左右，还未下班，突然接到母亲电话，说琪琪有些发烧。马上回来用体温计测量，结果达到了 38. 9℃。先赶紧将退热贴贴住额头，结果近 1 小时后，仍 38. 8℃。后又去买了些退烧药，吃了后开始退烧，又生龙活虎了。

后来琪琪睡觉了，结果到晚上 10 点，琪琪又发烧了，再次给她贴了退烧贴，喂了退烧药。

由于怕钦担心，没有告诉她。希望琪琪明天能够好起来。

2013. 10. 14　星期一　阴

中午回家时，听母亲说，琪琪上午从餐椅中爬出来摔到了地板上，大哭了半天。这是琪琪第一次真正意义上的摔倒。

琪琪越来越大，越来越调皮，超级难带。如果没有父亲与母亲帮忙带的话，我们肯定是撑不住的。听母亲说，近些日子，琪琪晚上睡觉都会哭闹，也不晓得是什么原因引起的。

琪琪最近的胃口有些进步，可是肠胃还不是很好，这些天来都是一天两次大便，每次的量也不是很多，让人头疼。

只是希望琪琪能够健健康康地成长。

2013. 12. 15　星期日　雨

近来琪琪开始会走路了，虽然走得并不十分稳，但如果放开手的话能走十几步。当然，摔倒的机会也多了起来。

小家伙可能意识到自己会走了，所以近日来都不喜欢别人抱她，老是往地上蹿，抱都抱不住。可是一到地上的话就到处乱走，当然还要人护着。东西都没办法放了，特别是垃圾桶之类的，都要放远些。要不然的话就会到垃圾桶里到处翻，似乎刚会走路的小孩都很喜欢翻垃圾桶。

离琪琪的第一次生日越来越近了，希望她能健健康康地成长。

母亲辛苦了。

…………

他也有分身乏术，感觉疲倦的时候，母亲去照顾外婆了，平常照料孩子的任务就落到他与父亲身上，而他工作很忙，又要完成硕士论文，一向不轻言累的人都要发出感叹：

2014. 11. 5　星期三　阴

近来真心觉得累。外婆生病了，母亲需要回去照顾她，所以此时照顾琪琪的任务就落在我和父亲身上。从周一到周五白天父亲照看，晚上下班了我照看。这样的话，琪琪早饭和午饭就基本上没吃，因为父亲不怎么会哄她吃饭，大多数时间只能靠奶粉充饥，然后晚饭多吃些。

因为最近在忙写硕士论文的事，加上年底了，工作上也有好多事情，还要照看琪琪，晚上想要写论文，都要等琪琪睡下了才能写。所以近一个月来，很少能在晚上 12 点前睡觉，每天早上都感觉困困的。

…………

日记本里还记下孩子的“童言童语”，给孩子留下最美好的礼物。

蔡文在大家眼里，话不多，有时甚至是沉默的。现在回过头看，如果要说蔡文有什么特别的地方，我认为，他人生的底色就是认认真真，生活、工作，对人、对事，都是如此；他对所担负的每个角色，丈夫、父亲、儿子、女婿、员工等，都认真对待，勇于担责。

还有一个身份，他更时刻牢记在心，那就是共产党员。蔡文在公司的党员承诺牌上写着，“踏实做事，真诚待人”，他做到了；当群众面临危难，他挺身而出、见义勇为，入党誓词“随时准备为党和人民牺牲一切”，他做到了。

八

蔡文在一篇日记里写道："在某一天里，突然想起了一个人的死。想想如果一个人只为自己而活的话，那么死的话就少了许多意义了。"

这是他大学时候想起爷爷去世，然后外公、三叔也先后去世了，所引发的思考。他在日记中还说："如果一个人只是为自己而活的话，那么一个人的去留便容易些，但是人往往不是为自己而活着，所以无论何时何地都要想着爱你的人，做什么事都要顾及，更何况是死呢？顾及爱你的人是一件很累的事，也是一件很幸福的事。"

蔡文对家人深沉的爱的源头，可能就在这段话里。当时他认为的"活着的意义"是顾及爱你的人，不要轻易死去。可是，在写下这段话十几年后，所做的恰是背离当时所想，没有"顾及"爱他的妻子、孩子、父母……却为了两个陌生人，献出宝贵的生命。

他的思想显然发生变化了。不再仅仅止于对爱他之人的顾及，他活着的意义，有了更深的含义。

2003 年，蔡文大学一年级就申请加入中国共产党，在入党志愿书上写道："可能是耳濡目染了父亲对党的执着追求，也可能是这些耳熟能详的名字，江姐、刘胡兰、雷锋、焦裕禄、孔繁森等英雄人物，让我从小就树立了一定要加入中国共产党的远大志向。""人生的意义，在于奉献而不在于索取，加入中国共产党才能够实现我的人生观与价值观，那就是全心全意为人民服务，为实现共产主义而奋斗终身！"2006 年 12 月，作为学生的蔡文加入了中国共产党。

翻开他一份份的思想汇报，字迹非常工整，字里行间都坦诚地将自己的工作与思想情况向党组织做汇报。

调去参加 3 号冷轧机的安装调试，他在当时的思想汇报中写道："想想已经十个月了，今天在各方的努力下，完成了调试电源的送电，也就初步具备了调试的先决条件，让人好不兴奋。今天另一件让人兴奋的事是，与现场技术人员共同参加了机械部分设备的单动。能够参与其中，已经让人兴奋许多了。经过 200 多天的安装，终于能够动起来。这就像父母看到自己的孩子能够走路时的心情，虽然走得还不稳，但足够让人兴奋的。”

他当时还在跟踪世界先进的 2300 冷轧机安装，在思想汇报中他说：“虽然说要兼顾两台冷轧机，有时候会比较辛苦、比较累，但师傅和同事的鼓励与帮助让我克服了重重的困难，继续保持良好的初心，学习工作。苦过了、累过了，就学到了属于自己的东西。”

正如同事不是很了解蔡文的私下生活，陈钦也不是很了解丈夫上班的具体工作。只知道他很忙，手机 365 天从不关机。设备 24 小时不停，所以他没有固定的节假日、休息时间。只要公司需要，半夜电话进来，他都是随叫随到。

陈钦看到他回来，经常是很累的样子，脸色也差。蔡文的身体并不是很好，体检查出肾积水、肾囊肿，胃也不好。刚结婚时，有一次胃溃疡出血过多，在公司休克晕倒，还被送到医院抢救过。

在他家楼顶楼梯口的旮旯处，放了一个按摩椅。陈钦说，蔡文常常加班凌晨才回来，为了不影响家人睡觉，他就不进房间，在这个椅子上睡；他离开前是夏天，很热，一次上班回来，陈钦看他吃过晚饭直接就躺在椅上，疲惫地睡着了。下了班，他还要带孩子，一点休息的时间都没有。一次蔡文加班回来，陈钦看他都快虚脱了，非常心疼，于是开玩笑地说：“工作这么辛苦，干脆不干了，你回来我养你。”他笑了笑说，不工作会恐慌的。

“如果在梦里见到他，可以说话的话，你想说什么？”我问陈钦。陈钦沉默了一会儿，眼圈越来越红，眼泪忍不住掉下来。她说：“想告诉他，希望他不要再那么累了。如果真的有另外一个世界，我希望他不要那么辛苦，也不用为我们有太多的担忧。两个孩子也是我的全部，我会尽最大的努力把她们带好。”

蔡文大学时，在校园的一个小天台，听音乐，思考未来，那是属于他的小空间。那时的他对前途也会迷茫，在日记里说：“感觉没有人生的良好规划，也不知道自己的当初选择是否是对的”。但马上又自我鞭策，在另一篇题为《边走边想》的日记中，他写道：“你这是怎么了，从何时起，开朗乐观的你变得那么消极、压抑，不要说压力大，不要怪环境复杂，为什么不试试，做原来的自己呢，不是要你傻乎乎地相信天上会掉馅饼，你完全可以保留成人的冷静头脑，但是这并不排斥同时拥有一颗单纯明亮的童心，不是吗？明天请带好一把红色的雨伞。走进回忆去拜访童年的你，温习信任，温习梦想。”

在这篇日记的眉端，写着一句不知是摘抄的话，还是自己的感想：“心可以很硬，超过人世间已知的任何一款金属；心可以很软，如泣如诉，如绢如帛。”

他自己的心呢，软还是硬呢？

人都是会死的，但最让人难以接受的，恐怕是那种毫无准备地离去。生命里的所有事情好像还在等待着，以为仍会像往常一样继续，书页在等待着翻开，家人在等待着回来，朋友在等待着呼唤……对蔡文来说，等待他的更多了，机器在等待着修护，孩子在等待着接送，妻子在等待着拥抱，父母在等待着安慰……这个世界所有的微风、阳光，还有云朵，好像也在等待着，看他从云影树荫下走过。

可是，他们的等待都落了空。他的心是何其硬啊！但是谁都知道，他的心又何其软！所以无人忍心责备。

“蔡文同志的牺牲使我们失去了一位好党员、好员工、好朋友，要全力做好善后工作，不能让英雄既流血又流泪。”中铝瑞闽党委书记、董事长蔡峰表示。中铝瑞闽对英雄的家庭给予无微不至的关怀，让他们感受到“中铝蓝”大家庭的温暖。他们实行“点对点式”关心帮扶，制订新的“值班计划”，和蔡文的父母聊天、陪孩子玩，带钰琪参加夏令营。台风来临，来到家里检查电路安全，处理跳闸问题，还带来方便面等应急物资。陈秋霞办公室的座位与蔡文生前的相邻，她与陈钦经常联系，问问近况，有事没事就登门看望。她说：“蔡文的家人就是我们的家人，他的孩子就是我们的孩子，只要他们需要，我们必定随叫随到。”

中铝瑞闽为弘扬英雄精神，号召全体党员干部职工向蔡文同志学习。蔡文生前同事成立了“学雷锋学蔡文爱心服务队”，服务社会，用实际行动弘扬蔡文精神。

蔡文的事迹在社会上引起强烈反响。40 多年前，有第四军医大学学生张华跳进粪池救老人；今有中铝瑞闽工程师蔡文二下窨井，救起两名检修工人。他们感动了全国人民。蔡文被追认为“中央企业优秀共产党员”、“央企楷模”、“中国好人”、2023 年“感动福建”十大人物、福建省“见义勇为英雄”等。2024 年 4 月 19 日，福建省人民政府作出批复，蔡文同志被评为烈士。

陈钦有时也会去马尾望海潮的新房看看，原计划去年搬新家的，现在房子还空着。这是他们贷款买的商品房，2022 年交房，国庆节后动工装修。在牺牲前的近一年，蔡文每周末都忙着选材料、买材料。房间的格局也是他设计的，三间卧室的房子被隔成四间，爸妈可以不必住阁楼了；泥工做得不满意的地方，他自己动手砌水泥改，还给木工出设计图，有时弄到晚上 12 点才回来；牺牲的那天，接完女儿，原本还要过去做卫生。可以想象，他对这个新家倾注了多少的心血！因为这是第一次真正靠自己，拥有属于他们自己的家。终于，装修差不多做完，可以搬进去开始新的生活，他却不在了！

蔡文有什么个人爱好？在我采访的人里，几乎无人知晓，只有陈钦知道。原来，蔡文喜欢看《海贼王》。《海贼王》是一部非常热血的动漫，主人公路飞坚信自己会成为海贼王，每一次战斗都拼尽全力，无论遇到多大的困难和危险都不放弃。一位网友用诗这样描写路飞：

“你只是/单纯想要去一个地方/单纯地想要做一个自己喜欢的人/单纯地以为/自己不会在此之前死去。”

站在蔡文家阳台，抬眼扫过去，这里是他的家，前面是他的厂，左前方不远处是孩子的学校——

蔡文的现实世界很小，每天的轨迹就这么简单，但是，他的精神世界很大很大……

后　记

写完这篇文章，日历显示为 2024 年 7 月 14 日，也是很巧合，正是蔡文同志一周年忌日。可能是冥冥之中的纪念吧。

我一度怀疑通过听别人的叙述，探索去世之人的生平，走进他的生活、工作，到底能多大程度揭开一个人真实的内心？一颗真实的内心，了解是很难的。我也对翻开一个无防备离去之人的日记、笔记、相册，将他的抽屉打开，有着深深的抱歉感，因为不知道他愿不愿意让外人看到这些。当我将这个问题抛给蔡文的妻子陈钦老师，她豁然的神情让我有了信心。她说蔡文是个心思单纯、不会拐弯的人，她是了解他的，我们也能够了解他。

陈钦是一个好妻子、好女人，虽然在蔡文生前，家事大多由他做，但是我能感到他们夫妻间很默契，互相理解、体谅。丈夫疼爱妻子，妻子懂得丈夫的付出，享受他的好，这也是爱。当大厦倾覆，丈夫英年离去，她又能果敢地担负起一切，让人感叹不愧为英雄的妻子，一个让人尊敬的知识女性。

蔡文一生短暂，41 年的时光实在太过匆匆。但是从他的经历可看出，他没有虚度过哪怕一天，每天都安排得紧凑，为工作、为家庭、为梦想。他是安静的人，是内心丰富的人，是高尚的人。接受我采访的蔡文的亲人、同事，叙述真诚朴素，他们的克制冷静与突如其来的泪水，都让我的心跟着一酸。

我没有采访蔡文的两个女儿，虽然在与陈钦交谈的 3 个小时里，4 岁的恩琪总是绕膝在侧，听着我们谈论她的父亲，似懂非懂，又有些生气。

我知道她莫名的生气来自哪里，可能蔡文也知道，所以在高高的地方，他的微笑里有些许歉然。

生命禁区的健康守护者

——通用技术集团“世界屋脊”医疗服务队报告文学

◎文/通用技术集团党组宣传部

前　言

在素有“世界屋脊”之称的青藏高原地区，30余年来，通用技术集团环球医疗、通用医疗、国中康健、航天医科、宝石花医疗五家医疗平台所属医院上千名医疗队员，默默坚守在最高的施工现场、最险的无人区试验场、最难的医疗救治一线，累计巡诊里程500余万公里，接诊治疗患者50余万人次，给当地带来医疗卫生新技术新项目100余项，为青藏地区国家重大科技项目保障和当地民众健康筑起一道坚不可摧的防线。

作为积极服务健康中国战略的主力军、国内最大的央企医疗集团，通用技术集团始终把服务国家重大工程和服务民生健康作为重要的职责担当。集团所属医疗服务队先后承担了青藏管道、新甘石电力联网、川藏电力联网、阿里电力联网、电亮藏区等国家重大科技项目工程以及航空、航天等国家重要试验项目的医疗保障任务。医疗服务队还积极救助无人区过路官兵、司机、游客，为当地项目施工人员建立健康档案10万余份，开展健康宣教活动，惠及人数70万余人次，进行体格复查30万余人次，累计保障参建人员14万余人次，实现了“高原病零死亡、零伤残、鼠疫及重大疫源性疾病零传播”的“三零”目标，积累了丰富的急慢性高原病治疗资料，为高原施工人员急慢性病治疗方案的确立起到了关键作用，多项研究课题填补了行业空白。

在保障重大项目实施的同时，医疗服务队还在青藏地区开展医疗服务、医疗帮扶工作，足迹遍布西藏自治区拉萨市、林芝市、昌都市、阿里地区、双湖县以及四川省甘孜藏族自治州、阿坝藏族羌族自治州等地，填补当地医疗技术空白数十项。其中，累计派出“汽车流动医院”1800 多批次、医疗服务队员 70 余批次 260 余名。在具有“人类生理极限试验场”之称的世界海拔最高县——西藏双湖县，医疗服务队成功实施了中国海拔最高的急诊剖宫产手术和世界海拔最高的腹腔镜胆囊切除术。术后产妇一家为了表达感激之情，给孩子起了汉语名“霍党生”，以感谢共产党和主刀大夫霍医生及其团队，被央视、新华社等多家国家级主流媒体宣传报道。在汶川地震、玉树地震、泸定地震以及新冠疫情期间，医疗服务队逆行出征，坚持人民至上、生命至上，先后派出队员 12 批次参与抗震救灾、抗击疫情等支援工作，以实际行动践行着央企办医的责任与担当，诠释了“敬佑生命、救死扶伤、甘于奉献、大爱无疆”的奉献精神。

通用技术“世界屋脊”医疗服务队长期奋战在高寒缺氧、极其艰苦的青藏地区，书写了不平凡的事迹，集中体现了央企办医姓党为民、服务国家战略的初心使命，是通用技术集团医疗健康服务的一张亮丽名片。2024 年初被国务院国资委授予 2023 年度“央企楷模”称号。

第一章　“天脉工程”上的健康守护人

“一条条巨龙翻山越岭，为雪域高原送来安康。那是一条神奇的天路，把人间的温暖送到边疆……”韩红的一首《天路》，唱遍了祖国的大江南北，深情地诠释了修建青藏铁路给西藏各族儿女带来的幸福安康。巍峨的雪山、漫山的牦牛、触手可及的云朵……是人们心中西藏的模样。高寒、缺氧、环境恶劣，却是摆在眼前的困难。在美丽的西藏，世界的屋脊，有这样一群白衣天使，在“生命禁区”创造了生命奇迹。

“小通体检车”开进川藏线

青藏铁路连接四川省与西藏自治区，是主要的进藏通道，也被称为“世界最难建的铁路”。寒冷、低氧及强紫外线辐射，让高原铁路的建设者们面临严重的高原疾病威胁。为满足高原铁路建设者的健康保障需求，通用技术环球医疗中铁西安医院借助数字化手段精心打造了“小通体检车”，其在满足门诊常规检查检验及国家公共卫生体检所有项目的基础上，配置了医院信息系统（HIS）、实验室信息系统（LIS）、医学影像信息系统（PACS）、体检信息系统等，实现了体检车与互联网医院数据互通。这不仅让它成为一所功能全面的移动诊所，还赋予了它进行互联网诊疗及迅速响应医疗急救任务的能力，真正意义上实现了“流动医院”的服务功能。

自 2021 年 12 月第一次上川藏线至 2023 年年底，“小通体检车”入藏开展体检 7 次，服务职工 6200 余人次，开展职业病危害因素检测 2 次，举办健康讲座 5 次，为高原铁路建设者们送去了实实在在的职业健康关爱。

体检医生既面临高海拔和舟车劳顿带来的身体不适，又要如期完成职业病体检任务，一边吸氧一边工作成了常态。通用技术环球医疗中铁西安医院职业卫生科检测师、职业卫生党支部书记樊立军回忆起他和团队2023年在四川省甘孜藏族自治州巴塘县波戈溪乡项目部开展职业病检测时说：

“我们的高原反应严重，一直剧烈头疼、头晕，血压升到160/90mmHg，只能吃头疼粉缓解症状，一包不行，就吃两包。每天下午四五点结束当天体检工作后，还要进行化验、数据传输，全部工作结束往往就到了晚上八九点，有时为了完成血样化验，甚至要连续几个晚上加班到凌晨两三点。”

高原地区生活设施不完善，开展体检时可能遇到各种各样的困难，团队都逐一攻克。缺电？团队中的医生兼职“电工”，将车载接电设备拆开后接入项目部的配电箱，无法使用项目部配电箱时，就用备用汽油发电机发电，确保体检车正常运转。缺水？就用人工挑水的方式为水箱加水。由于地处高原，挑水走一个来回要休息3~4次。大家主动轮换着挑水，只为确保化验当天出结果。

2023年12月，天寒地冻，地处青藏高原地区的巴塘县更是寒气袭人。清晨六点半，队员们从海拔3500米的措拉镇赶往海拔4200米的项目部工地。车辆行驶至一段陡峭的坡路时，因路面冰雪导致轮胎打滑，被迫斜停在路中央，随时有下滑的危险。队员们顶着凛冽刺骨的风雪，克服高原反应带来的身体不适，和司机师傅一起用铁锹一锹一锹从公路边铲砂土铺撒在车轮下……在大家的共同努力下，车拖着断了环的防滑链终于启动了，咣当咣当、歪歪扭扭小心前行，用了近两小时才赶到工地。

“在援藏过程中，像这样的突发情况，队员们每年都遇到过不少。”

樊立军说：“将优质医疗资源送到铁路建设工程现场是我们的承诺。”

构筑工程项目健康“防护网”

自2019年11月地处青藏高原的某高原管道工程开工建设以来，通用技术宝石花医疗河北中石油中心医院高原管道医疗保障项目团队30余名队员，便将全力以赴守护高原工程建设者的生命健康作为自己的使命，在整个工程沿线同期设立13个营地医务室，以常人难以想象的付出，抗低氧、斗高寒，多年如一日地坚守在青藏高原的生死线上，成为“天脉工程”上的“守护天使”。

一名医疗保障队队员在他的笔记本上写有这样一段话：“如果人生是一段漫长的旅程，健康的骏马驮着你远行。如果人生是一首奋进的歌曲，健康便是那贯穿始终的旋律。”

通用技术宝石花医疗河北中石油中心医院胸痛中心党支部书记、急诊科主任、高原管道医疗保障项目主任修明文说：“高原施工一直是人类工程建设史上的难题，此项高原建设工程建设里程之长、参与员工之多，在工程建设史上更是首屈一指，国内外可借鉴的医疗保障经验不多。如何保证施工人员在完成工程建设任务的同时依旧能保有健康的体魄，是高原医疗保障任务的重中之重，也是一项亟待研究的重大课题。”

从2009年起，修明文就经常赴世界海拔最高县——西藏自治区那曲市双湖县开展医疗帮扶工作，有着丰富的藏区医疗保障经验。

为摸清全线参建人员的健康情况，达到早发现早预防、精准治疗的目的，工程开工前期，修明文就带领医疗保障队无数次奔波在海拔四五千米的各个项目施工点之间，充分了解施工现场的人文、水源、卫生等各方面情况，制定出严密、科学的医疗保障方案，为保障参建员工身体健康奠定了坚实基础，构筑起一张张生命“防护网”。修明文和他的医疗保障队被工程参建人员亲切地称呼为“高原上的生命守护者”。

2019年11月，青藏高原上已是寒风刺骨。一辆医疗车正行驶在5000多米高的雪山上，顶着零下20摄氏度的严寒，迎着漫天飞雪驶向远方……

医疗保障队在风沙扑面的沱沱河沿岸某施工点位巡诊时，突然发现一名参建人员出现了恶心呕吐等症状，疑似高原反应。队员们立即将这名员工送至驻地吸氧。经过一段时间的恢复，该员工心率降下来了，血氧饱和度上去了。然而，在血氧达到90%以上后，该员工仍觉得憋气难耐，并伴有烦躁表现。这一反常现象让修明文警觉起来，凭借着丰富的医疗经验，他立即判断患者可能是高原反应同时又合并了其他疾病。随即，医疗保障队迅速为该员工检测了血糖，结果显示血糖只有1.8mmol/L（空腹血糖正常值为4.4～6.1mmol/L）。显然，患者是由于高原反应导致恶心呕吐，进食少，出现了严重的低血糖症状。

“必须立即进行干预，否则患者随时可能会有生命危险。”修明文暗自思忖道。

他让队员迅速为此名员工补充了糖分，同时安排医疗保障队转运车连夜将该员工转送至低海拔地区。崎岖的山路异常难行，从凌晨 1 点开始转送，直至清晨 6 点才将该员工安全护送到海拔 2500 米的相对低海拔驻地，在患病员工状况进一步好转后，又将其转送到格尔木医院进行住院治疗。看到患病员工安全无恙后，一夜未眠的修明文终于松了一口气。

源自专业的坚持

2020 年 9 月，正在拉萨的修明文接到工程项目部电话，一名参建人员要从低海拔地区到项目地来，然而，当到达格尔木时，该名员工就已经出现了轻微高原反应。得到这一消息后，修明文立即带领医疗保障队做好了随时应急救援的准备。该员工抵达拉萨，一下飞机，医疗保障队就给予了密切跟踪监护，发现该员工血氧饱和度很低，必须立即进入微压氧舱治疗。然而，该员工表示自己身体无明显不适症状，想完成相关工作后再进行治疗。

“在高原地区潜伏着很多‘沉默的杀手’，虽然你的精神状态目前看着还好，但你的血氧饱和度一直在下降，这一秒看着好好的，下一秒可能就会出现危险！”经验丰富的医疗保障队队员认为不能只听患者描述，一直耐心地对该员工进行劝导，让其先接受治疗。

在医疗保障队的一再坚持下，该员工最终同意从机场直接去最近的医务室微压氧舱进行治疗，一个小时治疗结束后，该名员工状况有所好转，回到宾馆休息。

经过一夜吸氧，第二天清晨，该员工血氧饱和度仍不到 80%。修明文得知后判断，该员工虽然自身无明显不适症状，但实际状况已经非常不好，如果继续留在拉萨，随时会有生命危险，必须立刻回到低海拔地区。在修明文的强烈建议下，该员工十分“不情愿”地一边吸着氧气一边赶赴机场。就在过机场安检时，该员工突然出现视物不清症状，经过持续吸氧后有所缓解，登机后又出现一过性晕厥（即短暂意识丧失），医疗保障队紧急对其进行了救治。直到20分钟后飞机起飞，舱内升压，患病员工症状才逐渐好转。到达成都后，该员工经过治疗休养逐渐康复。

修明文说：“高原上的情况瞬息万变，患者症状也各不相同，我们会做好充足准备，不放过任何蛛丝马迹，保障广大参建员工的生命安全。”

各营地医务室联动救助过路游客

2021年7月13日下午4点，一名年轻旅客出现上吐下泻、头晕等症状，伴随大便暗血较多，被紧急送至路途最近的高原管道工程营地医务室。经医务人员初步诊断，其为消化道出血。当时患者已因失血过多导致意识模糊，血压不易测出。营地医生立即向上级汇报，启动危重症应急预案，对患者开展抢救，准备下送工作。

下送沿线各营地医务室医生得到通知后，均迅速启动应急预案，紧密联系、互相配合，做好随时联动接力救助准备。

下午5点30分左右，当医疗保障转运车到达营地时，患者已出现休克症状，呼之不应，桡动脉搏动消失，口唇发绀，四肢冰冷，情况十分紧急。经过一系列抗休克治疗后，患者逐渐恢复意识。条件具备后，营地医生紧急对其进行转运，经过沿线营地接力协作，晚上8点30分左右，患者被送至格尔木市人民医院急诊科，经过治疗后脱离了生命危险。患者康复后，还特意回到营地送来锦旗和感谢信表达谢意。

5年来，高原管道医疗保障项目团队在高原管道工程全线医务室共接诊患者25393例，其中，救治中重度高反人员1731例，危急重症患者56例，患者经过及时救治均实现好转并被安全下送，创下了全线零死亡病例的纪录；医疗保障队在各营地医务室和无人区累计义务救助过路游客、司机、驻地官兵等共计17人，其中包括中重度高反13例，交通事故2例，心搏骤停2例。医疗保障队在5个海拔超4000米营地医务室配备微压氧舱，累计服务267人次。各营地医务室对筛查出的177名高原二尖瓣、三尖瓣反流人员进行了跟踪研究，撰写论文《青藏高原野外施工人员心脏结构和功能的变化》被《中国工业医学杂志》录用发表，形成关于高原健康管理课题2项，其中1项入选中国企业联合会、中国企业家协会2021全国健康企业建设特色案例并得到推广。同时，医疗保障队也积累了丰富的急慢性高原病治疗一手资料，为高原急慢性病治疗及后续跟踪治疗方案的确定起到了关键作用，在世界管道建设史上开了全线随队医疗的先河。

第二章　用生命之光守护国家联网工程

作为通用技术集团“世界屋脊”医疗服务队的一分子，通用技术国中康健四川电力医院高原医疗保障队自2011年以来，先后派出550余名医务人员参与高原医疗保障工作。他们用足迹丈量藏区，巡诊里程达321万余公里，为藏中电力联网、新甘石电力联网、川藏电力联网、阿里电力联网、电亮藏区等十余个高原电网工程建设提供医疗保障，共保障参建人员11万余人次，建立施工人员健康档案10万余份，开展健康宣教活动，惠及人数70万余人次、进行体格复查覆盖30万余人次，接诊治疗患者38.9万余人次（其中，救治急性高原反应患者3.4万余人次，高原肺水肿患者161人，高原脑水肿患者16人），确保了“高原病零死亡、零伤残、鼠疫及重大疫源性疾病零传播”医疗保障“三零”目标的实现。

通用技术国中康健四川电力医院高原医疗保障队每年为驻地藏区居民提供健康巡诊，突发情况下提供紧急医疗援助，服务对象达上万人次，足迹遍布上百个县、乡，为支持高原电网建设、促进边疆地区社会经济发展作出了重要贡献。

“生命屏障”全构建

藏中电力联网工程，即西藏藏中和昌都电力联网工程、川藏铁路拉萨至林芝段供电工程，于2017年4月开工建设。工程全线处于西藏中东部横断山脉和念青唐古拉山区，跨越澜沧江、怒江、雅鲁藏布江，翻越拉乌山、东达山、业拉山、色季拉山等垭口，沿线平均海拔4000米、最高塔位海拔5295

米，堪称高原“电力天路”，是世界海拔最高、海拔跨度最大、自然条件最复杂的输变电工程，也是继青藏电力联网、川藏电力联网工程之后，又一项突破生命禁区、挑战生存极限的超高海拔、超大高差输变电工程。

为了确保参建人员的身体健康、生命安全，在这条长达2300余公里的高原“电力天路”上，通用技术国中康健四川电力医院承担了全线5万余名参建人员的医疗保障任务。他们全身心地投入高原电网工程建设医疗保障工作之中，先后成功挽救了52名高原肺水肿、脑水肿患者的生命，在生命禁区用阶段性医疗保障“三零”目标的实现，镌刻出“生命至上”的无字丰碑。

藏中电力联网工程多在山区地形，气候干燥、高寒缺氧、紫外线辐射强，为鼠疫自然疫源地，对广大参建者的身体健康、生命安全和劳动能力构成了严重的威胁。据资料记载，在这种恶劣的环境中施工，急性高原反应发病率为83.5%，高原肺水肿发病率为15%，高原脑水肿发病率为1.8%，肺水肿、脑水肿死亡率极高。严酷的现实对医疗保障提出了更高的标准和要求。

兵马未动，医疗保障先行。为了确保医疗保障全覆盖，在工程建设之初，医院先后派出4批次医疗考察小组深入工程建设规划线路，对医疗站的布点进行考察，研究制定了“藏中联网工程医疗保障方案”。根据“功能完备、职能明确、责任到位”的医疗保障要求，按照每50公里或两小时到达为基本原则，在工程建设沿线自建一、二级医疗站32个，并与当地医疗机构签订5个三级医疗站保障协议，开辟医疗保障“绿色通道”，逐步形成了一级医疗站是前哨、二级医疗站是桥梁、三级医疗站是后盾的三级医疗保障体系，严密守护着参建人员的身体健康、生命安全。

着眼工程建设医疗保障需要，医院在全线配置医务人员161名，氧气瓶5200瓶，救护车30辆，并分别在四川省巴塘县，西藏自治区拉萨、林芝、昌都等地建立起4个习服基地（注释：高原习服基地是一个专门为适应高原环境而设立的设施，它主要致力于帮助人们逐步提升对高原环境的适应能力，预防和减少高原病的发生），覆盖工程建设者进驻现场的各条线路。各级医疗站按照“不体检、不习服，不允许上线”的原则，对参建人员上线前的体检报告进行严格地审核和分析，对因身体条件不符合高原施工的1516名人员及时进行劝退，严把参建人员上线前的第一道健康关。

为确保参建人员“上得去，站得稳，干得好，下得来”，医院针对不同的施工阶段、施工环境、施工对象、施工风险点，在全面开展高原病防治、医疗急救等业务培训的基础上，抓“网络化”培训、“集团化”培训、“单兵式”培训（“网络化”培训：指医院在工程建设全线建立“医疗保障管理群”，充分利用“互联网 +”手段，将授课内容发至管理群进行业务知识学习。“集团化”培训：指医院在高原工程医疗保障工作开展之前，组织全体医护人员由高原病防治专家集中进行业务知识培训。“单兵式”培训：指医院充分利用各级医疗站转送患者到现场保障医院所在地的地方医院救治等机会，对医护人员进行“一对一”培训），练硬功，构建了横向到边、纵向到底的医疗业务培训机制。

高原电网员工的“生命之舟”

“你们这个高压氧舱真的是太神奇、太管用了，确确实实具有起死回生的效果，不愧是高原电网建设者的‘生命之舟’！”

2017 年 5 月 28 日晚上 8 点 30 分左右，在藏中联网工程登巴村二级医疗站接受高压氧治疗的一名高原脑水肿患者走出高压氧舱后，连连向医务人员竖起了赞叹的大拇指，对高压氧舱治疗脑水肿的神奇效果大加赞赏。

该患者于 5 月 11 日上线参加藏中联网工程建设，5 月 28 日下午 4 点 40 分许，在位于海拔 5295 米的东达山施工时突然晕倒，生命垂危。

当载着患者的救护车于 5 点 30 分许到达登巴村二级医疗站高压氧舱基地后，该患者一直处于昏迷状态，无法回答问题，吸氧状态下测得血氧饱和度 79%，血压 126/88mmHg，心率 80 次/分，双侧瞳孔等大等圆，初步诊断为高原脑水肿。在经过一系列生命体征检查后，按照医疗应急保障预案，医生立即对患者进行高压氧治疗。在经过加压、吸氧、稳压、休息、吸氧、减压等 3 个小时的治疗后，患者逐渐苏醒，可正确回答问题，自述无不适，并能在医护人员指导下在氧舱内自行走动，专业高效的治疗再次挽救了一名生命垂危的高原脑水肿患者。

为了及时救治高原肺水肿、脑水肿患者，在藏中联网工程建设指挥部的指导下，医院在工程建设沿线建立了4台固定式高压氧舱、4台0.15MP便携式加压舱、2套富氧系统，先后成功救治了48名高原肺水肿患者，4名高原脑水肿患者，创造了高原电网建设医疗保障的奇迹。

2018年11月23日，藏中电力联网工程正式竣工。在长达一年半的工程医疗保障工作中，通用技术国中康健四川电力医院各级医疗站对参建人员进行健康宣教425617人次，体格复查116453人次，巡诊施工点位35915次，巡诊医疗保障569936人次，接诊治疗患者161156人次，成功救治高原肺水肿患者48人，高原脑水肿患者4人，是工程建设圆满竣工的安全“压舱石”，成就了高原医疗保障的“三零”奇迹。

风雨兼程与死神赛跑

2021年7月13日凌晨3点30分，海拔4326米的邦达草原上狂风呼啸、雷电交加，通用技术国中康健四川电力医院阿里电力联网工程益庆一级医疗站站长陈伟突然被一阵急促的电话铃声叫醒。

电话那头传来焦急的声音：“陈医生，快！张丰（化名）喘不上气了！”

陈伟立刻想起来，张丰是一名22岁的业主项目部管理人员，2天前才从成都返回项目部。电话里问询基本情况后，陈伟迅速组织医疗站人员赶往患者所在项目部。

到达项目部后，医护人员见患者面露惊恐、大汗淋漓、端坐呼吸、咳嗽无力，迅速分工进行心肺听诊、测指脉氧、测血压，给予高流量吸氧。查体发现，患者双下肺闻及湿啰音、指脉氧57%、血压132/80mmHg，吸氧后指脉氧升高不明显，当即考虑为急性高原肺水肿。医护人员立即对张丰进行现场急救，并将其紧急转往三级医疗站进一步诊治。

救护车在湿滑、蜿蜒的浪拉山路上前行，鸣笛声在空寂的大山里回响，驾驶员随时关注前方路况，躲避可能出现的落石。一路上，医护人员始终保持精神高度集中，时刻监测患者生命体征，观察病情变化，检查输液管路是否通畅，检查固定患者的担架是否松动。同时，还要努力克服汽车经过无数个回头弯时造成的眩晕。经过两个多小时的路程，救护车终于到达三级医疗站。陈伟向急诊科值班医生说明患者病情及治疗经过，并协助进行辅助检查。因患者病情较重，医生建议用药后进行高压氧治疗。由于对高压氧治疗不了解，担心会存在巨大的风险，患者不愿意进行治疗。经陪送医务人员耐心解释和心理疏导，患者最终消除恐惧，并于当日下午进行了高压氧治疗。第二天探望时，张丰已经能进食、行走、正常交流，精神状态明显好转。

提起这段经历，张丰十分后怕："发病当天极其难受，我感觉自己已经在死亡的边缘。幸好有医疗站的及时救治转运，还有医生不厌其烦地向我介绍高压氧的利弊，让我消除疑虑后接受了治疗，这才能够迅速恢复。以后我要好好生活，谢谢咱们的医疗保障人员！"

走出生命保障的希望之路

"你好，你是四川电力送变电施工5队医疗对接人黄文华吗？我是通用技术国中康健四川电力医院川藏电力联网工程巴塘二级医疗站站长徐崇，我们明天准备到45、46、47号塔基巡诊，请问山上氧气瓶和其他常备药品是否充足？"忙完一天的医疗保障工作后，徐崇又立即投入第二天的巡诊准备工作中。

第二天一早，经过近30分钟的车程，徐崇一行乘坐的健康"大篷车"来到位于海拔3850米的45、46、47号塔基山脚下。因路不通车，"大篷车"只能就近停放在一个山坳处。徐崇带领医疗小分队，手提装满药品的巡诊药箱，带上必备的医疗设备，开始徒步登山，踏上了艰难的巡诊之路。从山脚向山顶望去，一条隐匿在荆棘丛中的羊肠小道时隐时现，呈45度角向山顶延伸而去。一路上，小分队时而弯腰，时而侧身前行，稍不注意，不是被小路两边的荆棘划伤了脸，就是被脚下的乱石绊倒在地。望着左侧悬崖峭壁下滚滚而去的金沙江水，走在队伍前面的徐崇不时地回头提醒后面的队员要注意安全。当行进至三分之二的路程时，道路被雨水冲刷出一条深达3米、宽约1米的深沟，犹如拦路虎一样挡住了小分队的去路。望着脚下的深沟，队员们没有胆怯，经过互相帮助都有惊无险地跳了过去。

一路上，小分队经过5次小憩休整，用时近2小时，才走完4.5公里的山路，来到第一个巡诊目的地——45号塔基。在塔基施工的参建员工一见到医疗巡诊小分队，就像见到久别重逢的亲人一样，停下手中的工作，一拥而上，立即将小分队手中的药箱接了过去，并簇拥着他们来到一块较为平坦的地方席地而坐，还为他们送上开水解渴。

“上次给你们带来的高原保健药品都吃了没有?”“每次的工作时间不能过长，要注意休息，防止发生高原反应……”

经过简单询问和提醒后，小分队便开始了此行的巡诊工作，为参建人员量血压、测心率，检查氧气瓶的氧气量、补充常备的医疗药品，并结合现场情况进行冬季防冻伤、防雪盲等医学常识宣教。

当巡诊完45、46号塔基的参建员工后，时间已经来到中午，巡诊小分队谢绝了午饭邀请，收拾好巡诊药箱，拿出随身携带的干粮边吃边向47号塔基方向走去。

在青藏地区电网工程中，这只是众多医疗保障团队巡诊的一个缩影。

“悬崖峭壁本无路，巡诊小分队走的次数多了，便走出了一条为川藏联网工程参建人员提供生命保障的希望之路”，通用技术国中康健四川电力医院川藏电力联网工程巴塘二级医疗站站长徐崇说。

高原山顶的“生命果”

2017年8月26日上午，藏中联网工程嘎托一级医疗站站长毛建强接到了来自青海送变电项目部施工队长的紧急电话：“毛医生，我们施工队有7人患了重感冒，请你们立即来看一看!”毛建强放下电话，立即背上出诊药箱，乘坐救护车前往距离芒康县城35公里处的宗拉山施工现场。

当风驰电掣的救护车来到施工现场的山脚下，他突然被眼前的一幕震撼得愣住了。原本供车辆通行的桥梁被连日来的洪水冲成了危桥，行人只能从危桥旁边临时搭建起来的一条长约8米、宽约0.2米的便桥通过。望着脚下湍急的河水，毛建强心里打怵，如果一脚踩偏、身子一斜，就会掉下去，但想到7名工友需要急救，他毫不犹豫地跨上了晃晃悠悠的“天桥”，小心翼翼地向河对岸走去。

低海拔地区只需10分钟的行程，毛建强却手脚并用，花了一个小时才气喘吁吁地来到海拔4200余米的施工现场，容不得休息，就抓紧投入治疗。

施工队长焦急地说："昨天正在塔上作业，突降暴雨，气温一下降了十几度，接着又是太阳暴晒，一冷一热，恐怕还有好多人要感冒。"

"虽然出现感冒极易导致急性高原脑水肿、肺水肿，但是得到及时有效的治疗一般不会发生，大家不用担心。"毛建强边解释边为7名患者进行诊断和治疗。

一番治疗过后，他又攀爬到山顶，为在那里施工的人员进行测血压、量血氧饱和度等检查，并细致察看他们配备的氧气瓶压力，讲解高原病的预防知识。

临走时，一位藏族工友急忙追了上来。从他的内衣口袋里掏出一个皱巴巴的苹果，硬塞到毛建强的手里。在这严重缺氧的高原山顶，苹果被誉为是补氧"生命果"。面对这份"厚礼"，毛建强认为自己无论如何都不能收，双方僵持了半天。最后，两个男人都感动落泪了。这是生命、健康的礼赠和回馈！

毛建强一心一意救助工友的场景，只是医疗服务队日常工作的一个缩影。十多年来，在阿里电力联网工程的高原天路上，催人泪下的故事俯拾皆是。工程建设方的感谢无法细数，那一面面锦旗、一摞摞感谢信，就是对"世界屋脊"医疗服务队的褒奖。

托举沿线群众"生"的希望

阿里联网工程沿线多为极高海拔地区，人烟稀少，有的经过无人区，沿途县、乡、镇医院医务人员紧缺、医疗资源匮乏。通用技术国中康健四川电力医院医疗保障服务队所驻医疗站时常会接到驻地藏区居民的医疗救治紧急求助。

2019年8月22日10时25分，通用技术国中康健四川电力医院帕羊一级医疗站站长唐春英正在值班，忽见一辆警车飞驰而来。

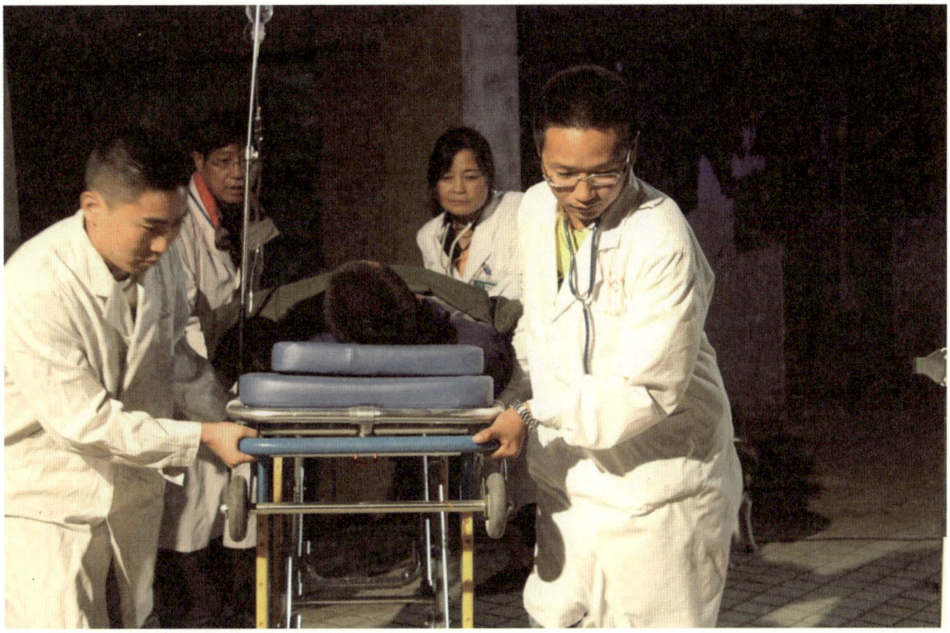

一名交警跳下车后连声呼喊："请问有医生吗？"

唐春英立即放下手中的工作冲了出去。原来在离医疗站不远处，一辆摩托车与小汽车碰撞，摩托车驾驶员受伤昏迷不醒。根据情况来看，帕羊镇卫生院无法治疗，需将伤员转送到70公里外的日喀则市仲巴县人民医院。

时间就是生命！

唐春英边指挥医务人员做好应急救援各项准备，边向上级医疗管理机构报告情况。7分钟后，帕羊医疗站医务人员赶到车祸现场，立即对受伤人员开展转送前的检查处理。此时，伤员意识不清、呼之不应，情况十分紧急。医务人员立即为伤员建立了静脉通路，压迫止血，将人抬上救护车便往县人民医院疾驶。

11时30分许，救护车到达日喀则市仲巴县人民医院。由于伤员病情严重，该医院也不具备治疗条件，需再次将伤员转运至160公里外的萨嘎县人民医院，救护车随即出发。途中，唐春英全神贯注护理伤者，14时20分许，经过一路奔波，医务人员将伤员送达萨嘎县人民医院，伤员得到及时救治。而他们数个小时滴水未进，早已饥肠辘辘。

"您是我的救命恩人呐!"

伤者康复后来到帕羊一级医疗站，弯下腰双手合十对唐春英说。

这不是工程沿线各级医疗站第一次紧急救助伤员。据不完全统计，阿里联网工程沿线各医疗站点紧急救助群众伤员累计达19人。

"我们经常遇到藏区居民操着不熟练的汉语找我们看病。"通用技术国中康健四川电力医院阿里联网工程医疗保障现场医院院长邓天富说。

在缺乏医疗条件的区域，遇到医疗求助的藏区居民，医务人员均立即给予仔细问诊、治疗，力所能及地解除他们的病痛。专业和优质的服务得到了居民们的认可。

"我们在藏区进行医疗保障十多年，每年会在驻地开展健康巡诊和志愿服务，足迹遍及上百个县、乡、镇，也得到过藏区居民很多帮助。希望我们在未来能提供更便捷的医疗服务，守护更多人的健康。"邓天富说。

开展高原医疗保障工作的十余年来，通用技术国中康健四川电力医院医疗服务队的队员们高燃生命的火炬，让雪域闪耀着"不同民族一家亲"的光芒。先后被西藏自治区总工会评为"最美项目部流动红旗"单位、"阿里与藏中电力联网工程建设立功竞赛活动优秀集体"，先后3次被上级单位授予高原电力联网工程"先进集体"荣誉称号。

员工需求是我们义不容辞的责任

2017年8月，通用技术国中康健北京电力医院集结了一支由7名医学专家组成的健康医疗援藏帮扶队，由时任医院党委书记辛利平、副院长倪冬梅带队，为驻扎高原的一线员工提供高原病、疑难杂症诊治及健康管理服务。

8月9日，通用技术国中康健北京电力医院健康医疗援藏帮扶队在海拔3300米的林芝巴河发电公司老虎嘴水电站进行义诊，参与义诊的青年员工小相提出，其妻子于2017年年初生产，由于长期与丈夫、孩子分居，导致情绪非常低落，已经影响了正常的生活和工作。由于妻子相距太远无法到场咨询，小相从20公里外的雪卡发电站特意赶来，让妻子和义诊团队中的专家闫焱通了电话。

通话结束，闫焱确认患者情绪初步稳定后，给小相留下了医院的电话和网络咨询方式，以便及时对这位患者进行随访和反馈。

闫焱在会诊时提及："产后抑郁如果不进行及时心理干预的话，会发展成严重的抑郁症，甚至会有轻生的倾向。小相和他的家属连续 8 个月被这种心理阴霾笼罩着，一定过得非常煎熬。"

青年员工的心理健康教育缺失，是此次援藏帮扶活动中，医疗专家发现的最大问题。以巴河发电公司为例，这里驻守着 21 位平均年龄 28 岁的青年员工，由于部分员工是初次进入高海拔地区，失眠成为最常见的高原反应病症。部分运维检修作业人员因为工作特性需要值夜班，精神长期处于紧张或者亢奋状态，加上所处环境较为闭塞，社会交际不广泛，许多青年员工出现了烦躁、易怒等心理健康问题。

在义诊现场，医疗专家的讲授吸引了越来越多的青年员工参与进来，最终一对一的心理咨询变成了一场心理健康讲堂。平常不善言谈的员工，也纷纷敞开心扉，向在场专家吐露自己最真实的内心感受，让这些朝夕相处的工作伙伴之间有了更深入的了解。

义诊结束后，医疗专家迅速与工程负责部门取得了联系，共同为解决青年员工的心理健康问题提供畅通的渠道。医疗专家提出，不仅要治疗一线员工身体上的疾病，更要对他们的心理问题进行提前干预，帮助所有员工以积极向上的精神风貌对待工作和生活。

健康保障也是基础建设的一部分

孟丽娟已经从事国网西藏电力服务保障工作 11 年了，在此之前，孟丽娟一直生活在山东平原地区。从来没有出现过明显高原反应的她，2017 年 4 月突然晕倒在了拉萨街头。经过检查，孟丽娟血红蛋白数值偏高，这与长期的高原生活环境密切相关。

孟丽娟的情况并不是唯一。大部分来自低海拔地区的"70 后""80 后"，已经在工作岗位上奋斗了十余年，以为自己已经完全适应了高原的生活环境，从来不会特意关注自己的身体变化。甚至有的员工发现自己在高原上血压偏高，却从来没有服用过任何降压类药物。

“BMI 指数、每餐荤素的搭配、二手烟的危害、防晒方法，这些知识都太实用了！”

通用技术国中康健北京电力医院医学专家的健康讲座结束后，国网西藏电力有限公司的次仁罗布不断向在场的专家表示感谢。

“你们这次来，不仅是给我们义诊看病，更是给我们带来了健康的新理念，太感谢了！”

2017 年 8 月 11 日上午举办了一场面向国网西藏电力各单位的远程健康讲座。讲座通过电视电话会议系统直播，113 名员工在主会场拉萨供电公司接受健康知识教育，国网西藏电力所属 7 个地市、22 家单位的 615 名员工实时收看了讲座。

“这种系统了解健康常识的机会对我们来说太珍贵了，而且讲的还都是身边的例子，给我触动很大。”

在距离主会场 104 公里外，羊湖水电站的副总经理格桑多吉全程观看了整场讲座。

此次援藏帮扶活动结束后，国网西藏电力不仅与通用技术国中康健北京电力医院建立了健康咨询的绿色通道，还在员工的健康体检、大病诊治等方面开展了深入的合作。

“最近的医疗站也要坐车 5 分钟才能赶过去，有大病的话就得去 90 公里以外的八一人民医院和 115 医院。”

巴河发电公司老虎嘴水电站站长郭琳琳在义诊现场告诉医疗专家。

水电站常备着感冒药、腹泻药等基本药品，但是包扎、心肺复苏这些应急操作，站上根本没法做到，所以她想请专家来做一场这方面的培训。

听到站上的需求，医疗专家决定在义诊全部结束后，向所有在场员工进行心肺复苏的专业指导和培训。

站上的员工听说后，立即找来瑜伽垫铺到了会场中间，没有专业的模拟假人，现场的青年员工直接躺下模拟患者。医疗专家模拟了野外作业触电昏迷、厂内突发心脏疾病等情景，考验在场青年员工的急救常识掌握情况。工作了 4 年的小伙子刘文涛自告奋勇向在场专家演示了自己以前学到的心肺复苏方法。最后，通用技术国中康健北京电力医院呼吸内科专家、现保健科主任郑建红和其他专家一起为青年员工讲解了心肺复苏术，以及关于鼻腔出血、外伤、烫伤、电烧伤等工作和生活中常见身体损伤的紧急处置方法。

在海拔 2900 米到 5100 米之间穿梭，通用技术国中康健北京电力医院健康医疗援藏帮扶队克服失眠、头晕等生理不适，在寒冷的天气里，冒着大雨，为驻守在雪域高原的电网员工号诊把脉。一线员工用辛勤与汗水点亮着雪域高原的光明，通用技术国中康健北京电力医院用优质的医疗资源守护着这份光亮。

第三章　保障试验队伍安心“试剑”

青藏高原是世界海拔最高地区，拥有独特的地理和气象条件，航天领域多个项目的试验场位于这里，多项技术在这里定型，从这里“走出”的科技装备服务于多个领域，不胜枚举。在这里，科研、技术、后勤等工作人员密切配合，保证了各项试验的顺利进行。如何在高原独特的环境下保障工作人员的身体健康，是摆在所有人面前的问题，医护人员的守护和付出尤为重要。

撑起高原生命保护伞

诊断救治右腹股沟斜疝并嵌顿患者 1 例，救治海拔 5000 米高原反应、低体温、脑水肿失去意识患者 2 例，救治海拔 3000 米高原反应患者 2 例，诊治感冒、发热、结膜炎、腹泻、干燥症等常见病患者 300 余例，开展血压血氧心率血糖监测 500 余人次，进行心理疏导咨询 100 余人次——这是通用技术航天医科七三一医院泌尿外科医生张连峰在高原试验场工作中交出的成绩单。在 95 天的高强度工作中，他时刻与试验场工作人员吃住在一起，辗转于多个试验场，用过硬的医疗技术和丰富的经验，守护了工作人员的健康，保障了航天任务的顺利进行。

“三个多月的保障任务，让我充满了责任感和自豪感，还收获了很多国防知识，交到了很多新朋友。”已回到北京两个多月的张连峰，脸上“高原红”仍未全部褪去，提起在高原的经历，张连峰依旧心潮澎湃。

2023 年 2 月 14 日，张连峰辞别家人，来到了青藏高原。

“大夫，我胸闷，憋得慌，喘不上来气……”

4 月 28 日 14 点 15 分，在海拔 3000 米的某试验基地，一名试验队员突感不适。接到呼救后，张连峰立即赶至现场，第一时间让队员半卧位坐进车内。通过检测，发现该队员血氧饱和度 85%、心率 105 次/分、血糖 7.8mmol/L，张连峰立即对他进行吸氧治疗，并让其口服 50% 葡萄糖 10mL。

3 分钟后该队员症状改善。

10 分钟后该队员情况持续好转，逐渐恢复正常。

随着患者状态的好转，张连峰悬着的心终于踏实了。

高原特殊的环境使得本身并不在这里生活的试验场工作人员健康状况频出，这就要求医务保障不分昼夜、随时待命。

“咣咣咣……”

5 月 1 日，劳动节当天清晨 6 点 42 分，张连峰正在洗漱。一阵急促的敲门声让他心头一紧。

“又有紧急情况了”，张连峰赶紧奔向门口，打开门，看到 56 岁的某试验团队工作人员捂着右下腹，佝偻着身子，脸色苍白，满头是汗，扶着门框勉强站立着。张连峰立即将其搀扶进房间，问诊后得知，15 小时前该队员咳嗽后右小腹开始疼痛，既往有 9 年右腹股沟斜疝病史的他本以为这次也能自行恢复，所以一直拖着，但这回却越拖越痛，并发展至难以忍受的状态。张连峰对队员查体后发现：该队员右腹股沟可触及约 10cm×7cm 包块，质韧，情况紧急，需要立即转至上级医院手术治疗。

治疗刻不容缓。

张连峰立即联系试验队书记和司机，将患病队员转送到最近的医院进行治疗。7 点 15 分，患病队员抵达格尔木市医院急诊科。11 点 15 分，患病队员被明确诊断为右腹股沟斜疝并嵌顿后，立即进行急诊手术救治。术后患病队员恢复不错，很快便康复出院。

张连峰说：“为患者解除病痛是我们的职责，高原比平原更加复杂，既是挑战，也是机会，既长了见识，也锻炼了我们队伍，能有机会保障试验队员的身体健康，我们非常骄傲和自豪。”

惊出一身冷汗的救援

高原上遇到的情况千奇百怪，经常让经历过“大风大浪”的医务人员惊出一身冷汗。

2023 年 5 月 14 日早上 8 点 23 分，海拔 5000 米的某试验现场，一位队员在工作时突然失去意识并摔倒。在试验场边关注着所有队员的张连峰第一时间发现了他。

说时迟那时快，张连峰与护士冯秋颖飞奔至队员身旁。检查发现，该队员已四肢冰凉，虽然颈动脉波动与呼吸存在，但血氧饱和度已经监测不到。

“高原反应！立刻把他抬上车，往山下走！”

张连峰当机立断，立即与其他队员合力将该队员抬上医疗保障车，随后给予吸氧及暖贴取暖，并监测呼吸、心跳，同时让司机驾车极速下山向上级医院转运。

“高原反应会导致低体温和血容量不足，必须立刻到海拔相对低的地区入院治疗。”经验丰富的张连峰明白，这是一场刻不容缓的救援。

高海拔导致通信不畅，无法联系到上级医院的张连峰焦急万分。他一边给患者吸氧、服葡萄糖水，用暖贴取暖，监测呼吸、心跳，一边不断催促司机。

“师傅，用最快的速度！不然就来不及了！”汽车一路飞驰，向山下冲去。

大约 25 分钟后，当保障车到达海拔 4600 米时，手机终于搜索到信号，张连峰立即联系格尔木市 120 急救中心。保障车从山上往下送，120 急救车从格尔木过来接。尽管是国道，但全程 180 公里全是山路，路况较差，车辆行驶颠簸。为保证不出意外，张连峰和护士冯秋颖竭尽全力、小心谨慎地维持着患病队员的生命体征。最终，在 10 点 10 分将再次陷入昏迷的患病队员送上了急救车。入院后，经 CT 检查，患病队员被确诊为脑水肿，病情危重，但因为救治转运及时，患病队员经治疗后状态逐渐稳定，很快便康复出院。

事后，试验团队将一面锦旗送到了张连峰的手中。面对感谢，张连峰说：

"能在航天工程中承担重要保障任务，我感到无比光荣和自豪，今后将会再接再厉，为航天医疗保障贡献自己的力量。"

在张连峰及团队成员的守护下，试验阶段整个试验团队人员健康均得到良好保障，试验任务进展顺利。

张连峰说："守护试验工作人员健康，虽然遇到了一些紧张甚至危急时刻，但付出的努力也让我收获了一份独特的人生经历，终生难忘。"

他们是全队的"定心丸"

位于昆仑山中的某基地，海拔接近5000米，从青海省格尔木市开车过去要近4个小时的路程。

2023年5月16日早晨6点天刚亮，通用技术航天医科航天七三一医院派出的试验医疗保障队队员们背上医疗包，乘车和试验队员们一起朝山区出发。

近年来，航天项目研制团队对产品的性能要求越发精益求精，普通的平地试验环境已不能满足其需要，试验团队需要到更极端的高原极寒环境进行实地测验，才可以进一步优化产品性能。

每次实地测试都是一场试练，试验队员冲锋在前，随队医生则定期巡视队员们的身体状况，加强防护、及时用药，做队员们的坚实后盾！

"纪医生，332房间有队员胸痛不适，请速来查看。"

某日晚8时，随着一声紧急的呼救，通用技术航天医科航天七三一医院派驻试验项目的医疗保障队医生纪晓玲、护士李静，立即携带急救设备、药品到达现场，开始了一场与死神赛跑的紧急救援。

经了解得知，该试验队员几分钟前突发心前区疼痛，室友立即拨打了随行医疗保障电话。经纪晓玲检查，初步判断该试验队员为急性心肌梗死。

纪晓玲立即对患病队员进行急救药物治疗，同时迅速汇报上级领导，安排急救车辆快速转运患病队员至附近医院急诊进行抢救。从接到求救电话到到达医院急诊室，仅仅花费半小时，为患病队员的后续治疗赢得了宝贵时间。

虽然医疗队对患病队员进行了快速转运，但该队员病情严重，情况依旧不容乐观，在医院复查心电图确定为急性心肌梗死超急性期。在这种情况下，心肌细胞死亡速度是按秒计算的，病情十分凶险，而这家医院的医疗条件无法满足患病队员的救治。经过医疗队、试验队以及上级领导的多方沟通协调后，决定紧急调派救护车将患病队员转运至另一家条件更加完备的医院进一步治疗。

目的地医院距此地有240多公里的路程，急救车在荒芜的戈壁沙漠中如风般穿行，医疗队队员及时给予患病队员静滴硝酸甘油、镇静、高流量吸氧等处置，一刻不停地监测着患病队员的健康数据，除颤仪随时待命。与此同时，纪晓玲和随行的另一位急诊医生商议并制定出了一套紧急备选方案，如果患病队员病情突然恶化，就中途转至近处医院进行急救。

次日凌晨1点，在经历了5个小时的生死时速后，急救车抵达目的地。经过前期沟通协调，患病员工到达后，被直接推送至医院介入中心手术导管室进行手术。手术成功，患病员工生命体征平稳，转危为安。

“在这场与死神的赛跑中，随队纪医生和李护士医术精湛、抢救及时、处置专业，为挽救生命赢得了宝贵时间。”

这是在患病员工被成功救治后，试验队发来的感谢信。虽然言辞简练，但情真意切。

纪晓玲表示：“健康所系，性命相托，患者的安康是对医生的最大鼓励。”

此次成功救治的患病队员来自某航天科研团队，该团队承担运行我国自主研制的多个重要设备任务，通用技术航天医科航天七三一医院承担其中一支试验队的医疗保障任务，派出心血管内科副主任医师纪晓玲和护士李静两位临床骨干组成医疗队，为试验队队员们的健康保驾护航。

保障期间，两名医疗队队员对来自全国各地的队员体征进行统计，并配合试验队建立前后方联动保障机制、对接应急预案处置流程。

从试验队队员的饮食安全，到日常用药配药，再到垃圾运输处理，两名医疗队队员在前方将日常保障工作做到事无巨细、面面俱到。而后方通用技术航天医科航天七三一医院的领导和专家们则与前方积极联动，远程指导完善相关方案，为前方工作提供有力支撑。在医疗队队员和后方医院高效配合下，试验团队成员身体健康并顺利完成了各项试验任务。

舍小家顾大家“有情况打我电话”

在通用技术航天医科航天七三一医院，纪晓玲和李静并不是个例，身为航天系统的保障医院，航天七三一医院全体医护人员都随时准备着迎接任务，只要任务召唤，他们就会毫不犹豫地立即出发。来自通用技术航天医科航天七三一医院骨科的佟中豪也是这样一位，在出发去为相关科研团队做医疗保障的前夕，他接到一个好消息——自己升级成为新手奶爸了！

“任务必须有人去。每个人都有困难，但总得有人去。”一边是刚出生的宝宝，另一边是组织派给的任务，佟中豪作出了自己的选择。

三个大行李箱，消化、心血管、呼吸、骨科等几十类药品，100 多人份的防疫物资，收拾好满满的行装，佟中豪告别妻儿，投入试验队医疗保障任务中。

“所有人都有我电话微信，有情况随时打我电话。”这是在试验保障中，佟中豪说得最多的一句话。

在医疗保障期间，佟中豪和试验队员同吃同住。在抵达的第一天，佟中豪便按照队员名单对 100 多名试验队员进行了简单体检，并记录个人健康状况。

“要做到对每名队员的健康状况都有数，防患于未然。”佟中豪说。

日常生活中，佟中豪会根据天气变化、疫情防控要求，及时走访试验队队员。队员们有个头疼脑热，都会直接到佟中豪的房间敲门问药。佟中豪俨然成了整个试验队的“定心丸”。

一个多月的时间，以试验队任务保障来衡量，时间不算久，但以小婴儿的成长速度来看，却发生了很大的变化。顺利完成保障任务后，佟中豪回到家人身边，幸福地履行起人生中的另一份责任。

在通用技术航天医科航天七三一医院，有许多医护人员都会接到与纪晓玲、李静和佟中豪类似的“重要任务”。根据各单位需求，通用技术航天医科航天七三一医院多次安排医疗保障工作，在某基地成立医疗保障领导小组，每季度开展一次巡诊工作。同时兵分多路开展试验场医疗保障工作，为一线科研人员提供身体检查、疾病诊治、健康咨询、健康知识普及等多项服务。2020年以来共完成基地、试验队等航天系统保障及国企海外项目3100余次，前往航天靶场保障50余次，执行境外科研生产医疗保障11次。

通用技术航天医科航天七三一医院的每一位医护人员都在时刻准备着。只要有需要，只要一声令下，他们都会排除万难、即刻出发，无论是国内还是国外，无论是高原还是深海，无论是春夏还是秋冬，他们都是试验队队员们最坚强的健康保障。

第四章　“好门巴”共铸藏汉中华民族共同体

在保障重大项目工程之外，通用技术集团“世界屋脊”医疗队还累计派出“汽车流动医院”1800余批次、医疗帮扶队员70余批次260余名，对青藏地区开展医疗服务、医疗帮扶工作，足迹遍布西藏自治区拉萨市、林芝市、昌都市、阿里地区、双湖县以及四川省甘孜藏族自治州、阿坝藏族羌族自治州等地，填补当地医疗技术空白数十项。在具有“人类生理极限试验场”之称的世界海拔最高县——西藏双湖县，医疗队成功实施了中国海拔最高的急诊剖宫产手术和世界海拔最高的腹腔镜胆囊切除术。他们将优质医疗资源送到藏区百姓身边，用真情托举雪域高原“健康梦”。

雪域高原上的“汽车流动医院”

2022年6月，4岁的小卓玛不慎摔伤，导致左眼睑裂伤伴泪小管断裂伤。心急如焚的父母不远千里带着小卓玛从西藏自治区昌都市连夜赶往四川省成都市的通用技术通用医疗三六三医院。到院后，医院立即为小卓玛开展相关检查并进行了手术。经过医护人员悉心救治，小卓玛的伤情很快有了好转。

从昌都到成都，从高原到平原。为什么家人辗转一千多公里，带着小卓玛来通用技术通用医疗三六三医院就诊？这并非偶然，只因在30多年的时间里，医院援藏医疗队员们通过持续开展医疗援藏帮扶积累了好“口碑”，成为藏族同胞口中的“好门巴”（藏语，意为“好医生”）。

2024年1月，由通用技术通用医疗三六三医院副院长、眼科博士李满一行6人组成的“眼科流动医院”，再次前往四川省甘孜藏族自治州道孚县开展医疗帮扶。

寒冬里，通往藏区的路途风雪交加、路滑难行。队员们克服气温骤降、高原反应、路途颠簸等困难，历经14个小时终于抵达道孚县人民医院。经过短暂休整，队员们随即展开各项工作，查房、确定手术方案、实施手术……

为确保每位患者都能得到精准的诊疗及护理，医疗队从消杀到诊疗再到手术，全程严谨有序。

“这是我第一次在家门口享受如此全面、专业的眼科检查及治疗。”一位经白内障手术治疗后重见光明的藏族同胞拉住医疗队员的双手久久不愿松开，一遍遍说着“瓜真切！瓜真切！”（藏语，意为“谢谢”）

完成道孚县人民医院的诊疗工作后，“眼科流动医院”再次启程来到道孚县社会福利中心敬老院开展义诊活动。敬老院中，因白内障导致视力下降的老人非常多。一开始，很多老人由于害怕手术费用高及治疗效果不理想，都不愿意做手术。队员们就耐心地劝导老人们：“各位爷爷、奶奶、叔叔、阿姨们，我们团队里有多位眼科专家，请大家相信我们的技术。同时，在道孚县人民政府和县医院的帮助下，大家是可以免费手术的。”

经过队员们苦口婆心地劝说，老人们也放下心来同意进行治疗。经过手术，老人们的视力得到恢复，其中两位孤寡老人在视力恢复后动情相拥的一幕引得在场所有人感动落泪。

“我来给大家讲讲这两位老人的故事吧！”敬老院院长、民政部最高荣誉奖“孺子牛奖”获得者小热登来到队员身边说，“这两位70多岁的孤寡老人都没有儿女，爷爷的一只眼睛看不见，另一只隐约能看到一些，腿部还有残疾。婆婆两只眼睛都看不见。他们在敬老院相识，爷爷一直悉心地照顾着婆婆。在日常生活中，爷爷是婆婆的眼睛，而婆婆则是爷爷的拐杖，两位老人一直默默相互扶持。如今，两位老人在咱们医疗专家的帮助下都重获光明，他们终于看清了对方的脸，从此可以安享晚年了！”

医疗队员们听着两位老人相濡以沫的故事，一段段回忆涌上心头，思绪被拉回到了几十年前。

1993年，通用技术通用医疗三六三医院成立了以腹腔镜技术为主的四川省首家“汽车流动医院”，辗转雪域高原，为藏族同胞送医送药送技术。30多年来，“汽车流动医院”的队员们克服路途险、海拔高、条件恶劣等重重困难，无数次翻山越岭，踏上雪山草地，先后外出1800余批次，行程近百万公里，足迹遍布西藏、云南、贵州等地及四川省内30多个地区，累计开展腹腔镜手术超20000例。队员们外出少则数天，多则数月。当时基层医院的工作条件十分简陋，患者大多病情严重，手术和治疗面临诸多意想不到的困难与风险，队员们每到一处都出色完成任务，不改医者初心。

记忆犹新的杏林佳话

2003年9月，在时任通用技术通用医疗三六三医院普外科主任李石沙的带领下，医疗队乘坐“汽车流动医院”前往四川省阿坝藏族羌族自治州开展帮扶工作。在小金县人民医院成功完成十余台手术后，医疗队又继续赶往康定市姑咱镇人民医院。抵达时已是傍晚，从成都出发就没再洗过澡的李石沙，惊喜地发现入住的宾馆里竟然可以洗澡。李石沙兴奋地冲进浴室，准备痛痛快快地洗个热水澡，没想到，一脚刚踏进门，便踩在有水的石板砖上滑了一跤，身体左侧撞到浴盆边缘并重摔在地上。李石沙瞬间觉得左边肋骨处钻心地疼，作为外科医生的她预感到自己肋骨骨折了，但是李石沙不忍喊醒奔波了一天刚睡下的同事，忍着疼痛强撑了一夜。清晨，同事得知情况后迅速带着李石沙前往医院做检查，结果如她所料——左侧第七肋骨骨折。

“要做腹腔镜手术的患者已经盼望了很久，手术日程也已安排妥当，可李主任伤得这么厉害，现在这种情况怎么办好哟！”一听说李石沙主任受伤的事情，姑咱镇人民医院院长十分焦急，既担心李石沙的伤情，又担心患者手术无法如期进行。“患者的手术时间都定了，我不能半路撂挑子！先帮我用胸带固定一下吧，先上手术，其他的下来再说。”李石沙坚定地说。

手术台上，作为手术主刀大夫的李石沙全神贯注，似乎早已忘了身体的疼痛。一天的手术结束后，李石沙被同事搀下手术台。回到宾馆，李石沙刚从手术专注紧张的情绪中缓和下来，钻心的疼痛感便阵阵袭来，让她痛得整宿不得入眠。即便如此，李石沙还是坚持完成了康定市姑咱镇人民医院的十几台手术。完成最后一台手术后，所有人都围上来劝脸色煞白的李石沙回成都休息，但想到泸定县的患者还盼着医疗队到来，她不忍离开，和同事们继续赶往泸定县人民医院。医疗队在泸定县又完成了十余台手术后，才踏上归途。

“再困难都不放弃患者”，流动医院队员的这种奉献精神一时在当地传为佳话。

“我是道孚县的尿毒症患者尼玛扎巴，我本是家中的主要劳动力，两个孩子正在上大学，一个儿子待业在家，自患病以来我要长期外出透析，需要医疗、交通、食宿、陪护等一大笔费用，让本就不算宽裕的家庭雪上加霜……道孚县人民医院的血液净化中心终于建成开科，我也有幸成为第一位在道孚县人民医院接受透析治疗的患者，这也结束了我长期外出就医的历史，大大缓解了我家的经济压力。目前我在贵院金毅老师和樊小花老师的精心照护下，已经顺利完成 3 次透析，感谢通用技术通用医疗三六三医院各位领导为我们道孚县的卫生事业作出的巨大贡献，派遣出如此优秀的援藏医疗队，真真正正为我们老百姓带来福祉……”

接受血透治疗后，患者尼玛扎巴给通用技术通用医疗三六三医院送来感谢信。

道孚县地处川西高原，距四川省成都市约 500 公里，县城海拔 3245 米。地广人稀，百姓居住分散，就医十分不便。县城周边百姓看一次病需要坐 2 ~ 3 小时的车到县城。从 2015 年起，通用技术通用医疗三六三医院开始对口支援道孚县人民医院。

对口支援中，医疗队了解到当地尿毒症患者需外出到几百公里外的医院才能进行透析治疗，不仅交通不便，还给患者家庭造成了沉重的经济负担，能在当地做上透析治疗成了患者及家属最大的心愿。为促进优质医疗资源下沉，集中力量解决当地群众急难愁盼问题，经过周密的研究分析，通用技术通用医疗三六三医院于 2022 年年底启动道孚县人民医院血液净化中心筹建工作。通用技术通用医疗三六三医院派遣内分泌肾病内科医师赴道孚县人民医院全程帮扶共建，同时协调道孚县人民医院 1 名内科医生、2 名血液透析护士分批赴通用技术通用医疗三六三医院血液净化中心进修学习。经过有条不紊地筹备建设，道孚县人民医院血液净化中心于2023年10月顺利通过血透专项验收。开诊后，中心迎来的第一位患者便是尼玛扎巴。

自2008年起，通用技术通用医疗三六三医院持续开展对口支援少数民族地区医疗卫生工作，先后选派医疗业务、医院管理骨干共373人到四川省阿坝藏族羌族自治州茂县人民医院、小金县人民医院和甘孜藏族自治州德格县人民医院、九龙县人民医院、道孚县人民医院、皮肤病防治院持续开展驻地帮扶。经过多年的支援帮扶，当地医院医疗水平取得了长足进步。

“生命禁区”里的生命故事

2019年6月2日，不到两岁的霍党生在母亲和西藏那曲双湖县人民医院院长强久卓玛的陪伴下，从世界海拔最高县——双湖来到北京，走进中央电视台《手挽手：精准扶贫，央企在行动》节目录制现场。

党生，名字的背后是通用技术宝石花医疗河北中石油中心医院援藏医疗队实施的我国首例海拔5000米以上剖宫产手术的创举，实现了中国医疗史上零的突破，也凝聚着藏族同胞最朴素的感恩之情。

西藏自治区那曲市双湖县海拔5000米以上，每年有10个月的漫长冬季，最低气温达零下40摄氏度，含氧量只有海平面的40%，是名副其实的生命禁区。

即便如此，通用技术宝石花医疗河北中石油中心医院派出的医疗队还是一年接一年、一拨接一拨地奔赴这里，用顽强的毅力、精湛的医术挑战“生命禁区”。

2017年8月23日18时30分左右，在双湖县人民医院，雅曲乡孕妇曲德突然出现宫缩，经急诊B超检查发现，孕妇羊水过少，胎儿脐带绕颈、体重3300克左右，胎儿大小与产道匹配不佳。如果不紧急实施剖宫产手术，产妇和胎儿都将面临巨大的生命危险。而此前在这么高海拔上还没有实施该手术的案例，并且该孕妇也缺乏前期的多个检查资料。最近的上级医院在550公里开外，来不及转院，情况非常危急。

因医疗条件有限，曲德没做过凝血检查。没有这项指标，就无法确定手术过程中是否会出现大出血。情急之下，医疗队决定用传统人工操作方法观察出凝血时间。

判断产妇指标大致正常后，为了挽救母子生命，医疗队在与产妇家属沟通并经得同意后，冒着巨大的风险，组建由麻醉科主任孟凡浩、妇科医生霍志平、普外科医生杨晓峰等 7 人组成的手术团队，紧急实施剖宫产手术。

双湖县人民医院院长强久卓玛回忆当时情形说："双湖县海拔高，又没有任何临床先例可循。如果不手术的话，孕妇和胎儿都有生命危险。"

19 时，手术团队准备就绪，集中精力做起手术。

这是他们职业生涯里第一例海拔 5000 米的剖宫产手术，也是在双湖县当地进行的第一例剖宫产手术。

术中最大的风险是在高原环境下无法确定产妇缺氧状况和胎儿情况。36 岁的曲德属于高龄产妇。高龄产妇宫缩乏力，发生并发症的危险大大增加。

高海拔也给医生的身体带来挑战，长时间缺氧容易导致大脑反应能力减弱。手术过程中，医生们身体出现严重不适。为了避免因缺氧影响动作的精准性，他们边吸氧边手术。医疗队之前捐赠的麻醉机、呼吸机、腹腔镜等医疗设备这时也全派上用场。

时间一分一秒地过去，家属在手术室外焦急地等待。一个小时后，随着一声清脆的婴儿啼哭，一个 3.2 千克的男婴诞生。手术团队松了一口气。

强久卓玛全程参与了手术。她说："医疗队专家亲身示范，为我们上了特别有意义的一课，有助于我们今后提高医疗服务水平、开展更高质量医疗工作。"

此时，手术室外一片欢呼声。

半个小时后，刀口缝合完毕，产妇从麻醉中醒来。

孩子的祖父祖母手捧金色哈达，等着"恩人"们出来，激动地喊道："谢谢医生。"

为了表达感激之情，夫妇二人共同决定让儿子汉语名随主刀大夫姓霍，取名霍党生。

临时搭建 MDT 团队救治两岁患儿

“医生，快看看我的孩子！”

2023 年 7 月 10 日，通用技术航天医科航天中心医院义诊服务队在西藏昌都市江达县清泥洞开展义诊活动时，一位声泪俱下的母亲抱着孩子焦急地跑了过来。经询问得知，孩子只有两岁，前一天下午玩耍时误食了 4 粒高锰酸钾。

误食高锰酸钾会引起口腔、食管、胃灼伤，出现上腹痛、恶心、呕吐、口咽肿胀等症状，严重者甚至会引起胃出血、肝肾损害、休克等。

此时，距离事发已经过去了 24 小时。现场专家立刻对幼童进行了检查：孩子口腔呈黑紫色，出现黑便，情况紧急！由于义诊点所在地区医疗条件有限，义诊服务队立即联系正在昌都市江达县人民医院义诊的通用技术航天医科航天中心医院急诊科主任王旭东商量转运事宜。

考虑到患者年幼，病情复杂，且事发时间久，很可能已经造成胃肠损伤，王旭东立刻远程召集通用技术航天医科航天中心医院儿科、肠胃科专家，联合江达县人民医院儿科医生、急救医护组成临时 MDT（多学科会诊，是一种医疗团队的工作模式）团队，并为即将到来的小患者开通绿色通道。

“抢救室已准备好床位，监护、吸氧设备也同步到位！患儿来到医院后，立即开展治疗！”王旭东及 MDT 团队做好准备，提前在医院门口等候患儿到达。

得益于王旭东早前制定的应急预案，患儿到达江达县人民医院后，监护、吸氧、输液、抽血、化验等救治措施井然有序地进行着，MDT 团队多位专家为患儿进行查体诊治。

“从检查结果来看，白细胞 2 万多，有炎症，肝脏酶也偏高，肝脏可能出现一定损伤，但不是特别严重。”王旭东表示，“幸好这次能快速转诊救治，否则孩子可能面临肠胃穿孔、脏器损伤衰竭等风险。”

患儿母亲坐在病床上，紧紧抱着孩子，直到听王旭东说“情况乐观”后，才长长松了口气，不断感谢着各位专家。

建在县妇幼保健院的专家工作站

2017 年 7 月 7 日，王旭东和义诊团队一起前往西藏林芝市开展为期 9 天的健康义诊活动。义诊团队在海拔 3000 多米的藏区跋山涉水，先后前往米瑞乡卫生院、八一镇医院、鲁朗镇卫生院、布久乡卫生院、林芝镇帮纳村，共诊治患者 200 余人。

第一次来到藏区参加义诊，王旭东很快就出现了高原反应：血氧饱和度 72%、心率 76 次/分钟。义诊第三天，在从林芝市到鲁朗镇的途中，王旭东又出现了头晕、胸闷、嘴唇泛紫、脸色发白等症状，但这并没有阻止他前进的脚步。

9 天的义诊活动很快就接近尾声，但王旭东那颗时时牵挂的心留在了雪域高原。

2018 年“同心・共铸中国心”大型公益活动走进甘肃省甘南藏族自治州，王旭东得知消息后立刻响应，再次来到切切在心的藏区。

这次，王旭东有了更多的经验。他因地制宜开展疑难病症筛查、会诊，看望慰问福利院、贫困户，还参与了结对帮扶等活动。在福利院与孩子们合影时，孩子们天真灿烂的笑容深深地感染着王旭东。“看到孩子们阳光灿烂的笑容、期盼的眼神，我内心的责任感油然而生，暗下决心，以后会常来藏区，为他们做更多的事情。”王旭东说。

以此次义诊为契机，甘肃省甘南藏族自治州舟曲县妇幼保健院为王旭东设立了专家工作站。依托专家工作站，王旭东从急诊急救、重症救治技术的应用、急危重症处置等领域对当地医护人员进行了全面指导，开展了教学查房、技术指导、业务培训、学术带教等工作；鼓励并选派当地优秀医护人员到通用技术航天医科航天中心医院进修学习，有效提升了妇幼保健院科室管理能力及临床服务能力。同时，王旭东还围绕藏区百姓常见病、医院已有学科特长等，帮助妇幼保健院进行了重点学科建设。

“为当地医院提升危重患者抢救能力，打造出能力强、带不走的医疗队，实现医生走出去学习、专家走进来帮扶，这就是我的帮扶理念。”王旭东表示。

带动专家联盟共同走入藏区

2023年7月，“同心·共铸中国心”行动再次起航前往西藏。这次，王旭东不是一个人单独报名，他组建了一支6人团队集体报名参加活动，6名团队成员分别来自北京、湖北、内蒙古等多地的通用健康急诊医学联盟单位。

7月9—11日，王旭东带队在西藏昌都市江达县以及下辖的7个乡镇开展义诊活动。同时，还在江达县医院内开展了2场医护人员讲座、1场教学查房、1场学科建设交流，累计培训当地医务人员29人，慰问贫困家庭15户。

“老人家的血氧饱和度偏低，若在家吸氧后依然未得到改善，或出现精神萎靡、食欲缺乏等异常症状，一定要赶紧送到医院。”每到一户，通用健康急诊医学联盟专家都会为居民查体，并给出专业的意见和建议。专家们各有所长，为百姓解决病痛，现场热情的藏区百姓纷纷为专家们献上洁白的哈达表达感谢之情。

王旭东自豪地说：“起初召集联盟成员参加援藏活动时，我心里还在打鼓，会有人响应我，参加这次活动吗？没想到召集令下发后，短时间内就有来自全国各地的众多联盟专家联系我表示要参加，他们中大部分人都不是第一次去藏区帮扶，对藏区有很深的感情，这也充分体现出咱们通用技术集团作为央企办医领军企业的职责与担当，让我非常感动！”

“通用健康急诊医学联盟汇集了通用技术集团多所医院的急诊专家力量，此次联盟专家成员踏入藏区，以公益的形式为当地百姓提供了便捷、优质的医疗服务，同时，也为提升当地医疗技术水平提供了帮助。”王旭东说，“近些年，藏区很多医学专科都有了非常明显的进步，但急诊专业发展依旧较为缓慢。通用健康急诊医学联盟的使命与初衷，就是要助力提升急诊急救水平，推动优质医疗资源共享，提高医疗服务同质化水平。后续我还会经常前往藏区，帮助他们在‘软件’上提升，实现‘硬件’‘软件’共同进步。”

“十年公益路，步履不停歇，万户籍人心，树爱在航天！”这是“同心·共筑中国心”活动为通用技术航天医科航天中心医院送上的锦旗，也是对以王旭东为代表的通用技术航天医科医务人员的认可。

“今后，我还要不遗余力地把优质的医疗资源和高质量的医疗服务送到雪域高原千家万户，切切实实为增进西藏同胞的健康福祉作贡献！”王旭东说道。

爱心义诊送到农牧民家门口

西藏地广人稀，农牧区的老百姓到上级医院看病往往需要奔波数小时甚至一两天。为了满足当地群众的就医需求，通用技术环球医疗旗下援藏医疗队队员主动走上高原，走到农牧民身边开展义诊，让他们就近享受优质医疗服务。

2021 年 9 月，通用技术环球医疗西电集团医院心血管内科主任徐晓辉得知国家院士专家进藏义诊暨“西藏人人健康项目”公益活动启动，第一时间报名参加。作为西安地区的唯一代表，徐晓辉以心血管疾病专家的身份参加援藏公益活动，先后在日喀则藏康医院、南木县多角乡为当地近百名农牧群众进行义诊。

作为一个患有高血压、甲亢等基础慢性病的人，徐晓辉去西藏是非常痛苦的。在海拔 4000 多米的雪域高原上，徐晓辉常感头疼、彻夜失眠，并伴有阵阵心慌。然而在他看来，这些困难都算不了什么。

他说：“缺氧不缺精神，艰苦不怕吃苦！”看着一个个纯朴的农牧民，徐晓辉深知这里的群众需要自己，需要医务人员。早上出发前，他先服几种降压药，白天义诊难受时就猛吸几口氧气，晚上再吃药催眠。有人问他：“这么辛苦你干吗还要去?”他说：“我要去，因为那里的人太需要我们了！”

2023 年 8 月，徐晓辉作为义诊团第六组组长，再赴西藏拉萨市林周县，带领小组成员完成 600 余人的义诊任务。与传统的义诊相比，他更注重为当地打造从“人人体检”到“慢病长期随访管理”的健康管理模式。在翻译的帮助下，他详细询问来访群众的症状、病史及可能的发病原因，认真阅读患者既往检查报告，并结合当地特殊的气候环境，为每一位慕名而来的患者开出个体化诊治方案。一直以来，徐晓辉身体力行响应国家卫健委“基层首诊、双向转诊、急慢分治、上下联动”的分级诊疗要求，把优质的医疗资源和技术带到高原，助力提升当地心血管疾病诊疗水平。

正如徐晓辉所说：“把大爱无疆的精神奉献给西藏人民，我要为藏区人民的健康生活贡献自己的力量!”

徐晓辉只是其中的一个代表，通用技术环球医疗鞍钢总医院超声医学科副主任杜刚、医生李小妘，泌尿外科主任迟树平，胃肠外科主任李博等一批医务人员也分别赴西藏那曲市、巴青县等地，积极参与“同心·共铸中国心——西藏行”等义诊活动，为“健康西藏”贡献力量。

久违的灿烂笑容

2023 年 6 月 12 日，安徽省第八批组团式援藏医疗队队员——通用技术环球医疗马鞍山十七冶医院呼吸内科副主任夏静正在西藏自治区山南市人民医院查房，一位藏族老阿妈引起了她的注意。老阿妈戴着一副黑色手套，全身皮肤呈现酱红色，皮肤状态明显异常。在夏静的关心询问下，老阿妈摘下了黑手套。那是一双没有一处完好皮肤的手，手心满是皲裂起皮，再撸起裤脚，大面积的皮肤都是湿漉漉的，破溃明显。“这是严重的皮肤病”，夏静根据经验判定。经详细询问得知，为了不给家人添麻烦，老阿妈患病后没有告诉家人，也没有去医院就诊，平日里戴着手套，在无数个辗转难眠的夜里强行忍耐着皮肤上的不适，就连这次肺炎住院，她也没想过看一看自己的皮肤病。

由于当时对口支援的医院并无皮肤科，夏静迅速联系了通用技术环球医疗十七冶医院的皮肤科主任潘廷猛，经过详细的线上会诊，了解病情后对症为老阿妈开药治疗。用药仅两天后，老阿妈之前湿漉漉的皮肤开始变得干燥，症状明显减轻。

几天后，当夏静再次查房时，老阿妈特意等在病房门口，紧紧握住夏静的手，哽咽着说：“突及其，突及其（藏语，意为谢谢）。”老阿妈眼角噙着泪水，笑容却灿烂如蓝天下飘扬着的彩色经幡，语言不是障碍，一声声“突及其”成了夏静和老阿妈之间心照不宣的密语。

第五章　千里驰援抗震抗疫一线

2008 年 5 月 12 日，四川省汶川县发生了震惊全国的 8.0 级大地震，地震影响波及大半个中国，全国 25 个省份有明显震感，是自新中国成立以来破坏性最强、震波范围最广、灾害损失最重、救灾难度最大的一次地震。汶川地震发生后，全国人民迅速投入抗震救灾中。通用技术集团所属医疗机构闻令而动，紧急驰援，在地震发生后的第一时间，迅速组成医疗救护队奔赴灾情一线开展医疗救援，成为一支召之即来、来之能战的重要央企救助力量。

成都 120 救护车的“生死时速”

地震发生 2 小时后，通用技术宝石花医疗四川宝石花医院接到成都市 120 急救中心的紧急通知，要求四川宝石花医院医护人员紧急增援，开展伤员救治。险情就是命令，时间就是生命，医院果断派遣 4 名专业医护人员携带急救设备，迅速奔赴重灾区——汶川。

向震区出发！“哇呜哇呜哇呜——”120 急救车呼啸而去。

直至 13 日下午 4 时许，医院急诊科罗俊主任终于等到了带队医生朱德伦从前线打来的第一个电话。由于基础道路被地震损毁，车辆无法进入汶川，救助队在北川就地救治。

在北川中学的救治现场，朱德伦和医疗队员们看到的满是残垣断壁，现场一片废墟，这场景无不叫人伤心落泪。

“赶紧上，早一秒钟，或许就能救活一个孩子。”朱医生和其他两位同事说道。

…………

“快！快！往绵阳 404 医院送。”

还没看清谁在说话，一个 11 岁的小女孩就被抬上了救护车。由于左脚长时间被石板压住已经坏疽，为了保全女孩性命，北川第四军医大野战医院军医不得不对她进行了截肢。此时的小女孩已经面色苍白，生命垂危。

刺耳的鸣笛，闪烁的车灯，150 公里的时速……

“必须全力以赴救小孩！”“不能让娃娃死掉！”

车上每位医疗队员都这样告诉自己。

当行至距绵阳大约 60 公里处时，队员突然发现女孩的血压持续下降。救护队司机冒着生命危险，踩紧了油门，上演起了“生死时速”。仅用了 25 分钟就跑完了原本 40 分钟的路程，将小女孩送到了医院。

在医院的救助接力下，小伤员转危为安。

作为由成都市 120 急救中心统一调配的 120 车辆之一，朱德伦和他的队友们时刻焦急地守护在废墟旁，每救出来一位幸存者，他们马上就地抢救，输液、清创、缝合、包扎……然后运往安县的一个救助点，重伤病患被直接转运到都江堰、成都、绵阳等大医院。北川还不时有强烈的余震发生，天空也下起了大雨，山体滑坡、泥石流随时有可能发生。作为医护人员，他们顾不了那么多，只想抓紧时间赶快救人。

连续战斗 24 小时后，这支北川救助队终于回到了通用技术宝石花医疗四川宝石花医院。院方要求这 4 名医护人员赶紧回家休息，同时新派医护人员替换他们前往灾区。

“罗主任，你一定要让我去，我对现场的情况很了解，有参与救援的经验。”作为带队医生的朱德伦强烈要求。虽然他们只在中途打了一会儿盹，匆匆吃了一点当地老百姓送来的面包和矿泉水。

在通用技术宝石花医疗四川宝石花医院接到紧急出发前往汶川的通知后，朱德伦是第一个主动请缨的。当时，他的爱人还在哺乳期，一个人带着 6 个月大的孩子。

“不行，你家里情况特殊，也需要照顾。”医院领导劝说他。

“她那里我会做工作，没问题的。我在现场灾区看了那些受灾的百姓和伤员，真的觉得很惨痛，作为医生，救死扶伤是天职，他们更需要帮助，你就让我去吧，真的。”朱医生的一席话，让在场的医生、护士无不为之动容。

“让我去，我没结婚。”

“我身体强壮，我可以。”

…………

在朱德伦医生的带动下，医护人员一个个争先恐后报名参与到抗震救灾中。

回家住了一晚后，伴随着妻子的叮咛，亲吻了哭闹的孩子，朱德伦就和同事们踏上了去北川沿途搜救伤病员的路途……

难以忘却的无眠之夜

几乎同一时刻，通用技术通用医疗三六三医院也接到了成都市 120 急救中心的通知。医院副院长吴坚带领 16 人组成的两支医疗队，也在第一时间奔赴了震中现场。医疗队经成灌高速到都江堰后，发现由于地震，路已经完全堵塞，只好改道从绵阳经安县再到汶川。

12 日晚，医疗队抵达绵阳市发现，绵阳市也已处于救灾紧急状态。作为四川省卫生厅指派的医疗队负责人，医疗队领队吴坚、高晋健参加了绵阳市委召开的抗震救灾紧急会议。从会上得知北川县是此次地震的重灾区，两万余人的北川县城仅 5000 余人逃生。吴坚当即提出，经北川到达汶川已经不可能，北川县城遭到毁灭性破坏，救援队应就地参加抢救工作。四川省卫生厅采纳了吴坚的建议，并指示其他救护队亦改道北川参与抢救。

13 日零点，医院两支救护队到达受灾最严重的北川中学。此时，北川中学两栋教学楼已严重垮塌，1000 余名中学生还被掩埋在废墟下。在没有任何生命保障的情况下，救护队队员们立即投入紧张的现场急救中。

“抢救！快！再快！”

现场充斥着一片求救声、哀号声，而队员们的脑海里只有两个字——抢救！每救出一个伤员，他们就感觉在自己手中“诞生”了一个新的生命……

救助过程危险而紧张，由于离汶川震中非常近，余震几乎没有停止过，六级以上的强余震就出现了两次。

查看伤情、分诊伤员、输液清创、鼓励废墟中的伤员、宽慰救出的孩子，在瓢泼的大雨中，医疗队通宵都在抢救中紧张度过，天空中响彻的只有队员们用嘶哑的喉咙传递的抢救生命的急切呼喊声。

作为领队的吴坚，亲人就在汶川。亲人虽近在咫尺，却音讯全无，内心的压力和焦虑可想而知，看到满目的疮痍，他双眼含泪奋力抢救。脑外科医生杜春富为了救治伤员，没有任何防护措施，和武警战士们一起挖刨、搬运伤员。麻醉科主任盛凤莲和她爱人同在北川，却在不同的地方实施抢救，由于通信中断，双方联系不上，也更加无法联系到在校的女儿，一晚上着急上火的嘴里面全是泡。

大雨打在救护队员身上，夹着汗水，整个人都湿透了。他们没有换的衣服，冷风一吹，冻得瑟瑟发抖，没有吃上一口饭、喝上一口水，所有人的眼中布满了血丝。当地好心的老百姓送来了几件雨衣，队员们还相互谦让。好心人送来几袋方便面，没有开水，他们就和着干吃干嚼起来。

救援工作一直持续到13日下午。

由于四川省卫生厅应急办现场指挥人员与省指挥中心失去联系，应现场指挥人员要求，两名救护队员带两名危重脑外伤伤员用最快的速度赶回成都，向省应急办汇报现场情况，接受最新指示后又马不停蹄地赶回救援现场。

直到此时，队员们已经几十个小时没有合眼了，到底救治了多少人也没人记得了。

"与大自然相比，人的生命太渺小了，在救援现场，才真正体会到生命的可贵；在救援现场，有太多亲情的感动；在救援现场，有太多不是亲人胜似亲人的感动。"事后麻醉科主任盛凤莲这样感慨道。

远在成都的通用技术通用医疗三六三医院，这个夜晚也并不平静。从5月12日夜至13日凌晨的六七个小时内，大量来自成都附近灾区的伤员涌入医院，多达七八十批次，其中包括满载伤员的六七辆公交车，应急任务重的骨科、脑外科、普外科、五官科等科室到处都是伤员。

"请大家就近躲避，不要慌张，不要乱跑。"科主任高晋健、副主任徐学君和护士长熊艳丽紧急查看医院每一间病房，并组织全科医生护士迅速转移伤员。当伤员被安全转移出病房后，熊艳丽护士长和吴建兵医生在院内空地和医院临河河边寻找、清点伤员，向每一个伤员叮嘱："注意安全，有需要马上找我们，我们就在周围。"其他医护人员顾不上歇口气，又返回病房，向下抬沉重的铁丝床，将所有伤员妥善安置到病床上，又去抱病历、药品、氧气筒、吸痰器……

当晚，医院骨科就收治了因地震造成的伤员62人，骨科医生护士全员到岗，骨科主任侯伟光和全体医生争分夺秒抢救伤员；护士长王英与护士孙平负责护理人员调度和整个护理工作安排。护士张驰12日在老家探亲，地震来临时家中房屋毁坏，所幸没有人员伤亡，接到医院电话后，她来不及安慰惊魂未定的家人，把1岁大的孩子留给家人，就立刻奔赴医院投入工作中。

“救人要紧，其他的都先放一放”，大家说得最多的是这句话。

这场生与死的战役早已悄然打响了，没有一个人退缩想着离开、回家……

一个没来得及庆祝的护士节

5月12日下午3点40分，由王参智、胥正华和司机郭成德组成的通用技术环球医疗五冶医院第一支急救小分队，受成都市120指挥中心指示，紧急赶往彭州通济镇救援。一路上道路断裂崎岖不平，司机郭成德凭借高超的驾驶技术和优秀的心理素质，越过险阻的道路，成为第一时间、第一辆到达重灾区彭州通济镇现场的救护车。

几人来到现场，发现灾情十分严重，无数的房屋倒塌，失去亲人的哭叫声，伤员的呻吟声不绝于耳。不顾余震的危险，医疗队眼含泪花立即上前抢救，包扎、止血、吸氧、输液，直到用完最后一根输液器、最后一根夹板。眼看着伤员实在太多，急救小分队与医院取得联系，医院立即增派第二支急救小分队一辆救护车和一辆金杯车赶往通济镇。在灾后的短短几小时内，急救人员迅速行动，于现场抢救了90余名伤员，并安全地将30余名重伤者转送至医院接受进一步治疗。当天晚上，在都江堰倒塌的废墟中又救出了31名生还者。

地震发生5小时后，赶赴前线的救护车陆续返回，它们带来了众多从灾区撤离的伤员，看到他们满身伤痕、血肉模糊的样子，令医院所有的医护人员无不深感震撼，心生怜悯。大家将伤员从救护车上抬进临时搭建的帐篷病房内进行救治，有条不紊地组织救治开始了……开放气道、吸氧、补液、清创止血、包扎固定、送伤员检查。每完成一批伤员的处理，医护人员们几乎没有片刻喘息，连喝一口水的时间都舍不得耽误，他们的衣衫早已被汗水浸透。然而，就在这时，下一批伤员又被紧急送了进来，他们再次投入紧张而有序的救治工作中，如此往复，不知疲倦……

来自彭州的龚大姐，在被倒塌的房屋掩埋了3个多小时后得救，于晚上9点30分送到医院。副院长宋柯果断诊断为腹腔内脏损伤，而且很可能是肠裂伤，必须马上进行手术，否则性命难保。地震刚刚过去7个小时，余震不断，恐惧还不时弥漫在空气中。

“走，做手术去!”

在这关键的时刻，外一科副主任医师胡东玉毫不犹豫地说。

在宋院长的安排下，胡医生带领倪秀萍、五官科的刘翠医师以及手术室的麻醉师张集辉、曹梦琴等医护们，一起站在了无影灯下，站在摇晃不止的手术室里。手术室里每个人都明白，在危急的时刻，救死扶伤是医护人员崇高的职业道德和神圣的责任。像龚大姐这样的伤情，早一分钟手术，就多一分救治的机会。手术成功了，龚大姐得救了。

13日凌晨2点，救护车呼啸着从都江堰重灾区抢救回来一名14岁的小女孩袁小志。她被人从都江堰市向峨中学的废墟里挖了出来，当时她已被埋了十多个小时，浑身泥土和鲜血，地震房屋垮塌导致其头部重伤，大量失血，陷入重度昏迷，入院时瞳孔已经开始散大。检查后，外二科主任向光荣迅速诊断她为特重型颅脑损伤。小女孩右耳不断流出脑脊液，生命垂危，随时都有可能死亡。为挽救这个脆弱的小生命，向光荣主任专门成立抢救小组，密切观察病情。

输血、抗休克、降颅内压、止血、清创、抗感染，同时气管插管、心电监护。经过抢救，女孩的生命体征逐渐平稳，大家的心才稍微放下一点。此时，已经凌晨4点多了。50多岁的向主任一夜没有合眼，一直守护在小女孩身边，观察着她的生命体征。

在地震救援最紧张的时刻，通用技术环球医疗五冶医院医护人员连续三天三夜、不眠不休作战，转运回医院灾区伤员共计61名。医院120急救小分队分别前往彭州通济镇、白水河、都江堰中医院、浦阳镇、向娥乡、紫坪铺水库等地救援伤员，并在太平寺机场、凤凰山机场连续转运从汶川、北川空运过来的伤员。

不畏艰险的逆行九勇士

5月15日，通用技术国中康健吉林电力医院医疗队到达了救灾医疗中心驻地，当晚就接到指挥部的指派任务，要求挑选9名精干的男队员组成医疗突击队，前往地震重灾区映秀镇执行救治任务。

映秀镇是此次震灾最为严重的地区，震灾发生后映秀镇几乎被泥浊流吞噬，而距此不远的映秀水电厂厂房垮塌，有数百名职工失踪。那里通信中断，山体滑坡，余震不断，塌方严重，道路险象环生，存在太多的不确定性。时间紧、任务重，初步确定由队长刘广带队，任务是前往映秀水电厂援救被困职工。

时间就是生命。16日凌晨4点，医疗队女队员们悄悄起床，开始按计划清单，为出征的队员准备物资。5点30分，召开战前动员会，男队员临危不惧，纷纷请命出征。

57岁的外科主任龚华新，请命说自己是外科主任，是共产党员，以前参过军，并执行过唐山地震的救援任务，要带头上前线。

"我是外科医生，我比龚主任年轻，为什么不让我去?"外科医生李瀛，因考虑他体态偏胖，不在初步名单中。但他没有豪言壮语，只有朴实无华的真情流露。

最终，刘广、李志强、段鸿斌、曹镇洋、曲凯、刘涛、孙涛、李瀛、孙海岩组成了突击队，成为名副其实的"九勇士"。

受地震影响，所行道路异常艰险。队员们乘坐冲锋舟行进，对面山体滑坡，发出轰隆隆的巨响，并且距离冲锋舟仅有10米远。

队长刘广此时要作出一个极其艰难的决定，是退还是进?

退！说得过去，要保全队员安全，但觉得有辱出征使命，前线在眼巴巴地盼望救援队伍。进！前方情况不明，困难重重，不能拿队员的生命冒险。

医疗队待在水面静观20分钟后，经队长判定余震过后，利用了短暂的安全期，毅然带队继续出征。

历时4个小时，经过陆路车程、水路冲锋舟、旱路徒步的艰难行程，突击队终于到达映秀水电厂，他们将医疗队的旗帜插在了建立在一片废墟上的临时指挥部旁。

“旗帜在，救援在，希望在!”

医疗队和当地职工更加有了底气。

经过仔细了解，现场还有4名电厂职工被困。由于物资匮乏，后勤补给跟不上，大家研究救援方案后，决定留下3名队员，外科、内科、护士各一名，其他队员返回驻地。

外科医生曹镇洋说：“没有护士，静脉穿刺我技术最好。”坚决要求留下。

所有队员都纷纷主动要求留下来，最后队长刘广决定，由内科主任李志强、外科副主任段鸿斌、外科主治医师曹镇洋挑起重担。

三名队员不顾高温、酷暑、难闻的腐败气味以及雷雨、余震的威胁，参加了对废墟下幸存者的救治。幸存者董凤强被压在一座还没有完全倒塌的危楼里，在援救他的时候曾经发生两次余震，通道不时有砖瓦滚落，没有倒塌的断壁残垣也摇摇欲坠，时刻威胁着队员们的生命。队员们并没有退缩。幸存者周蓉双脚被角钢压住，对她进行援救的时候，由于余震不断，施救的洞口突然缩小了四分之一，情况万分危急，队员曹镇洋当机立断，义无反顾地冲入洞中实施救治，用自己的血肉之躯支撑起狭小的空间，有效地护住了宝贵的生命通道，为伤员的生命安全以及后期的营救赢得了宝贵时间和空间。

在食宿无着的艰苦环境下，三名队员靠着为数不多的给养充饥，冒着连续余震的危险从废墟中抢救遇险电力职工。

经四天三夜的连续奋战，医疗队共救治重伤员4人，轻伤员160余人。

母女平安!

5月14日，通用技术国中康健辽宁电力医院下达紧急命令，立即组建医疗队前往汶川灾区。

“想到受灾受难的老人和孩子，我彻夜难眠，养兵千日，用兵一时，我已感受到祖国人民的呼唤，也感受到自己义不容辞的责任!”循环科护士长黄萍的爱人身在国外，家中孩子无人照料，但她却在请战书中写道。

护理部干事李佳的儿子才刚刚两岁，但是作为母亲的她动情地说："汶川大地震一直牵动着我的心，作为母亲，每当在电视中看到孩子们被压在废墟中的情景，我都难以抑制自己的情绪，灾区人民不断地发出求救信号，而且最缺的就是医护人员，我积极要求前往救灾前线，时刻准备出发！"

就这样，全院上下护理人员一封封的请战书、决心书、申请书如雪片般投送到护理部，医院办公室的电话铃声响个不停，全院护理工作者不分职务高低、年龄大小，都积极请缨参加抗震救灾医疗队。在不到半个小时的时间里，第一批抗震救灾医疗队护理组 6 名护士就确定了。

…………

5 月 21 日上午，一阵急促的电话铃声在医疗队响了起来，是来自德阳电业局的电话求助——德阳电业局一名职工距离预产期还有一个月的时间，但突发胎膜破裂，向医疗队请求紧急救援。姜波院长果断派出一支由助产士、外科主任、麻醉科主任和护理部主任组成的救援队伍，带着接生和抢救的药品、器材，乘坐救护车赶往德阳市妇幼保健院。情况紧急，家属又叙述不清病情，在去往德阳的路上，救援队研究制定了各种周密的救助方案和应急预案，尽全力保证产妇平安。

由于当日地震预报有六七级余震，妇幼保健院早早把所有患者都转移到楼外的空地上。然而，产妇连日来的劳累导致早产和胎膜早破，这种情况下根本不适合在当前拥挤、嘈杂且儿科病儿混杂的环境中完成分娩过程。家属要求转往成都妇幼保健院进一步治疗。当地的医院需要医疗队承担一定的转院风险，否则不予转院。

根据产妇的病情及医疗队制定的周密方案，经请示姜波院长和指挥部后，医疗队在病志承诺书上签下了名字。救护车立即载着产妇火速赶往成都，看着产妇柔弱的身躯和疲惫的身心，医疗队员心疼地脱下白大褂，轻轻地盖在她的身上。一路上，医疗队员密切观察着产妇的病情变化，并向其讲解相关知识，以解除其恐惧的心理。

"放心！只要有我们在，一定会保证你们都平安。"

医疗队员们一直这样宽慰着产妇。

经过一路提心吊胆的抢救，产妇被安全送到了成都妇幼保健院，并顺利地剖宫产下一名健康的女婴。

在救援的这些天里，李佳两岁的儿子每天打电话哭喊着“想妈妈”！

每次一听到电话，她的心都碎了。

孩子奶奶说，这些天别人问孩子，妈妈做什么去了？

“妈妈去救灾、去救人了。”小家伙总用稚嫩而又骄傲的语气告诉大家。

没有新娘相伴的震中婚礼

30 岁的曲凯也是前往映秀镇的队员之一，他勤奋好学、关爱患者，是同事和患者眼中交口称赞的好医生。地震发生后，他主动请缨来到救灾一线，并在前往映秀镇的途中向党组织递交了入党申请书，请求党组织在抗震救灾任务中对自己进行考验。

在救援行动中，曲凯二闯重灾区，在撤出映秀镇后又冒险返回，参与抢救和治疗 40 多名伤者，以不怕艰苦和危险的大无畏精神，为拯救灾区人民生命作出了突出贡献。

5 月 17 日傍晚，医疗队通知曲凯马上到驻地参加自己的婚礼。原本曲凯的结婚日期是半年前就已经和亲朋好友商量预定好的，但曲凯为了来救灾前线，不让父母和亲友们牵挂担心，就悄悄地走了谁也没告诉。等到 5 月 17 日这天，远在长春的亲友们，如期参加他们举行的婚礼答谢宴时，却发现曲凯已经远在抗震救灾前线了。于是医院通知了医疗队，就在都江堰临时帐篷前，大家围坐在一起，通过食堂打来的盒饭，以及各兄弟医疗队赞助的罐头等，为曲凯举办了一场只有新郎的别开生面的婚礼答谢宴。

在救援队员们为曲凯举办婚礼答谢宴的同时，曲凯的正式婚礼答谢宴也在长春同步举行着。曲凯的新娘身着漂亮圣洁的婚纱，手里握着手机独自一人走进期待已久的结婚礼堂。

当长春电话连线都江堰的时候，这边的医疗队听到了新娘的呼唤声：

“曲凯，我不怪你，你的选择是对的，我为有你这样一个能把国家和人民利益放在心上的丈夫而感到高兴和自豪。现场大家的赞同声和我一样，你听!”

这样一句话，伴随着电话那头的欢呼雀跃声，却让电话这头参加前线救灾的曲凯热泪盈眶。

“我一定不负领导和家人的厚望，把全部力量投入抗震救灾中，为拯救灾区人民生命作出贡献。”他在电话里向爱妻和到场的亲友们说道。

5 月 26 日，吉林省电力公司医疗队临时党支部通过了曲凯、段鸿斌、曹镇洋 3 名抗震救灾一线青年医生光荣入党的决议!

“温总理和我握手了”

17 日中午，通用技术环球医疗鞍钢总医院接到了上级指令，请求增派两名医生赶赴四川地震灾区做卫生预防任务。医院立即决定，选派经验丰富的感染管理科科长孙科伟和年轻干练的 ICU 重症监护室副主任医师杨辉担此重任。孙科伟医生一直从事抗感染消毒等工作，在防感染方面有丰富的经验，当年在抗击“非典”时，他就曾担任医院抗击“非典”预防专业组副组长。而杨辉医生是医院里年轻医师中较早晋级为副主任医师的，他曾无偿献血 1200CC，还将血样留存在中华骨髓库，随时准备捐献造血干细胞。

孙科伟和杨辉晚上都没有顾得上回家。

“行，你去吧，我支持你。”杨辉 10 岁的儿子得知汶川地震后，虽然还不很明白他的爸爸将会面对些什么，但还是通过电话小大人般地和杨辉说道。

当晚，他们随鞍山市其他医院的 11 名医生在沈阳集结，并于 18 日上午飞赴四川灾区。下午 1 时 10 分，作为辽宁省第二批赴四川地震灾区医疗队成员的鞍钢总医院医生孙科伟、杨辉从成都双流机场下飞机后，就分别赶往德阳灾区执行任务和留在成都市等待任务分配。

…………

5 月 23 日早 8 时，正在帐篷医院里值班的杨辉，忽然听到外面人声鼎沸，跑出帐篷外面，突然看到温家宝总理来到四川地震灾区绵阳 404 医院看望灾区伤员和医护人员。

这时有人递来一张上面写着“感谢总理”的大红纸，1 米 78 的杨辉便高高举起，站在了人群前面。

“你们辛苦了！”温总理亲切地与杨辉等队员握手说道。

杨辉说：“总理！我是辽宁鞍钢总医院的。”

温总理与杨辉等医护人员亲切握手后，勉励大家克服困难，把救治伤员的任务完成好。杨辉表示决不辜负温总理的厚望，坚决完成救治伤员任务。

而杨辉的同事宋旸，作为通用技术环球医疗鞍钢总医院支援四川汶川地震灾区的首批医疗救援队的成员，也有幸与温总理握上了手。

“他是我们的总理，也是一位能给人以父亲般感觉的老人。”

宋旸事后每每向同事们谈起，总说平时只能在电视上看到的国家领导人和眼前这位慈祥和蔼的老人重合在一起，感觉异常亲切。

一面“特殊”的党旗

“……随时准备为党和人民牺牲一切，永不叛党。”5 月 23 日傍晚，来自通用技术国中康健北京电力医院医疗队的 22 名队员，身穿迷彩服在一面特殊的党旗下庄严宣誓。为了汶川灾区的人民百姓，医疗队员坚决拥护党中央的决定，坚决执行党的决定，认真贯彻现场指挥部的指示，发扬不怕苦、不怕累、不怕牺牲的大无畏精神，全身心地投入抗震救灾的行动中。

汶川地震三天后，一支由通用技术国中康健北京电力医院组成的 22 人医疗队，在院长林方才的带领下跨越千里，奔赴灾区。

为统一组织、行动有序及时抢救伤员，医疗队成立了临时党支部，为了进一步鼓舞队员们的士气和斗志，临时党支部书记李俊杰召开了党支部会议，决定尽快举行一场宣誓仪式。然而，此时的灾区交通中断，缺水断电、物资匮乏，日常基本生活都成问题，根本不可能找到购买党旗的地方，当时医疗队员手边有的就是 30 多枚别在胸前的徽章。面对这样的困难处境，随队出行的医院思想政治工作处副处长翟志明同志郑重提议，由队员们自制一面党旗，而他的提议立刻得到了全体队员们的一致响应。

于是，5 月 21 日晚，在还没通电的帐篷里，医疗队员们迅速行动起来，你打着手电筒，我举着应急灯，开始制作党旗。没有旗面，他们就地取材，从宣传横幅旁空白处裁下一缎红布，制作成60厘米高、70厘米宽的旗面。然后，用止血钳夹住党徽的别针，在旗面左上角，以27枚党徽为元素，小心翼翼地勾勒出了镰刀和锤头的图案，经过近1小时的精心制作，终于做成了这面“特殊”的党旗并进行了庄严的宣誓。

这面党旗悬挂在指挥所帐篷外，极大地激发了医疗队队员们和当地干部群众的斗志，更加坚定了打赢这场战斗的信心和决心。队员们日夜奋战在汶川当地，前赴后继、争分夺秒抢救生命，全心全意照顾病患伤员，谱写出了“天灾无情人有情”的佳话。据统计，在汶川抗震救灾中，通用技术国中康健北京电力医院累计派出4批医疗队共32名队员赶赴灾区，救治伤员919人，入户访视4668人次，防病防疫7217人次，健康宣教6917人次，为推进灾区医疗救治工作作出了重要贡献。

抗震救灾任务圆满结束后，第一批赶赴前线的10名党员一一在这面特殊的党旗上郑重地写下了自己的名字——李俊杰、岳凤枢、阴凯、翟志明、宗森、林方才、杨俊海、刘建伟、李志坚、陈胜利，以表达他们无愧于党的事业，更无愧于对人民的忠诚之情！

2008年6月，这面“特殊”的党旗由国家博物馆永久收藏。在2021年中国共产党建党百年之际，由中国共产党历史展览馆首次展出。这不仅是通用技术北京电力医院的荣耀，更是广大国有企业医疗工作人员的光荣。

千里增援格尔木！

2010年4月14日7点49分，青海省玉树市发生里氏7.1级地震，灾情发生后，党中央立即启动抗震救灾应急预案。

党和人民哪里有需要，哪里就有通用技术医疗队的身影。

4月15日9点30分，在通用技术环球医疗阳煤集团总医院的院办会议室，院党政领导及各职能科室领导紧急召开会议，决定派出急诊医学科主任李素文带队，由医师、护士、司机组成救援小组参加抗震救援。医院领导鼓励他们团结一致，克服困难，圆满完成市委、市政府交给的光荣任务，并为队员们准备了参加医疗救援必需的医疗设备、器械、药品和生活保障品。

"不辱医务人员使命，认真履行天职，全力做好抗震救灾工作!"

上午11时许，在市政府广场前，5名救援队员作为阳泉医疗救护队的一分子，慷慨激昂地宣誓后，便随着阳泉市抗震救灾医疗队在榆次火车站与来自山西省各地的医疗队集结紧急出征。医疗队统一乘坐由榆次开往西宁的917客运专列，经过19小时，于16日10点40分终于到达青海省西宁市。医疗队在西宁市等待运送药品和物品的救护车，同时购置一些生活必需品，准备随时赶赴玉树灾区。

4月17日凌晨，救护车到达。顾不上一路的疲惫，大家迅速加入了归整急救药品和物品的繁忙工作中，一直忙碌到凌晨2点多。在紧张和不安的气氛中稍作休息后，凌晨5点接到上级通知，鉴于青海玉树灾区大批伤员已转至格尔木，阳泉医疗队需派出四名医护人员赴格尔木开展医疗救治工作。急诊医学科主任李素文和阳泉市其他三名队员便被安排到了距西宁800多公里的格尔木市救治伤员，而其他人员由当地卫生局安排，就地医院协助治疗。

17日上午7点，李素文同省市内其他医护人员共63人乘车赶往格尔木。大巴车一路颠簸，途经倒淌河、青海湖、茶卡、都兰……行程800多公里，历时13个小时，两次攀爬海拔4000多米的戈壁滩和大沙漠。沿路荒无人烟，没有任何建筑设施，没有厕所，漫天的风沙飞舞，好多队员都出现了高原反应。恶劣的天气环境没有阻挡住医疗队的行程，夜晚9点医疗队终于抵达了格尔木市。

格尔木市共收治灾区伤员185名，李素文及阳泉的其他3名队员与吕梁、汾阳8名队员组成第四医疗队（其中医师8人，护师2人，司机2人，救护车1辆），参与青海省海西州第二人民医院救援行动。

青海省海西州第二人民医院专门成立了抗震救灾病区，收治灾区伤员28名。其中一名为烧伤（深二度，面积20%）伤员，其余均为骨盆、脊柱、四肢骨折伤员，两名为高龄患者。李素文与医疗队其他7名医疗专家负责伤员的具体治疗工作。

12天中，李素文他们共治疗伤员28名，会诊疑难病例38例，教学培训31人次，并每天认真检查每名伤员的情况，下医嘱，伤口清创换药，坚持一日三查房，参加会诊疑难病历讨论、术前病历讨论。李素文尽心尽责，无私奉献的精神和精湛的医疗水平，受到青海省海西州第二人民医院上下一致的良好赞誉。

医疗救助工作一直持续到28日，李素文同队员们要与伤病员分别了，院方很希望他们能多留几天。被李素文他们医治的藏族同胞干西对医疗队员更是依依不舍。

“共产党好！谢谢！”

他双手竖起大拇指，用刚刚学会的汉语激动地说。

“谢谢恩人。”

干西的儿子眼噙泪水一边说着感谢话，一边认真地把队员们的联系方式记了下来。

临别之际，医院赠予了他一面锦旗，上书12个烫金大字：“弘扬高尚医德，视病人如亲人。”

同行的刘强护士被编制到青海省人民医院急诊手术室参加救治工作，在青海省人民医院急诊手术室，他充分发挥男护士的优势，用扎实的理论基础和丰富的临床经验，对伤员进行精心救治，受到了伤病员和医院的好评。急救司机齐永成在海拔2000～3000米的高原，努力克服高原恶劣环境带来的强烈不适，包括难以忍受的高原反应和截然不同的饮食习惯所带来的挑战，积极投身医疗救护工作中。他在西宁市负责转运伤员及救灾人员，不断将从玉树转运到西宁机场的伤员送往各医院救治。

千里驰援，彰显了央企医务工作者的大爱无疆！

为人民服务，听党指挥

2022年9月5日，正值中秋节，泸定县发生了6.8级地震。通用技术国中康健四川电力医院迅速集结应急医疗救援队，第一时间赶赴震区。

从四川省雅安市石棉县出发，前往下辖的草科乡爱国村三组进行医疗救援。草科乡爱国村三组是个由54户100余人组成的村组，因地震导致道路损毁，车辆无法通行，医疗队员们就弃车徒步而行，手脚并用走山路，用时50分钟徒步3公里才到达目的地。到达后，队员们立即为受伤村民消毒、包扎、固定，指导村民开展消杀。

“你们是地震后第一支来到村里为我们诊疗的医疗队，太感谢你们了！”

诊疗结束后，村民们纷纷向医疗队员们表示感谢，热情地邀请队员们留下来吃晚饭，更有热心村民提来大袋核桃向医疗队表达心意。

队员们婉拒了村民们的盛情，在蒙蒙细雨中匆匆返回驻地，继续投入抗震救灾医疗保障工作中。

争分夺秒助力抗疫

医疗援藏，既有平日的涓涓细流，也有出列迎战的风声雷动。2022 年 8 月，西藏自治区首次发生的规模性新冠疫情，惊扰了雪域高原上的这一方净土。为打赢疫情防控这场硬仗，通用技术集团所属各医疗平台多家医疗机构闻令而动，快速高效高质组建支援队，千里驰援雪域高原，助力西藏疫情防控工作，在没有“硝烟”的战场上尽心尽责地守护着人民群众的生命安全。

接到上级组建援藏医疗队的通知后，数小时内，通用技术环球医疗上海中冶医院相关科室领导与众多员工踊跃报名，最终，孙强、胡效兰、黄昆鹏入选上海市援藏方舱医疗队，卢磊、王兵入选上海市援藏核酸采样队。5 名队员可谓是强强联合的“锵锵 5 人行”。其中，孙强曾远赴印尼抗疫数月，战绩卓著；护理部主任助理胡效兰先后在上海市金勺路集中隔离点、方舱医院征战，积累了丰富经验；来自肾内科的卢磊，曾远征巴布亚新几内亚独立国抗疫；来自 ICU 的护士黄昆鹏，先后在医院核酸采样战斗队、上海市金勺路集中隔离点、上海市泾灿路方舱医院抗疫，久经沙场；康复治疗师王兵曾在上海金勺路集中隔离点抗疫，又是通用技术环球医疗上海中冶医院核酸采样战斗队员，他还曾在四川省甘孜藏族自治州当兵 5 年，有着丰富的藏区工作经验。此次支援地平均海拔 4000 多米，由于高原缺氧，外加密不透风的防护服，队员在抗疫任务中面临着比平常更严峻的体能考验。生命相托，穿上白大褂，就意味着责任，意味着担当！虽然艰难，但大家每次都说：“我没问题，我能坚持！疫情不退，我们不还！”他们在疫情中冲锋，用实际行动与藏区人民共克时艰，共渡难关。

接到援藏抗疫任务后，通用技术环球医疗鞍钢集团总医院4名护理部的姑娘，刘志雯、刘双、倪丽丽、尹雪薇，无惧无畏，主动报名参加辽宁省援藏抗疫医疗队，奔赴雪域高原抗疫最前线。其中，刘双作为曾经援鄂医疗队的一员，再次出征。从陌生到熟悉，从忐忑到从容，在拉萨市方舱医院支援期间，她们戴着N95口罩，穿着防护服，每天精心照顾着上至八十多岁的耄耋老人、下至几个月待哺的婴儿和身怀六甲的孕妇。部分老年人既往基础疾病多、抵抗力差、突发状况多，需要她们随时应对；对于心情低落的患者，还需要给予他们心理疏导和耐心交流。抗疫任务繁重，她们从来没说过苦、没喊过累，以"科学、专业、严谨、细致"的专业精神和职业操守，以最快速度、最高标准、最严措施、最硬作风，在疫情防控一线上践行着初心使命。

受通用技术宝石花医疗派遣，华北石油管理局总医院感染性疾病科副主任医师马良和骨三科主管护师黄晓洁，于2022年8月26日前往西藏自治区拉萨市中国石油西藏销售公司（以下简称"基地"）执行支援抗疫任务。

两名队员在西藏自治区共计开展了为期90天的抗疫支援工作，其中入驻高风险区78天。其间，他们协助基地制定新冠防疫政策、开展防疫培训、救治新冠病毒感染者（包括无症状、轻症、重症等），同时坐诊"健康小屋"，为基地员工开展其他急慢性疾病的健康咨询等工作，共计接诊新冠病毒感染者和其他急慢性疾病患者约3000人次，其中包括诊疗新冠病毒感染重症患者6名，发放各类药品60人次、100余盒，被诊疗患者均取得良好疗效。两名队员为180余人次开展防疫指导培训，协助基地制定各项防疫政策4项，使基地疫情得到有效控制，防疫成果突出，工作得到基地领导及广大患者的一致好评。

同时，通用技术宝石花医疗四川宝石花医院通过全员报名筛选后，派出呼吸内科主治医师李怡、手术麻醉科护师周红、医院感染管理部王明3名医护前往西藏自治区山南市贡嘎县森布日支援当地疫情防控工作。

医疗队于2022年8月15日下午抵达目的地后，立即着手了解森布日防疫工作基本情况，与当地各级领导积极沟通、交流。援藏医疗队队长王明针对集中隔离点等高风险点的工作人员优化和闭环管理、隔离点的流程再造、卫生院发热哨点建立、医务人员的培训计划制定、防护物资的合理管理等提出建议，得到当地群众高度认可。

在森布日支援的21天时间里，3人共对165人次进行了防疫及医疗培训，为当地医务人员和卡点人员讲解了防护服的穿脱及防疫具体注意事项，重新规划并规范了治疗室药品的摆放、处理了过期药品及医疗物品、特别强调了消毒液开瓶日期的规范标注等。先后建立发热哨点1个，组织远程会诊2次，规范4项就诊流程，救治300余名患者及1名危重患儿，核酸采样351人次。参加各级会议9次，20余项建议被采纳。9月7日医疗队圆满完成支援任务，胜利返回成都。

水电建设“第一旅”　应急救援当先锋

——记中国安能唐山救援基地赴京津冀抢险突击队

◎文/廖志斌　聂凡迪

2023 年 11 月 10 日，习近平总书记在河北保定涿州市白沟河治理工程（涿州段）考察时，在堤坝上亲切看望慰问水利工程建设人员和曾经参加涿州抗洪救援的解放军和武警部队官兵、民兵预备役人员和各救援队伍代表。21 名身着鲜红救援服的中国安能救援队员代表荣耀地接受了接见。

2023 年 7 月底，京津冀地区突发特大暴雨灾情。在人民群众生命财产安全受到严重威胁的紧急时刻，中国安能集团立即调集救援力量，向受灾地域展开救援行动。其中，由 134 名队员组成的唐山救援基地赴京津冀抢险突击队率先投入战斗。半个多月里，突击队发扬“水电铁军”精神，向险逆行、挺膺担当，多路出击、连续作战，先后转战北京房山、大兴，天津静海，河北雄安、涿州、霸州、廊坊 7 地，累计修筑围堰 140 米、封堵溃口 192 米、抢通道路 1. 5 公里、加固河堤 3. 8 公里、巡堤排险 232 公里、清淤 4000 立方米、填筑砂石骨料 6. 5 万立方米、抽排水 40 余万立方米，处治管涌、渗水隐患险情 100 余起，在关键时期关键位置发挥了关键作用。2024 年 1 月，中国安能唐山救援基地赴京津冀抢险突击队被国务院国资委党委授予 2023 年度“央企楷模”称号。下面，就让我们循着历史的足迹，走近这支使命光荣、战绩辉煌的队伍。

一、植根红色基因，铸造铁军之魂

中国安能集团第一工程局有限公司唐山分公司（以下简称“中国安能唐山分公司”或“唐山分公司”），在共和国灿若星河里，或许不是最耀眼的一颗星，但翻开该公司的史册，你会发现，他就像祖国母亲众多儿女中的一个赤子，每迈出一步，都与国家的命运息息相关，不论身处何时何地，一旦听到母亲的召唤，就会给赤子般的铿锵回应……

唐山分公司（原武警水电第一支队），前身可追溯到华东野战军步兵第90师。1966年8月1日正式组建为中国人民解放军基建工程兵第61支队601大队，1985年1月列入武警序列，1999年划归武警总部统一管理，2009年纳入国家应急力量体系，担负国家应急救援、战时抢修抢建和维护社会稳定等任务。2018年8月31日，按照党中央决策部署，武警水电部队整体转为非现役专业队伍，组建为中央企业，支队改编为中国安能集团第一工程局有限公司唐山分公司。2019年9月6日，经应急管理部批复，公司加挂“应急管理部自然灾害工程救援唐山基地”牌子。主营业务包括建筑工程，相关工程技术研究、勘探、设计及服务，水环境治理，应急救援服务。

在新中国成立初期，百废待兴。天有不测风云，安徽省遭遇百年不遇的洪灾。1950年8月1日，安徽省委向党中央发出电报："今年水势之大，受灾之惨为百年所未有。淮北20县、淮南沿岸7个县均受水淹。房屋被冲倒或淹塌80余万间，其中不少是全村淹没。由于水势凶猛，受灾群众来不及逃走，或攀登树上，失足坠水，或船小浪大翻船淹死者不计其数……"

毛主席看过电文后，瞬间泪流满面，经过深思熟虑，决定启用部队治理淮河。1952年2月8日，中央军委根据毛主席的指示，开始选调部队治理淮河。

那么，在众多部队中，华东野战军步兵第90师，又是凭什么实力脱颖而出的呢？

翻开这支部队的历史，许多官兵都曾有过赫赫战功——抗日战争时期参加过百团大战，打出中国军人的志气和军威，灭了侵略者的嚣张气焰，在战争史上留下浓墨重彩的一笔；同样在解放战争期间，在中央红军"反第五次围剿"——中国革命史上最黑暗时期，参加过二万五千里长征，爬雪山过草地，啃过树皮充饥，创造了史诗般的军事奇迹；参加过著名的孟良崮战役，并歼灭国民党王牌军74师。新中国成立之初再立新功，参加过大别山清肃国民党残部任务。简言之，这支部队打过无数次硬仗，打败过日本侵略者，歼灭过国民党的王牌军，消灭过国民党残部和土匪武装。可以说，这支部队历经无数次战争的洗礼，千锤百炼、淬火成钢。毛主席看过华东野战军步兵第90师的背景资料后，慧眼识珠当即拍板："我看行，就选这支部队吧。"

1952年，华东野战军步兵第90师指战员，准备整装奔赴抗美援朝战场再立新功。岂料，部队接到毛主席"一定要把淮河修好"的指示。整装待发的指战员毫不迟疑，立即执行命令，由战场转向治理淮河的工程现场。他们心中只有一个信念，祖国的召唤就是我们冲锋的号角！就地改编为水利工程第一师，掀开治水兴电的历史序幕，书写新的历史篇章。

1966年8月，中央政府指令：水利电力部在水利水电建设总局，成立中国人民解放军基本建设工程兵第4纵队整编办公室，水利电力部所属的四川水力发电工程局整编为中国人民解放军基本建设工程兵第61支队。从此，中国就有了一支以参加国家经济建设和维护社会稳定为己任的特殊部队。

二、安澜兴邦，抗震救灾，彪炳史册，青山埋忠骨

从此，水电部队无论是长城内外，还是大江南北，在祖国的山川田野都留下了英姿，谱写了一曲曲壮丽的战歌，留下了一串串彪炳史册的光辉足迹，在他们战斗过的青山绿水大好河山，也伫立起用鲜血和生命铸就的丰碑。

为充实部队技术力量，原水电部决定：从直属水电局抽调部分技术干部支援基建工程兵第61支队（原中国人民解放军基建工程兵第61支队）。部队于1973年奉命到唐山北部山区——迁西县承建潘家口水库。

潘家口水库，位于河北省唐山市迁西县洒河桥镇杨查子村附近的滦河下游，是开发滦河水资源的大型水利水电工程，是引滦入津、入唐输水“龙头”工程。水库建成后，可满足天津、唐山工农业生产需要和城市用水。水库电站总装机容量为45万千瓦，通过22万伏的高压输电线路，向京津唐电网输电6.33亿度。水库同时兼顾防洪、养殖等，综合效益极为可观。

潘家口水库主坝高107.5米，长1040米，最大底宽90米，混凝土建筑量268万立方米。大坝共有56个坝段，坝基采用微末灌浆防渗漏。当时的国

内水利水电工程规模，仅次于葛洲坝和丹江口，居全国第三位。潘家口水库建成后，将成为一颗璀璨的水利明珠，在冀东大地熠熠发光。

1973 年 7 月 20 日，国务院、中央军委下达命令：第 61 支队担负河北滦河潘家口水库施工任务。第 61 支队接到命令后，下属的 601、606 等共六个团的干部战士分两批参加。第一批于 8 月中旬进驻潘家口。9 月中旬，第 61 支队来自五湖四海的第二批官兵，陆续进驻河北省迁西县潘家口，准备参加工程会战和进行施工前期的各项准备工作，自此拉开了群英会战潘家口水库的序幕。

在会战之前，支队党委给潘家口水库工程勾画出一幅思路清晰的建设蓝图：提前一年截流，提前一年蓄水，提前一年发电，节约投资 5000 万元。给施工单位指明工作方向和目标，并设立现场施工指挥部，给施工现场排兵布阵，并明确施工首要任务——导流。

水库开工初期，支队依据滦河水位落差大的特点，提出枯水期导流方案，把原计划全年截流的大围堰，改为在枯水期截流的小围堰，削减 20 万立方米的堆筑量。

围堰时的场景十分壮观，近百辆载重 20 吨的翻斗卡车，一辆接一辆像一条巨龙，把废渣、砂卵石、石块陆续运送到滦河岸边，施工现场人声鼎沸，汽车喇叭声声入耳，似乎唤醒了滦河岸边沉睡许久的秀丽青翠的层层山峦。

在 1976 年的汛期到来之前，潘家口水库的施工建设正如火如荼地推进之中，各项工作都处于紧张而有序的状态。为了抢在汛期之后顺利实现截流，全体施工人员正全力以赴，与汹涌的洪水展开了一场激烈的“赛跑”，每一个环节都充满了紧迫感与使命感，力求在关键时刻到来之前，为工程的成功奠定坚实的基础。

岂料，7 月 28 日凌晨拂晓，唐山这一北方工业重镇，突发震惊中外的 7.8 级大地震。当时支队官兵正在距唐山市区 120 公里处的潘家口水库大坝进行浇筑，29 日接到命令后，即刻出动部队分两批开赴唐山参加抗震救灾第一线。

原水电支队副总工程师杨月林回忆：当时他参军不久，第一时间参加抗震救灾。所属部队是最早抵达震区，展开救援的单位之一。连队迅速抵达救援指定地点——唐山地区商业局招待所。同时，接到上级明确指令，要先搜寻生存者，想尽办法营救。团部还派出吊车配合救援。为避免对幸存者造成二次伤害，搜救过程中要先确定废墟里确无生命信息，才能再搜寻遇难者的遗体。

这座昔日繁荣的工业重镇，瞬间被地震夷为平地，远远望去没有直立的房屋，也就没有了参照物，很难辨别道路，到处是石头瓦砾，可谓一片狼藉。更糟糕的是，城市生活设施和水电供应，全部处于瘫痪状态。昨日还熙熙攘攘的闹市区，转眼变成满目疮痍的“废墟”。

招待所的住客登记表里，有一行几十人来自贵州铜仁，原本是来唐山遵化参观学习的，偏偏遇到百年不遇的大地震，所有人在睡梦里遇难。可叹因一次异地学习，竟与家人永诀，成了人间悲剧。仅招待所就搜寻到 200 多名遇难者。

当时，唐山正逢梅雨季节，骄阳似火，酷暑难耐，还时有雷电暴雨的袭击。因电力水利设施瘫痪，酷暑天气没有洁净的水源，对救援人员来说，面临着生存环境的严峻考验。

连续不间断地搜救导致的劳累，加之酷暑、潮湿统统袭来，像猖獗的蚁群吞噬着战士们的肌体。夜深人静时，他们在临时搭建的帐篷里，躺在草席上腰酸背疼暂且不说，更令人揪心的是目睹了太多的生离死别，有的遇难者年龄跟他们的父母相仿，有的遇难者，则与他们的兄弟姐妹一般大小，触目惊心的惨状，一幕一幕在他们的眼前闪现，仿若逝者是家人，既疼惜又无奈，心里翻卷着难以言表的疼痛，久久不能平复。除此之外，还要抵抗来自大自然给人心理上带来的巨大冲击。

“7·28”大地震后，因为地壳频繁运动，余震时有发生。经常是战士们正忙着搜救，陡然从地下传来闷雷似的轰鸣声，接着是地动山摇的摇晃，顷刻石头瓦砾横飞，烟尘飞舞，战士们瞬间被烟尘吞噬，像在簸箕里的豆子，被颠来倒去，站不稳立不住，一阵摇晃过后，还没等醒过神又莫名地撞到不远处战友的身上，让人惊魂未定。在正在发威的地震面前，人类太过渺小了。

连长心急如焚。为了稳定军心，他召开干部会议，进行周密部署：干部要振作精神，多和战士聊天谈心，释放心理压力，即使天塌地陷，干部要首先跳下去，为战士们打前阵。不得不说，这支部队有着优良传统，在灾难面前，骨子里的红色基因正在发酵，而且喷涌出强大的正能量，足以抵挡来自大自然的挑战。

招待所救援结束，部队转战清理另一栋家属楼。相比之前的救援任务，家属楼涉及市民私有财产，更具私密性，清理过程需要注意细节和人性化管理。上级要求在清理过程中，要逐户清理，并将清理出的财物逐户登记、防止疏漏。部队指定专人清点核实数据，登记造册后，当晚统一上交团部。

说是清点，远不是平常理解的清点。面对堆积如山的建筑废墟，没有准确定位，没有明显的物品，一切都是未知数。换言之，面对一栋楼的坍塌建筑垃圾，如何去分辨住户，又何谈登记财物？善于打硬仗"啃硬骨头"的指战员们，不等不靠不畏缩。指挥员和战士们围着建筑物巡视一圈，终于发现一个特点：整栋楼整体坍塌，墙体七零八落，不同楼层的水泥预制板一层压一层地摞在一块，掀开一住户的楼板，该户的遇难者就在楼板下方。找到了清理途径立即动工，他们先挨个楼层掀开预制板，再细分房间单元编号，逐户挖出户口本、工作证以及财物位置，详细分析判定后，再指派专人造册，登记过程严丝合缝、毫不含糊。

遇难者中有一位女户主叫胡文敦，与丈夫一同遇难。在清理其家产时，发现有张两万元的存折。约莫两三天后，遇难者夫妻的儿子，从天津急匆匆赶到唐山寻亲，得知父母双亲不幸遇难，便到团部认领父母的遗物。团部相关人员把存折递过来，他用颤抖的双手接过两万元存折，眼里闪着泪光，半晌说不出话，情绪平复后，他连声说："太感谢解放军了！"

看似平常的一句话，对子弟兵来说，分量却是沉甸甸的，犹如一股暖流在心里流动。在他们看来，这是世界上最美的语言，是对他们的最高褒奖。

8 月中旬，清理工作告一段落。连队接到上级的指示，要为灾民搭建临时抗震房，尽快恢复正常生活秩序。当连队指挥员巡视现场，看到灾民住在不能遮风避雨，用塑料布、油毡搭建的男女同住的抗震棚时，心里五味杂陈，有说不出的酸楚。

连队指挥员从现场回来，在动员会上动情地说："我们是人民的子弟兵，地震快一个月了，我们有什么脸面让灾民还住在四面透风的油毡房？战士们沉默了，暗暗攥紧了拳头，心里铆足了劲。会后，指挥员和战士们一同加入建房队伍，搬砖、和泥、锯木条，他们忙碌的身影来回穿梭在施工地，一时间成了震区的一道风景线。他们顶着火辣的太阳，冒着酷暑在工地干活，衬衣湿了又干，干了又湿，反反复复以致后背浸出一圈一圈的汗碱，彼此都能闻到一股汗酸味，但他们全然不顾，心中只有一个念头——尽快盖好抗震房。

半个月后，两栋结实敞亮的抗震房完工，受到了上级领导的表扬。当灾民搬进抗震房，脸上露出开心的笑容，不由得连声夸赞解放军。那一刻，指战员们的心里像喝了蜜糖一样的甜，他们的脸上都绽放出灿烂的笑容。

抗震救灾进入尾声。所属一中队共搜索掩埋遇难者遗体 1694 具，装卸转运抗震救灾物资 1800 多吨，被国家建委授予“抗震救灾模范中队”光荣称号，并荣立集体一等功。

亲历者杨月林感慨地说：“生命是宝贵的，又是脆弱的！人类面对大自然的灾害，是那么无奈！我是个新兵，在军营之外体会到了‘军民鱼水情’，见证了抗震救灾这段真实的历史事件。”

截至 8 月 30 日，所属部队参加唐山抗震救灾整整 30 天。或许，在漫漫人生长河中，30 天只能算是一瞬间。而对于参加抗震救灾的指战员来说，既是参与者，又是见证者。他们目睹灾区人民生死离别的震撼场面，也经历了在灾难面前无数的生死考验，铸成今生永恒的记忆。他们亲眼见证了“一方有难，八方支援”的中华民族优良传统美德在唐山的真实体现，也深感在灾难来临之际，子弟兵永远是人民的保护神！

最终，在全国上下的共同努力和各方力量的慷慨支援下，唐山电网很快恢复供电，潘家口工程当年截流计划启动，连队继续承担基础处理隐蔽工程，截流前必须完成。

1976 年 10 月 9 日 14 时，主河道截流成功，高高的围堰截住了滦河水，实现了第一个工作目标。开挖基槽是建设大坝的基础工程。官兵们按照设计要求，扎扎实实进行施工，确保打下坚实基础。但在施工现场很快发现，河床裸露后河道里堆积的大小砂卵石，两岸接触带岩石破败不堪。支队采取清除坝基砂卵石覆盖层和岩石开挖一并作业的方法，组织人力在周边山上，用风钻、潜孔钻孔爆破，开挖岩石。官兵们一边爆破，一边人工撬挖岩石，用电铲车，配合自卸车出渣。1980 年 10 月坝基开挖结束。

说到水电建设，质量要求最严格的是帷幕灌浆。所谓帷幕灌浆，就是沿着大坝轴线方向，在岩石廊道里，打几排直插岩石层的钻孔，然后逐孔灌进水泥浆，形成帷幕似的“坝下之坝”，提高坝基抗渗透能力。一般的孔距是 3 米，孔深 5 ~ 8 米。37 号坝段 1 号孔，打到 51 米深时，地层破碎卡住钻具，钻头掉进孔里，多次打捞无果。有人建议，干脆挪个位置重新打孔。可是，整个坝体总共需要打几千个孔，挪一孔位不算难，可是排长清楚：孔位一挪动，帷幕就会弯曲，势必将影响帷幕质量，那是万万不可。他带领几个战士，在阴冷潮湿的廊道里，连续忙了三个班次，把钻头打捞上来继续下钻，当钻到 56 米时，进行压水试验，发现单位吸收量远超规定标准。虽然到了设计深度，但因孔底岩石破碎，直接影响防渗帷幕质量。如果这块施工质量不高，将会导致大坝移位，带来不可估量的后果。排长找到技术人员，建议继续往下打钻，钻孔来回搬三次，直到钻到深达 74 米，达到规定要求为止。基础处理营的官兵就是这样，凭着坚韧的毅力，丁是丁卯是卯的严谨作风，紧绷保证施工质量这根弦，取得两年内打孔 843 个，其中 11 项质量指标中，优良率达 90%，最终，这个帷幕灌浆工程，被评为全优工程。

坝基合格后，工程就要进行主坝混凝土浇筑。施工采用常规分块分层浇筑法。问题也随之而来，如果按一米见方筑成一条路计算，等于从北京到广州的路程，甚至还要长。如此浩大的工程量，从装卸、运输、加工，直至浇筑混凝土，指战员们要付出多少艰辛，工地上要洒下多少汗水，施工难度可想而知。譬如，装卸排负责水泥装卸任务，按规定每人只能干一年的工作量。而装卸排长邵明祥，凭着过人的毅力练就一副钢铁般的筋骨，在又脏又累的装卸岗位上一干就是六年。为了追赶施工进度，他一干就是几个工班，在抢装抢卸水泥时，因为身体和水泥袋长期摩擦，肩头磨破血肉模糊，鲜血染红了水泥袋，他扛过的水泥袋上都留下了斑斑血迹。

而施工工地，输送混凝土骨料的皮带机，属于工程中枢环节，要日夜不停地转动。一天晚上，皮带机突发故障，值班战士王金满被突然飞来的重物砸倒，当即晕厥。他醒来睁开双眼那一刻，还在想：“若是停皮带机，现场就要停工啊。”他没有半点迟疑，咬着牙忍着浑身的剧痛，踉跄地爬上 12 米高的机架，坚持操作3个小时，皮带机没有间断，正常输送骨料。直到战友接班才看到他已昏倒在工地，把他送进医院，经医生检查确诊：脾脏五处破裂，胸腔出血。即便住院期间，王金满脑子里想的还是输送皮带机，没等内伤痊愈便返回工地。这位血肉之躯的战士，有着钢铁般的意志，因为其出色的表现，部队为他记二等功，被誉为“雷锋式的战士”。

不能忘记的人——基建工程兵水利电力部办公室主任、红军老战士朱国华，得知自己身患重病后，没有沮丧和丝毫的懈怠，把病魔抛至脑后，就像一个健康人，他的身影总是出现在施工现场。这位老红军参加过长征，骨子里再次衍生出的钢铁意志，正是源自红军的红色基因，正是秉持红军的铮铮铁骨，在新中国的建设中，他要开始新的“长征”——与病魔抗争和赛跑。他每日坚守工地指挥攻关，直至生命的火焰熄灭那一刻，用一腔热血和生命，书写了“与潘家口水库同在，与祖国山河同在”的壮丽人生。

榜样的力量无形中也在群体里悄然发酵。很多战士不怕苦和累，在各自岗位上拼搏。当时正值北方天寒地冻，一天深夜，值班战士担心电动机溅上水，发生短路故障，干脆脱下棉衣盖上电动机，虽然冻得瑟瑟发抖，全身僵硬，手脚也不听使唤，但他始终坚守在电动机旁，创造了砂石运转新纪录；另一名党员战士，为了排除故障，不畏严寒，三次跳进带着冰碴的河水里，清理积水就地抢修水泵；在抢筑海拔142米防洪线的战斗中，一个班吊233罐混凝土，创造了全国水电系统最高纪录……潘家口水库工地，是个创造奇迹的地方，不断创造和刷新着纪录。虽然他们没有留下名字，但他们的精神在部队一直传承。况且，这支队伍就是由无数无名英雄组成的群体。

新中国建设之初，国家并不富裕。第61支队各施工单位的官兵，为降低工程成本给国家节省资金，先是改进和完善机械化运输系统。砂石基地离水库工地10多里，水泥货场在100里外的遵化市。起初支队用汽车，运输成本很高。后来启用铁路运输线，把材料直接运到施工现场。因此支队还安装了双重钢索皮带机，运送砂石骨料，使每吨水泥的运费由原来的32.4元降低至7.8元，大坝混凝土每立方米单价也比预算成本降低5元多。而后加强机械管理，开展单机单车核算。担负挖掘土方、运输任务的单位，组织干部战士大搞技术练兵，让大家熟练驾驭手中的设备。同时，坚持对机械设备勤保养、勤擦拭，减少机械损耗，提高设备利用率。推土机和载重汽车，每班（台次）的实际单价分别比预算单价低 41.5% 和 39.6%。另外，第 604 团 9 连担负潘家口水库砂石料运送任务。他们使用的 10 条运送皮带，由于长期磨损，皮带断头现象时有发生，仅 6 个月的时间就损坏 36 条。战士们心里都揣着本账，想尽办法修复，从不轻易更换新皮带。

1979 年 7 月，大坝浇筑到 185 米高程，构建高程防洪线。12 月导流底孔下闸，水库开始蓄水，实现了支队党委提出的第二个目标。1980 年 9 月，坝体全部达到设计高程。第 602 大队的指战员，投入副坝修筑，成立以技术人员为主共由 20 多人组成的质量检查组，以“宁可多吃苦，坚决保证施工质量”的原则，每天进行质量分析和评比。在土石坝开挖时，发现覆盖层下边，有一层 4～6 米厚的砂质黏土，土质松软不牢固。为了保证坝基质量，大队领导决定边挖掘、边加固。为防止坝基震裂，开挖时不用爆破，或者用小炮爆破。为了防止工程遗留隐患，堆筑时用石碾多碾压几次，增加泥土硬度；黏土反复翻晒，若是水分比重不达标，绝不使用。尽管增加了工作量和劳动强度，但坝基质量有保证。坝基砌筑好后，几十辆 20 吨位的大翻斗车，连夜从脖子梁山坡运来山皮土，铺一层碾压一层，碾压一层夯实一层，坝体顶面和斜面用压面石铺砌一层，直到坝体达到标准。远远看去像一段石砌的长城，横卧在坝体上，气势恢宏而壮观。

那场“与时间赛跑，抢灌 42 个大坝接缝灌区”的场景，让潘家口水库参战人员至今刻骨铭心。

时任 61 支队副支队长的崔军，要求基础营在 5 月之前，完成 150 米高程以下 42 个灌区的接缝灌浆。当时现场不具备灌浆条件，崔副支队长调来 602 团的兵力，协助基础营在宽缝浮渣内挖坑寻找接通灌浆管路。为了加快施工进度，时任 602 团工程股副股长的李光强，跟战士们一块跳进坑槽督导施工，泥水淹没了下肢，双脚浸泡在泥水中，连续作业近 35 天。最终于 5 月 31 日，基础营按时完成 42 个灌区的接缝灌浆任务，得到上级好评和奖励。1980 年 12 月，副坝基本竣工。1980 年 12 月 15 日，试发电成功，实现了支队党委提出的第三个工程施工目标。潘家口水库坝基帷幕灌浆工程，于 1980 年被基建工程兵总部评为“进度、质量、效益全优工程”。

在 1983 年潘家口水库中间阶段验收和 1985 年竣工阶段验收中，所承担的钻孔灌浆工程，均一次性验收合格，管理单位和设计单位对灌浆质量和竣工资料均满意。

中共中央、国务院，国家有关部门，对潘家口水库建设十分关心和支持。国务院原副总理李先念曾于 1977 年 8 月，就水库建设作过重要指示。万里、姚依林、谷牧等国务院领导，中央军委原副主席杨尚昆、原北京军区司令员秦基伟等先后到水库工地视察，并作重要指示激励部队。1981 年 3 月 24 日，国务院副总理万里，到潘家口水库视察，向第 61 支队官兵表示祝贺和慰问。对水库建设者们克服困难，创造“提前一年蓄水，提前一年发电”的成绩给予高度评价，并语重心长地说：“你们是解放军，是为人民造福。你们住临时房子，吃苦在前……”并勉励第 61 支队，“再接再厉，要有高度的组织性、纪律性，有过硬的施工本领，这样才能搞好工程，为四化多作贡献。”

1981 年 7 月 21 日，基建工程兵领域迎来了一场盛大的表彰大会，奖励在“创全优、争一流”竞赛活动中，涌现出的 23 支一流基建队伍。第 61 支队成为基建工程兵“第一流基建队伍”中唯一一个支队级单位。基建工程兵主任李人林代表兵种党委向第 61 支队授予了一面意义非凡的锦旗。锦旗上镌刻着“第一流的基建队伍，建设四化的光荣尖兵”。1982 年 3 月，工程验收并移交管理单位时，各项施工优良率均达到 90% 以上，超过设计标准，被上级评为“全优工程”，成为质量样板经验得以推广。

1985 年基础营受命开赴广西天生桥电站前，组建一个连队留守潘家口工地，由火焕义任连长、黄方舟任指导员。

1989 年下池工程迎来了一个重要的施工阶段，即在左岸 55、57 号挡水坝区域展开全断面碾压混凝土施工。由于经验不足，坝体局部出现漏水现象，经专业会议确定采用灌浆方法解决碾压混凝土的局部缺陷。基础营进行帷幕灌浆时，结合处理碾压混凝土的缺陷，取得较好的成效。经检查孔压水验证坝体的透水率，已满足设计要求。下池工程进行全断面碾压混凝土施工，为我国在寒冷地区采用抗冻性、抗渗性、裸露式全断面碾压混凝土坝施工，积累了宝贵的施工经验，此项技术曾获水利水电科学技术进步奖三等奖。

一分耕耘，一分收获。1989 年潘家口水利枢纽一期工程荣获了水利部颁发的“优质工程金奖”，水电部队被赋予了“金奖之师”的美誉。

基础营在建设史上，也留下浓墨重彩的一笔：为了保证水库工程顺利完工，在潘家口水库工程施工中，李方柱、宋建章、冯宗明、王根芳、郭佐名等31位英烈因公牺牲，他们把一腔热血和青春，留在潘家口水库堤坝上，用年轻的生命伫立起一座“烈士英名，永生不朽”的丰碑，他们的英名和年轻的身影，永远留在昔日战斗过，如今风光秀丽的潘家口水库，英魂永远遥望着战斗过的青山绿水。

昔日的水电部队，如今的中国安能唐山分公司，以及退伍老兵们，没有忘记这些英烈，每年的清明节前夕，昔日的部队领导，如今的公司领导带队，到潘家口水库进行祭奠活动，在烈士纪念碑前集体献花，缅怀英烈，铭记英名，秉承一代一代薪火传承——红色基因。

五十年风雨兼程，五十年浴血荣光。水电部队挥师长城内外，转战大江南北，在祖国的山川江河之间，谱写一曲曲战天斗地的壮丽凯歌，留下一串串彪炳史册的光辉足迹。

1997年8月，时任水电指挥部政委刘源将军为支队题词：“水电第一旅”。

组建以来，水电部队累计参建关系国计民生的大中型水利水电工程200余项，是全军唯一一支参与三峡工程、西电东送、西气东输、南水北调、青藏铁路五大跨世纪工程建设的队伍，刷新过水电建筑史上数十项国内乃至世界纪录。部队多次荣获建筑业的最高奖，包括“鲁班奖”“詹天佑奖”“火车头奖”以及国际级的“国际里程碑奖”等重大奖项，先后获得4项国家科技进步奖二等奖，以及53项省部级以上科技成果，更有60余项工技法被国家列为水电行业的国家规范和工法。

作为应急救援的“国家队”，水电部队凭借具有的红色基因优势、组织优势、纪律部队优势及作风过硬和较强的战斗力，屡次在关键时刻，发挥关键作用。50年来，在国家遭遇的几十次重大灾难考验中，总能见到水电部队冲锋陷阵，奋力抢险的身影……先后参加150余次特重大抢险救援任务，为保护人民群众生命财产安全、保障人民安居乐业作出重要贡献。

三、从“橄榄绿”到“救援红”，初心不改再创佳绩

中国安能唐山分公司转制后，悉数参加过的十余次救援抢险任务，河南救援抢险任务算是比较艰难的一场硬仗。

2021 年 7 月 17 日，河南省出现罕见的持续性特大暴雨。7 月 18—20 日，郑州市及周边地区遭受重大人员伤亡和财产损失。灾情就是冲锋的号角，接到集团和工程局领导指示后，唐山分公司先后从四省（区）五个方向集结，调集 102 人 54 台装备参与抢险救灾。

7 月 21 日零时，中国安能唐山救援基地抢险队启动装备准备启程。大功率排水车操作员李天生接到命令，从河北省唐山市急驰河南郑州。但此刻，却接到母亲的电话告知：叔叔遭遇车祸，住进重症监护室。队长考虑到，这是人之常情，劝他先回家探视。李天生压了压内心的起伏，果断地说：“我是师傅，其他人都是新手，我不放心啊。”

这位于 18 岁入伍的老兵来自广东。他身材瘦削，不善言辞。但瘦小的体格里，盛满了大爱情结。他懂得“小家”永远服从于“大家”这一简单的道理。况且，这质朴的情怀早在军营时就深深植根在心底。国家有难，自己肩负着重任，他没有半分迟疑，拎起背包迅疾跳上驾驶室。凌晨 5 时左右，李天生在行驶途中，再次接到母亲的电话：“叔叔已经去世……”这是他继 2009 年父亲过世后，第二次错过送亲人最后一程。

李天生的老家坐落在粤北最偏远的小县城。2009 年 7 月 22 日，突然接到父亲去世的消息，他跟领导请假后，即刻赶往老家，当时他正在靠近边境的云南省普洱市澜沧县工地，去昆明要十个小时的路程，乘坐次日早上 8 点的飞机，途中要经过数次转站，几经周折到老家，已是下午 1 点多。因天气炎热，父亲已经下葬，终究没能送父亲最后一程。母亲对他说：“给你爸磕个头吧！”李天生在父亲的坟头泣不成声。因为父亲早逝，他娶妻生子这些人生大事都是由叔叔操办，他跟叔叔情同父子。

得知叔叔去世的那一刻，他把咸涩的眼泪咽进肚子里，双手紧握方向盘继续前行。车窗外下着瓢泼大雨，天公似乎也知道他有难以言表的悲伤心情，

铆劲地拍打着驾驶室的车窗，敲打着他疼痛的心……

李天生强忍着悲痛，连夜带领排涝班组，经过21个小时机动行驶830余公里抵达灾区。7月21日凌晨2点左右，抢险救援队到了京广北路隧道附近，看到灾区受灾情况，远远超出想象，形势十分严峻。

李天生和队员们被眼前的情景震撼了，整座城市都淹没在洪水之中，望着一眼望不到边际的洪流，他们心里火急火燎。怎奈洪水的势头如脱缰的野马，很难立刻驯服。收费站堵满了车辆，救援车根本进不去城区。而且高架桥又限高，大型设备不能通行，通信信号全部中断，车辆不能使用导航无法进入指定灾区。

终于，在当地老乡的指引下，于7月21日下午1点40分许，李天生和队友抵达指定位置——京广北路隧道。此刻，唐山分公司总经理刘其森第一个抵达郑州坐镇指挥，果断决策尽快排水，尽快恢复公路畅通。李天生驾驶的3000型子母式“龙吸水”是安能公司第一个抵达郑州的工程救援主战装备。

但问题也出现了，排水车平均每小时抽水3000立方米，每小时需要移动一次。时下天气没有定数，随时会有暴雨袭来。隧道里的洪水不知深浅，路况风险不可预知。李天生没有忘记自己是救援班长，理应第一个跳进水里探路。隧道里满是泥泞，排水管道的污水横流，散发着刺鼻的恶臭。但这些都被他们忽略不计，连续昼夜抽排水。李天生不顾双脚泡得褶皱发白，跟另外两名救援队员，站在齐膝深的水里，抬着重达200斤的水管缓慢前移。由于长时间抬着重物操作，他满是老茧的手不停地颤抖，但不能停下，他直了直疲惫酸痛的腰身，望一眼桥上灾民们期待的目光，仿佛给自己注入了某种动力，满血复活地继续排水作业。不知是给自己鼓劲，还是给队友们加油，他高喊：“1、2、3，1、2、3！”激情铿锵的号子，在隧道里一遍遍回响，号子声似乎有了魔性，救援队员们的疲惫，随着号子声悄然溜走了。

在唐山分公司救援队和兄弟救援队、志愿者的共同努力下，终于铺好了管道。当操作员按下“龙吸水”启动键时，顷刻间积水像个小型“瀑布”从管道喷涌出来。救援队员望着眼前的情景，像是看到了最美的风景，他们忘记了疲倦，忘记了连续作业所致的浑身酸痛，咧开干裂的嘴唇笑了，笑容开心又灿烂。那是劳动成果，也让他们看到了救援的一束曙光。

中国安能其他兄弟单位救援队伍陆续抵达助阵排水，水位下降越来越快。经过五天五夜的连续排水，阻断交通一周的京广隧道，终于双向贯通。

事后，队员问李天生为何这么拼？这位瘦削、不善言辞的广东硬汉简单直白地说："刘总都在前头拼，我怎么能落后！"

在河南抢险的十多天里，救援人员就跟当年在部队一样，跟老百姓有与生俱来的"军民鱼水之情"。河南郑州的老百姓，跟救援人员演绎着一幕幕感人的场面。

7 月 21 日下午 4 点左右，救援车队刚刚抵达郑州城区，在京广隧道附近，巧遇一位四五十岁模样的妇女，背着高出身高半截的行李卷，两眼无神，孤零零地走着。当她看到救援车队，看到吴天罡穿着醒目的"救援红"制服，刚刚还茫然不知所措地望着洪水，就像突然看到一艘救命的小船，眼睛瞬间发亮，如看到亲人般大声问："你们是从哪里来的？我是安徽来打工的，回不去了。招待所在哪儿呀？"因车队刚到郑州，对当地情况还不够了解，小吴安慰说："您去问问当地人，我们才到这里。"小吴又仔细打量下她，年龄跟母亲相仿，一副无助的表情，心里升腾一阵酸楚。他拿出几袋面包和几瓶纯净水递给她，接过供给她连声说"谢谢！"

7 月 22 日上午 7 点左右，救援队在京广隧道抽排水干个通宵，队员们又累又饿就地露营。只见一位 20 多岁的女孩子，在没膝盖的洪水中推着自行车艰难前行，车把手上挂着一摞白色打包盒。原来，她亲手包了 40 多份热气腾腾的水饺和包子。每个饭盒上都写着一行娟秀的字："兵哥哥，你们辛苦了！兵哥哥，你们好帅！向你们致敬！"她悄无声息地把盒饭递给救援队员，扭脸又蹚水走了。望着她蹚着洪水远去的单薄背影，救援队员们心里瞬间升腾一股暖流。

也是在郑州，救援队员没时间理发，头发遮挡了视线很不方便。傍晚救援告一段落，结伴到理发店理发。当他们结账时，老板说："不用给钱！"救援队员非要付钱，老板瞅一眼他们穿的红色救援服说："你们大老远来救助我们，吃不好睡不好，还冒着生命危险，不能跟你们要钱啊！"

虽说洪水让郑州一度成了一片汪洋，但质朴坚强的河南人，没有被洪水浇灭心中的爱和希望，他们和救援队本色演绎了双向奔赴的人间大爱。

在河南的十几天时间，救援队先后转战郑州、开封、新乡、鹤壁四地，接连打赢城市排涝、水库排险、群众转移、决口封堵等多场大仗硬仗苦仗。累计搜救转移人员1400余人，完成抽排水1095.06万立方米、开挖泄洪槽140余米、开挖土方1.08万立方米、封堵决口60.8米、抛填加固土石方3.83万立方米、修筑道路500余米、修复分洪堤110米、铺设土工布1180米、坡面修整4000平方米、制作钢筋石笼200个。这一个个具体、可感的数字，无不浸透着救援队的心血和汗水。

正如救援队员们所说，即便再累再苦再难，当面对当地百姓善待救援队一幕幕的感人场面时，心里会升腾起一股暖流和敬意。他们发自内心认为，付出的一切都值得!

四、向险而行，冲锋在前

翻开这支队伍的发展史，就像展开一幅群英荟萃的画卷。无论是曾经的武警水电第一支队，还是如今的中国安能唐山分公司，这支队伍不管是部队指挥员，如今的管理者，还是曾经的普通士兵，如今的普通职工，从不缺少迎难而上、不断涌现的逆行者，他们骨子里的红色基因一直在传承，正是他们的前赴后继，才能不断谱写逆行者的英雄赞歌。

张双涛是中国安能唐山分公司救援基地四级职工——也是这支队伍中逆行者代表之一。这位“80后”员工，来自被称为“中国风筝之乡”的山东潍坊。高中毕业后，因高考成绩不理想，像许多乡村的小伙一样，出于对未来的憧憬，选择去部队当兵。他的父母是脸朝黄土背朝天的农民，对部队有着莫名的信赖，听说儿子要去部队，不约而同地点点头，满眼含着灿烂的笑。于是，他决定要像只即将起飞的风筝，把梦想放飞到军营。

2003年12月的一天，张双涛终生难忘。他背着行李离开家乡走进了部队。时光荏苒，在部队的日子里，他对军营有着深深的依赖，军营就像他的家，似乎成了他灵魂的安放处。

2018年9月1日，党中央决策部署，水电部队集体转为非现役专业队伍，组建为中国安能建设集团公司，支队改编为第一工程局唐山分公司。

这消息在张双涛的心里掀起了波澜。在部队服役的 15 个年头里，他在军营与战友们朝夕相处的点点滴滴，成了此生的精神财富，对军营有难以言表的依恋之情。这么多年，无论他随着部队高飞到哪里，他的精神归属总是军营。但若是转制，跟家人两地分居不论，他似乎失去了精神寄托，脑子空空洞洞地不知所措。短暂的苦闷之后，他给父亲打去电话，父亲的态度质朴而坚定："儿啊，要听部队的指挥，跟部队走准没错。眼下是暂时的困难，上级肯定有打算，服从部队的安置吧。"家人的话像一盏明灯，一扫他心里的阴霾，照亮了他的内心世界，心胸豁然开朗。

如今，他虽然卸下戎装，但初心未改。在碰到艰难险阻的救援任务时，总能看到他的身影，他总是第一时间冲在前头，驻守在保卫人民生命财产的第一线，尽显"水电铁军"铁骨铮铮、勇于担当的个性。

2021 年 7 月，河北雄安新区白沟引河右堤平王闸施工围堰背水坡出现渗水，随时会发生漫堤溃坝险情，一旦溃堤，将会淹没启动区——而正在建设中的雄安，高楼林立、生机盎然，岂能让洪水肆虐？唐山分公司技术组现场督办，面对眼前的临时堤坝，感觉坝体窄小，很难应对来势凶猛的洪水，眼看就要漫过堤坝，后果不堪设想。于是果断决定先修路面，以具备救援车辆通行的先决条件。

张双涛和战友们不顾高温暴晒，搬运沙袋、铺设土工膜，对险情大坝采取加高、加宽、加固一系列的救援措施。他驾驶挖掘机在大堤上，连续作业数十个小时，圆满完成围堰加高培厚任务，让险情大坝化险为夷。

2022 年 8 月，辽宁省盘锦市绕阳河发生险情，张双涛正在山东老家休假，晚上接到单位通知有救灾任务，他二话不说，连夜踏上返回行程。尽管家人目送他的目光里，有万般不舍，但太熟悉他的个性，有险情必须第一时间归队。

辽宁绕阳河盘锦段一处堤坝发生溃口，河水倒灌，周边的大型露天油田浸泡在一片汪洋中，初步估算仅一天，就会造成经济损失 5000 多万元。若不尽快恢复生产，损失将不可估量。眼前大片的农田被淹，养蟹户的螃蟹被洪水冲走，黑压压的一片到处爬……此时此景，让张双涛和救援队员心里一阵酸涩，他们不顾连夜奔赴的旅途疲惫，第一时间领命救援。可是，堤坝溃口段路面窄小，只能供小型车辆通行，加之暴雨洪水浸泡时间久了，导致路面松软，很难保证车辆正常通行，可要堵住溃口需要大量的砂石土料，只有大批量的车辆才能保证供应。于是，他们开始修路，对路段进行加宽并铺设了钢板，以保证车辆行走时路面不会塌陷。具备通行条件后，针对路面不够宽阔的特点，出动几百辆小型运输车“小金刚”，连夜不停地运送石头沙土，奋战了100多个小时，终于堵住了绕阳河盘锦段溃口，圆满完成险情处治任务。

张双涛是个有20年兵龄的老兵，每到关键时刻，他就有个口头禅挂在嘴边：“看我的，跟我来！”他在雄安新区处治内涝险情时，扛过水带、调整过吸水位置、清除过吸水口杂物、修理过抽水设备。他就像一颗螺丝钉，哪里需要就往哪里钉，从不抱怨。他还信心满满地说：“设备我熟悉，当然得我来。”

在京津冀抢险的半个月里，张双涛跟随救援队，连续转战北京房山、保定涿州、廊坊安次和文安等地。不论身处何地，他总是冲在前头，每次都主动到灾情最严峻、抢险最困难、灾民最需要的地方，完成溃口封堵、堤防加固、巡堤备勤等多种类抢险救援任务，承担堤坝道路抢通、修建会车平台、堤防加固、防渗闭气、道路指挥等工作，不言苦和累，只为万家平安。

说起历次救援任务，张双涛先后参加过十几次，对其中的艰辛和困难，他不多说一句，唯独一次，他感慨地说：“河北安次永定河围埝溃口一战，算是惊心动魄。不过有分公司技术组做后盾，书记用对讲机坐镇指挥，尽管我在一片汪洋里单兵作战，王建元书记果断的指令在耳边响起，听到熟悉的西北口音，像吃了颗定心丸，让我感觉亲切又踏实。”

河北安次永定河围埝溃口是临时土堤坝，紧邻一片防护林，坝体只是夯实的泥土，没有砂石不够坚固，且坝体泥土均为弹簧土，车辆驶入会像弹簧弹动松垮，路面又狭窄，救援车队很难通行。况且，救援营地距离溃口大坝较远，分公司党委书记王建元和技术组到实地勘察险情，每日往返几个来回，踩着泥泞深一脚浅一脚，一趟下来两条腿像坠了重物一样沉重。技术组经过慎重考量，决定救援前期先修路，沿途加宽大坝路面，用砂石料铺路，一个平台修好，再建另一个平台，每个平台指挥员都拿着对讲机指挥车辆，场面紧张而有序，先后修筑十几个会车平台。用一天时间修好了路面，保证了救援车辆畅通无阻。

随着封堵战果不断扩大，决口宽度也在缩小，20 米、10 米、5 米……救援人员似乎看到了希望。谁知，局面突然急转直下，水流瞬间加速，起初用推土机往对岸堤坝推土，可这边推土对面堤坝就往下坍塌，土料旋即被湍急的洪水冲走，现场封堵的压力越发加大，指挥人员的表情也凝重起来，气氛很紧张。

现场指挥技术组经过慎重研判，紧急制定“扒口分流、转接护头”应急措施，在湍急的水流中，修筑一个转接平台，用挖掘机把石料转运到对岸堤头进行裹头加固后，再进行封堵进占。

眼前茫茫一片，湍急的洪水四五米深，刚建的堤坝坚固与否又不确定，在场指挥人员难免心有余悸，操作手心里也没有底，但封堵溃口的形势紧迫，刻不容缓，必须争分夺秒。正当在场的救援人员一筹莫展时，一个铿锵的声音打破沉寂：“让我来！”不是别人，正是张双涛，他有十多年挖掘机操作经验。此刻，他神情冷静而坚定地向现场指挥员请战。王建元尽管对他有足够的了解和信任，但毕竟这次要孤军奋战，心里还是有所担忧，但封堵任务刻不容缓，王建元只能答应，并叮嘱他注意安全。

当理想与现实冲突时，总有段距离需要心理逾越。当他驾驶着挖掘机置身浑浊湍急的洪水中，他才意识到，自己就像驾驶着一叶孤舟置身于洪流，一旦出现洪峰和旋涡，他和挖掘机瞬间就会被洪流卷走……张双涛面对来自大自然的威慑力，深感人类太过渺小，心脏莫名地怦怦跳。其实，在岸上的王建元和技术组成员们，何尝不在默默为他捏把汗。

张双涛稍作心理调整，默默提醒自己，操作要谨慎得当，否则稍有不慎，后果不堪设想。他屏住呼吸，拿着对讲机听着王建元书记西北口音的指令，竟莫名地有了主心骨和勇气，他稳住双手，小心翼翼地操作手柄：一铲、两铲、三铲……附近的防护林成片地被洪流卷走，他沉住气一铲接一铲地倒运石料。从凌晨三四点钟开始，张双涛借着挖掘机上的照明设备稳健地操作，经过 1 小时的紧张作业，对岸堤头成功加固，溃口最终被封堵完毕。当张双涛望着天边现出的第一抹绚丽的朝霞时，第一次感到太美了。

事后，同事好奇地问张双涛：“一个人在洪水里操作是何感受？”

他憨厚地笑笑说：“一个浪头打过来，我和挖掘机就没影……”他竟把“惊心动魄”说得那么风轻云淡，这何尝不是指挥员王建元所担心的事情啊！

五、一支过硬的队伍，一定有灵魂人物

平日里，他们平凡而普通。而在关键时刻，骨子里的英雄豪气会瞬间迸发，并且是群体性的爆发。在这支强大的队伍里，一定有支撑其灵魂的人物。

正如张双涛所说，当他在湍急的洪流里孤军操作时，王建元书记在堤坝上坐镇指挥，听到他的西北口音，不单是熟悉而亲切，也让他心里踏实，不再惧怕险境。

中国安能唐山分公司党委书记王建元，便是这支队伍中的灵魂人物之一。他于1994年12月从甘肃走进军营。这个西北汉子，中等身材，标准的国字脸，举手投足间都彰显出西北人的直率和刚毅，言语之中折射出稳健和机敏。在武警部队服役24年，他对军营有根深蒂固的情感。面临部队转制，他虽然万般不舍，但自己是个军人，从穿上军装那一刻，便知军人该以服从命令为天职。他果断召开支队大会，化解战友们心中的疑惑，拨开迷雾后，又讲解水电部队体制改革的重大意义，使思想和行动跟上级要求同步，维持了稳定和谐的军营秩序。

谈到从军24年最难忘的事情，他似乎又回到那历史性的一刻——2018年8月31日，天气晴好，支队举行了庄严而隆重的集体退役仪式。全体官兵军容庄重、队列整齐，等待着历史性一刻，当王建元高喊“向警徽敬礼”，支队全体官兵齐刷刷地举起右手，向警徽敬最后一个军礼。那一刻，昔日钢铁般的军营硬汉们，眼里闪动着泪光，像在诉说对军营的依恋和不舍。所有的官兵在“武警水电第一支队”的红色旗帜上，虔诚地写下名字，也给此生的军旅生涯画上了句号。

无论是在部队期间，还是转制后到中国安能唐山分公司，王建元参加过无数次救援抢险，走遍祖国的山川河流，哪里有险情，他和战友们忙碌的身

影就出现在哪里。

转制后，中国安能唐山分公司接连打了几场救援抢险的硬仗，譬如，受台风“杜苏芮”影响，京津冀持续遭遇强降雨，应急防汛响应等级不断提升，抢险工作刻不容缓。汛情就是命令，险情就是战情。他毫不迟疑，立即按照集团公司、工程局党委决策指示，迅速组织人员装备，星夜兼程带领救援队员积极参战。

王建元有多年的指挥经验，经历过多次抢险救援任务，当然清楚此次救援任务责任重大。北京是国家的首都，是全国政治文化中心，如同人的心脏一样重要。而天津、河北是北京的“护城河”，不能有半点闪失。尤其是正在建设中的雄安新区启动区高楼拔地而起，以勃勃生机稳步发展，关乎“国家大事，千年大计”，不能让洪魔羁绊雄安发展的进程。

在他的带领下，中国安能唐山分公司先后圆满完成雄安新区内涝排水、北京房山区北拒马抗洪抢险、大兴区应急备勤、河北涿州白沟河围堰溃口封堵、霸州河堤巡查、廊坊安次区和文安县溃口封堵及巡堤备勤等任务，来回奔波七个地区，持续半个月之久，总共完成九项重大救援抢险任务。

王建元对救援中的辛苦，没有过多陈述，但对廊坊安次一战，他陷入了沉思，缓缓言道：“这些抢险救灾任务里，安次应该算是最艰难的一次。”他的眼眸里充满凝重，仿佛又回到惊心动魄的安次一战。

廊坊安次一战，他既是指挥员，又是战斗员，面临重重压力。一是上级领导十分重视，当地政府密切关注，受灾的老百姓也期盼尽快重建家园。作为指挥员，首先想到身上的责任。作为从部队转制过来的企业，如今是国家的工程救援队伍，此次救援处理不得当的话，负面影响会辐射到京津冀，会直接影响政府形象。有义务打好这一战！必须打好这一战！他召集技术组根据汛情变化、气候变化、地形等特点做不同的处置方案，再依据情况变化，随时调整战略方法。当时最危险、最紧张，也是最艰难的一战——从路口到决堤口处战线拉得太长，相距 2. 5 公里，要经过一条 5 里的土路，如今成了泥巴路，车子会陷下去，根本不能行驶，只能踩着泥巴，深一脚浅一脚地艰难前行，每天至少来回走三趟，意味着要走 10 公里的路程去现场考察，然后制定方案打通道路搭建错车平台，以便救援车辆能够快速运送石料堵决堤，跟洪水赛跑封堵决口。

最艰难的时刻，是在封堵到70米决口处时，眼看要封住溃口，突然发现对面是松土，水口子越小水流越急，堤坝后面还有10米宽的防护林，树木一片片地倒下，亟须加高加固。于是立即组织车辆运来石料、建筑垃圾，最后封堵材料还是不足，连生活垃圾都填了进去，总算封堵将近70米。因为石料不够，为了保住现有封堵成果，又不得不从堤坝中间挖个口子泄洪，让救援挖掘机手孤岛作业。这是一着险棋，谁能胜任这一艰巨的任务？王建元承受了巨大的心理压力，为了尽快完成封堵任务，他只能果断跟集团领导汇报孤岛作业应急方案，领导认为方案太大胆，有些顾虑，王建元为打消领导的顾虑，把应急预判方案、应对措施一一汇报，方案才得以顺利实施。

他对张双涛的驾驶技术丝毫不怀疑，也做好了应急措施，但当张双涛在漆黑的夜色里，在施工灯的光影里，独自在湍急的洪流中操作时，王建元的心也在加速跳动，此刻他深深体会到，指挥员的果断是一回事，但实施过程中，他跟操作员的脉搏律动是同一个节奏，担心是触及灵魂地真切啊！就像自己置身洪流中操作一样。他压抑着紧张、担忧等交织起来的复杂情绪，凭着多年的救援指挥经验果断发出指令，当决堤口被封住的那一刻，王建元悬着的心才算放安稳。

王建元带着救援队伍，参加京津冀救援任务持续30天。这期间几乎不分昼夜连续作战，当地政府给安排的酒店，他们几乎没挨过床沿，没睡过一个囫囵觉，基本只是在施工地休整，打个瞌睡而已。半个月的救援日子里，整日在抢险最前沿勘察决策，或许因长时间在阳光下暴晒，王建元的脸像涂了一层黑釉，足足瘦了15斤。

王建元有西北硬汉的外表，但并非铁板一块，他也有满满的柔情。只不过他的人生主打是负重前行，他的人生天平永远倾斜于灾区，柔情大多给了灾区百姓。

他的爱人和女儿远在贵州，而他常年在唐山基地工作，甚至奔波于异地救援，家庭重担都落在爱人肩头，女儿的成长经历里，更少见他的身影。他指挥京津冀抢险救灾期间，女儿面临选择高中的关键时刻，很需要他拿主意定夺，但他在现场指挥，不能离开前沿阵地半步。

若是换作平常人，爸爸给女儿开家长会，是再平常不过的事情，可对王建元的女儿却成了奢望。记忆里，他只给女儿开过一次家长会，那是女儿上五年级的时候，他答应女儿参加家长会。可他开车去的学校竟然不是女儿的学校，打电话问家人才知，女儿的学校是在隔壁。他因此而迟到，当女儿看到姗姗来迟的爸爸，从老远跑过来扑进爸爸的怀里时，眼里迸射出泪花。女儿抹了抹眼睛，仰起脸跟老师和同学骄傲地介绍说："这是我爸爸！"与其说是介绍，似乎更像一种宣告：我有爸爸，我爸爸还是个军人呢！女儿脸上的骄傲和荣誉感，瞬间让他内心的最柔软处涌起一阵酸楚和歉疚。

他的老母亲已是七旬老人，患有高血压，他却没时间给母亲递一杯水，端一碗饭，没尽过多少孝。母亲的双腿患有严重的骨质增生，以致行走不便。原本他想避开汛期，陪母亲做手术，最终还是因为突发险情而错过。那是2022年，他正在辽河油田救援期间，母亲做了腿部手术。他心里明白，既然当初选择当军人，就意味着先有国后有家，于他是一种责任，于家人是一种理解。正如王建元所说，骨子里传承的红色基因，无论身处何地都不能改变。

第二个灵魂人物，便是中国安能唐山分公司总经理刘其森。他来自沧州，高高的个子，外形像个铁塔，硬朗壮实，浑身散发着燕赵男儿的慷慨豪情。因为常年在外奔波，他肤色黝黑，花白的头发，眼神坚毅而深邃，眼角的鱼尾纹像在诉说主人的沧桑阅历。

回眸走过的24个年头，他从当初的助理工程师、副中队长到工程师、股长、大队长、副参谋长、参谋长……一路走来，骨子里便有"杂技之乡"人夯实基础的基因，从最基层干起，一步一个脚印，扎扎实实练就一身本领。转企前，他是常年坚守在一线的支队长，无论是施工现场，还是救援现场，他伟岸的身影常常出现在前方。

2018年8月，水电部队整体转制。原来是部队建制，而转制后，由过去的军人变成了企业员工被整体推向市场。首先公司要做到自负盈亏，内部员工对公司前景或多或少都有些迷茫，人心难免有波动。而作为中国安能唐山分公司总经理，自己在响应上级指令的同时，还要承担二次创业的压力，要让员工看到经济效益，对企业未来充满信心。

当时国内经济受美国打压，整体都遇到了困难，特别是房地产和建筑行业处在萎靡状态，国内的建筑企业大都举步维艰，更何况唐山分公司作为从零开始的央企新军，更是困难重重。经过思考沉淀，刘其森清醒地认识到，中国安能的职责清晰明朗：一是救援抢险，二是工程建设。为此，他从2019年开始不等不靠主动出击，走出去跑市场找活儿干，足迹遍布20多个省市，先后对接南水北调、中石油等央企和地方政府40余次……

功夫不负有心人，中国安能唐山分公司从零开始，走出了可喜势头。如今公司拥有员工429名，2023年营业收入突破20亿元，发展呈上升趋势。公司拥有的十几个工程项目遍布全国各地。

在生产经营和救援抢险中，对安能人来说，救援抢险永远是第一战场。刘其森既是前沿指挥员，又是一线战斗员。让他记忆最深刻的，莫过于河南郑州一战。

2021年7月17—20日，河南遭遇了百年罕见的数日暴雨侵袭——“河南告急!”刘其森在手机上看到铺天盖地的讯息，心急如焚。而当时，他已率领30多名救援队员，在河北雄安河堤上，连续作业了12个小时，刚刚完成围堰加高加厚任务。

7月20日下午4点时，他接到集团下达的紧急赶赴河南抢险救援通知，立即启程疾驰郑州灾区。为了抢时间，他决定带着先遣队坐高铁先行抵达，哪知，通往河南的高铁到石家庄因汛情不再前行，他只好带着先遣队坐出租车，与指挥车约定在邢台集结。途中，刘其森与先遣队员收集灾情信息，制订救援计划，明确分工。又与河南省应急厅联络，得知郑州市内涝严重，急需抽排水设备。刘其森向集团公司汇报，并拿出抢险方案。当晚8点，唐山分公司救援基地出动37名救援队员，驾驶排水车和相关救援装备紧急驰援郑州方向。

先遣队星夜兼程，终于在21日凌晨2点多钟抵达郑州某高速路口。

刘其森对这座城市非常熟悉，因为之前到处联系工程项目，经常去河南郑州。在他眼里，郑州是烟火气十足的大都市，即便是晚上，也是灯火辉煌、夜如白昼，非常繁华热闹。可再看眼前夜色里的郑州，却是一片漆黑，没有丁点儿光亮，死气沉沉得让人压抑。洪魔让郑州转眼失去了昔日的繁华，在洪魔的魔爪下沦为毫无生气的“死城”。他的内心有说不出的难受，心急火燎，恨不得立刻赶到对接地点。

可高速路口被洪水淹没，机动车根本无法通行，洪水正像发疯的野马威胁着郑州和市民的安全。要尽快降服它！决不能听任它猖狂！刘其森即刻带着先遣队员绕道新郑机场的高架桥进入郑州城区。他习惯地看下手表，时间是凌晨 4 点多，车窗外还在哗哗下着大雨，车轮驶过传来哗啦啦的水声，让人心有余悸，但别无选择。借着车灯光可见，城区的路已成倾泻而下的河流，不明路况，没有导航，车子就像一叶孤舟在洪水里“漂流”。但他们勇敢前行，终于抵达指定地点，成为首批抵达郑州并顺利对接的救援力量。

刘其森与正在郑州出差的南宁分公司总经理赵玉鄂汇合后，紧急赶往河南省应急厅对接任务。“京广路是郑州南北交通的大动脉，多条隧道被淹，请你们立即赶往抽排!”上级的指令如同号令，刘其森领命后，即刻出发，抵达京广隧道口时，已是上午 10 点。他立即指挥从唐山救援基地雨夜兼程抵达郑州的第一台“龙吸水”驾驶员李天生，开始京广隧道排水作业……他带领抢险队员连续作业十余小时，被洪水阻隔一周的京广隧道双向贯通。

刘其森和救援队员们没有片刻休息，又赶赴郑州水木年华、雅居乐、龙泽家园等 8 个小区继续排涝。23 日又马不停蹄地转战鹤壁，执行浚县卫河决口封堵任务。当时最大的难题是右岸不断垮塌，左岸进占越快，龙口越窄，水流越急，右岸垮塌越快。25 日凌晨 1 时，龙口一度只剩下 4 米多决口，但由于右岸裹头不停地垮塌，到 6 时龙口封堵仍然进展缓慢。刘其森根据集团指挥部统一指令，及时调整应急方案，提高封堵效率。他带领救援队员们一鼓作气，在兄弟单位的配合下，动用动力舟桥转运石料及时加固右岸裹头，龙口终于逐渐缩小，3 米、2 米、1 米……直到 26 日凌晨 2 时 27 分成功合龙。虽然他和队员们已经连续奋战三天三夜，但再累再疲惫也难掩兴奋，他们的脸上绽放出久违的笑容。

在河南抢险中，刘其森始终战斗在最前沿，每天休息时间不足 3 小时，因为在现场长时间指挥，嗓子嘶哑得不能说话，他就含片“金嗓子”喉宝救急；由于连续作业不能休息，人困到极限大脑晕乎乎，走路都像踩着高跷，身子左右摇摆，他干脆靠在路边打个盹；饿了就啃几口方便面充饥。他每天去现场来来回回要跑几十趟，协调电话要打上百个，救援服湿了干、干了又湿，以致衬衣背后浸出一圈一圈的汗碱，活像一幅地图。到了晚上双脚浮肿，脱鞋都要龇牙咧嘴半天才能脱下来。

7 月 26 日，他接受中央电视台采访时，视频画面里，他的嘴唇干裂，脸晒得黝黑爆着皮，声音沙哑，但他的神情自若，表情坚定地介绍决口封堵情况。

他以身作则，奋勇当先，就像一股无形的力量，激励着每一位救援队员。在他的带领下，大家纷纷克服疲劳，以连续作战、屡战屡胜的姿态，在短短十多天内转战郑州、新乡、鹤壁等多个受灾地区，先后打赢城区排涝、灾民搜救转移、决口封堵等 6 场硬仗，最多时连续工作 21 个小时，累计抽排水 65 万立方。

时至今日，刘其森说起郑州救援，仍深有感触地说："当时郑州灾情严峻啊，路上的洪水里飘着的那些小轿车，就像一只只火柴盒……洪水大概有两米来深，没有灯光只能借着车灯前行，如果路面的污水井盖被冲走了，车子就会陷进去，现在想来也挺后怕。可当时没办法，我们要跟洪水赛跑，只能逆流而上……"他的眼神里，透着果敢和坚毅。

第三个灵魂人物，是中国安能唐山分公司副总经理赵俊磊。他个头不算高大，但他指挥果断，敢打硬仗。

2021 年 7 月 20 日，他正打算送两个孩子回老家。谁知，晚上 9 点左右接到分公司总经理刘其森"河南告急"救援指令电话。他没迟疑，边接电话边拎起外套往单位跑。准备跟他一起休假的妻子，只能站在窗边望着路灯下他远去的身影，她早已习惯了默默地遥望他义无反顾逆行，为他而牵挂。

河南连日暴雨，多地灾情严重，唐山分公司党委班子集体研究决定驰援河南。而赵俊磊刚从山西垣曲赶回，顾不上旅途疲惫，迅速进入战时状态。他组织紧急集合，简要传达上级指示后，按照预案组织装物资装备。21 日零时许，他带着基地救援队伍，向郑州挺进。为了争取时间，他在途中打电话下达指令，让垣曲项目部组织人员雨夜出动。

他对河南有特殊的感情，可以说是熟悉又眷恋。转制前，他穿着军装去郑州，参加过洛郑成品油管道、榆济天然气管道河南段等项目的工程建设。他在这片中原大地上辛勤耕耘过，这里承载着他的青春和梦想，留下了他的成长足迹。如今以救援的方式奔赴故地，他的心情很复杂，悲喜交加，喜的是又回到了故地，悲的是郑州人民正承受着洪灾。

7 月 21 日晚 9 点抵达郑州，赵俊磊按照集团公司前线指挥部的指令，布置好郑州城区抽水任务后，带着由 79 人组成的救援队和 9 套装备紧急赶往开封执行黄河大堤巡查备勤任务。

到达救援区域，他立刻进行现场勘查，组织人员分段巡堤。还来不及吃上一口饭，便接到新乡告急，市里多个村庄被淹，大量群众被困，需紧急驰援的通知，他立即抽调人员驾驶 2 台动力舟桥驰援新乡。

站在被洪水冲毁的河堤上，望着无边无际的茫茫洪流，昔日连绵的几个村庄，看不到往日绿油油的勃勃生机，只见光秃秃的屋顶，赵俊磊心里火烧火燎。降雨一直持续，洪涝区域水位还在上涨，他心里有个声音在回响："必须抢时间，时间就是生命啊！"

他按照唐山分公司指挥部的指令，带着救援队员踩着泥泞，顶风冒雨在湍急的洪水里连夜搭建动力舟桥，与时间展开赛跑，与洪魔搏击，抢时间救助生命。持续不断的暴雨劈头盖脸地下着，救援队员们浑身被浇了个透。应急灯的光影里，他们披着雨衣，脸上簌簌地往下淌水，分不清是雨水还是汗水。赵俊磊和队员们拉牵引绳，"1、2、3！1、2、3！"的号子声响彻河畔。赵俊磊用沙哑的声音指挥拼接、锁紧、加油、调试，跟队员们连续作业，终于将 2 台长 40 米、宽 8 米重 40 余吨的动力舟桥搭建好。

次日早上 6 点，雨势减小，天也渐渐放亮。赵俊磊不分昼夜连续作业，两眼布满红血丝，一脸倦容，但仍带着队员们，跟随当地向导，在一片汪洋中，逐个村庄寻找受灾村民。一旦发现有村民呼救，赵俊磊便立即吹哨，指挥舟桥驶近灾民所处位置，停靠放踏板，拉牵引绳，让村民有序地上船。救援程序稳健流畅。从前稻香村、后稻香村、大清河村……赵俊磊带着队员们，一次次地将灾民送达安全地带，又一次次地转身再去村里……这艘动力舟桥，就像东方的"诺亚方舟"，一次次出现在灾民眼前，成了灾民眼里的希望小船。这只小船在洪水中逆流而上来回穿梭，总共救出灾民 1400 多人。

赵俊磊带领救援队员转战郑州、开封、新乡、卫辉多地的十多天里，接连完成灾民转移、巡堤备勤、决口封堵等任务。在开封，他组织队员分段巡堤，枕戈待旦做好随时抢险准备；在新乡，他和救援队员们冒雨行船，与不利的天气抗衡，在一场接一场惊心动魄的救援中，赵俊磊始终坚守在一线。经常是一场恶战还没结束，又被紧急抽调赶往下一个地点。无论在何时何地，他都沉着应对、有序组织。既当指挥员又当战斗员，不分昼夜地奋战，顶着狂风暴雨争分夺秒抢时间。这次河南抢险，他就像一只不知疲倦的陀螺，不停地转动，调动起全身的力量参加救援抢险。

记者问他："为什么这么拼?"他平静地说："回到曾经战斗过的郑州执行抢险任务，是国家的召唤，是我的荣幸，是救援队员的神圣职责，我们一定全力以赴，不负河南人民的期望。"赵俊磊说的不是一句空话，面对祖国母亲的召唤，带着对人民的挚爱，他用骨子里的责任担当，用掷地有声的行动，展现了安能人的风采，更彰显出水电老兵退伍不褪色的本质。

俗话说"窥一斑而知全貌""一滴水可以汇成海洋"，这不就是支撑着安能人的灵魂所在吗?

年复一年，日复一日，中国安能唐山分公司沿着稳健的发展轨迹，完成建筑工程项目，随时应对救援抢险任务。公司的管理者既当指挥员又是战斗员，举手投足都影响着公司救援人员的情绪和干劲。这支队伍就像勤恳的拓荒者，不断播下殷实的种子，也必将收获丰硕的果实。工程建设是本分，救援是职责，他们就像整装待发的战士，随时准备为国家、为人民冲在前线。